SHERLOCK HOLMES

SIRLAR OKULU

ARTHUR C. DOYLE

anonim
YAYINCILIK

SHERLOCK HOLMES
Sırlar Okulu

Yazar
Sir Arthur Conan Doyle

Çeviren
Zeynep Adalıgil

Kapak-İç Tasarım
Ferhat Çınar

Editör
Yavuz Erdoğan

Baskı ve Cilt
Favori Basım
Sertifika No: 27292
Ataşehir - İstanbul

İSTANBUL, 2020

Anonim Yayıncılık
Parıltı Yayıncılık Sertifika No: 43894

Yunus Emre Mh. Barbaros Cd. No:28/A
Sancaktepe / İstanbul
Tel: 0216 387 00 59
Fax: 0216 387 00 39
info@anonimyayincilik.com
www.anonimyayincilik.com

SHERLOCK HOLMES

SIRLAR OKULU

ARTHUR C. DOYLE

anonım
YAYINCILIK

Sırlar Okulu

Dostum Holmes'un sıra dışı zekâsı ve yeteneğiyle çözdüğü vakaların arasından yazmak için seçim yaparken çoğunlukla yeteneklerini en iyi şekilde gösterebildiklerini özellikle de duygusallıktan uzak olanları hassasiyetle seçmişimdir. Aslında konu suç dünyası olunca duyguları bir kenara koymak çok da mümkün olmuyor, üstelik bu hikâyeleri birinci ağızdan yazan biri olarak, kimi zaman olayın çözümü açısından önemli olan detayları gizlemek zorunda kalıp, insanların yanlış düşüncelere kapılmasına neden oldum ya da sorunları şansa değil de akışına bırakmak gerektiğini düşündüm. Bu kısa girişten sonra artık notlarıma dönüp bir başka garip ve korkunç olaylar zincirine geçebilirim.

Dayanılmaz derecede sıcak bir ağustos günüydü. Baker Sokağı'nın asfaltından duman çıkıyordu desem yalan sayılmazdı. Ve yolun karşısındaki sarı kiremitli evin camından yansıyan güneş insanın gözünü kamaştırıyordu. Oysa ki aynı bina kışın, sisin ortasında ne kadar da kasvetli ve karanlık bir görünümü vardı. Odamızın panjurları yarıya kadar inikti. Holmes kanepeye uzanmış, sabah postasıyla gelen bir mektubu tekrar tekrar okuyordu. Ben Hindistan'daki görevim sırasında sıcağa karşı bağışıklık kazandığımdan, termometrenin kaç dereceyi gösterdiği çok da umurumda değildi. Beni asıl bunaltan sabah gazetelerinin sıkıcılığıydı. Parlamento tatile girmişti ve herkes yazlık evlerine kaçmıştı bile. Benim de aklım New Forest ormanlarında, Southsea'nın sahillerindeydi. Fakat ne yazık ki, bankadaki hesabımda tek kuruş kalmadığı için hayallerimi bir süre ertelemek zorunda kalmıştım. Öte yandan dostum için ne kır havasının ne de sahillerin bir çekiciliği vardı. O, beş milyon insanla beraber yaşamayı, kulaklarını dört açarak her türlü söylentiyi, her türlü çözülmemiş olayın kendisine gelmesini bekliyordu. İçinde doğa sevgisi yoktu. Onun için tek değişiklik, ara sıra şehrin keşmekeşinden uzaklaşıp, taşrada yaşayan kardeşinin yanına gitmekti.

Holmes'un sohbet etmeye niyetinin olmadığını anlayınca gazeteyi bir kenara bırakıp, kendi sorunlarıma dair derin düşüncelere daldım. Dostumun sesiyle irkilip kendime gelene kadar ne kadar süre bu şekilde kaldım hatırlamıyorum.

"Haklısın, Watson," dedi birdenbire. "Sahiden de bir sorunu çözmek için çok komik bir yol bu."

"Hem de çok!" diyerek onayladım. Ama birden içimden geçenleri tekrar ettiğini anlayınca, oturduğum yerden kalkıp şaşkın gözlerle yüzüne baktım.

"Bu da ne demek Holmes?" dedim heyecan içinde. "Bu kadarı da fazla artık."

Şaşırmış onu çok eğlendiriyor gibiydi.

Gülerek: "Hatırlar mısın?" dedi. "Bir süre önce, bir dostumun üzerinde çalışmış olduğu dışa vurmadığı düşüncelerin takip edilişini anlatan Poe hikâyelerinden bir parça okuduğum zaman, sen yazarın güç gösterisi yapmak istediğini iddia etmiştin. Aynı şeyi benim de sıklıkla yaptığımı söylediğimde ise inanamamıştın."

"Oh, hayır!"

"Tek konuşan yerin ağzın değil sevgili Watson bazen kaşların da konuşuyor. Gazeteleri okumayı bırakıp da derin düşüncelere daldığını görünce, bunu bir fırsat bilip zihnini okuyayım dedim. Tabii sonunda düşüncelerini nasıl takip ettiğimi göstermek için araya girmek zorunda kaldım."

"Buna inanmamı beklemiyorsun değil mi? Hatırlıyorsan bana okuduğun örnekte, adam sonuçlara yanındaki arkadaşının hareketlerini gözlemleyerek ulaşıyordu. Arkadaşı yolda yürürken taşa takılıp sendeliyor ve gökyüzüne bakıyordu, bunun gibi şeyler işte yanılıyorsam söyle lütfen. Ama ben, sessiz bir şekilde koltukta oturuyordum. Buradan nasıl bir ipucuna ulaşabilirsin ki?"

"Kendine haksızlık ediyorsun. İnsanın yüzündeki çizgiler, duygularının dışa vurulması için bir araçtır ve seninkiler de bu konuda sana çok sadık davranıyor."

"Yani yüz mimiklerimden düşüncelerimi mi okuyabiliyorsun?"

"Evet, mimiklerinden özellikle de gözlerinden. Düşüncelere ne zaman ve nasıl daldığını belki sen bile bilmiyorsundur."

"Evet, haklısın."

"O halde benim anlatmama izin ver. Gazeteyi bıraktıktan sonra ki bunun ilgimi çeken ilk davranışın olduğunu belirtmeliyim, yarım dakika kadar ifadesiz bir şekilde oturdun. Sonra, gözlerin General Gordon'un yeni çerçevelettirdiğim resmine takıldı. Yüzündeki değişimden yola çıkarak bir düşünce zincirinin başlamak üzere olduğunu fark ettim. Ama o an için çok da derinlere ulaşamadım. Neyse, gözlerini sonra da kitapların üzerinde duran Henry Ward Beecher'in resmine çevirdin. Sonrasında da kafanı kaldırıp duvara bakmaya başladın. Bu hareketinle artık ne düşündüğün gayet açıktı. O portreyi çerçeveletirsen hem duvardaki boşluğu kapatabileceğini hem de Gordon'un resmiyle uyumlu bir şekilde orada durabileceğini düşündün."

"Oldukça başarılı bir şekilde takip etmişsin beni," dedim, şaşırarak.

"Buraya kadar bir sapma yaşamadım. Sonra bakışlarını duvardan indirdiğinde artık Beecher'i düşünüyordun. Adama dikkatle bakarak, onun yüz hatlarından karakterini anlamaya çalışıyordun. Ardından gözünü kısarak ileriye doğru bakmaya başladın, düşünceli bir ifaden vardı. Beecher'in başından geçenleri hatırlamaya başladın. İç savaşta nasıl Kuzeylilerin tarafında yer aldığını mesela... Çünkü bir keresinde bunun seni ne kadar sinirlendirdiğini söylemiştin bana. Bu konuda o kadar ateşli bir şekilde konuşmuştun ki, Beecher hakkında başka bir şeyi düşünemeyeceğin açıktı. Sonra gözlerini resimden uzaklaştırdığını fark edince, düşüncelerini iç savaş üzerinde yoğunlaştırmaya başladığını anladım. Dudakların kapalıydı, gözlerin parlıyordu, ellerini de sımsıkı bir şekilde kavuşturmuştun ve o umutsuz çekişmede, her iki tarafın gösterdiği kahramanlıkları düşünüyordun. Daha sonra yüzünde üzüntülü bir ifade belirdi ve kafanı salladın. Bu sefer de yaşanan acıları, korkuları ve insan hayatının aslında ne kadar ucuz olduğunu düşünmeye başlamıştın. Elinin yara izine doğru gittiğini ve sonrasında da hafifçe gülümsediğini gördüm ve uluslararası sorunların ne kadar da aptalca yöntemlerle çözülmeye çalışılmasının anlamsız olduğunu düşündüğünü tahmin ettim. Tam bu noktada ben de bunun komik olduğunu düşünmeye başlamıştım. Diğer yandan da aklını başarılı bir şekilde okuduğumu düşünüp seviniyordum.

"Kesinlikle!" dedim. "Şimdi sen bir bir anlatınca anımsıyorum hepsini. Ne yalan söyleyeyim, her zamanki gibi şaşkınlık içindeyim Holmes."

"Seni temin ederim Watson, gerçekten de önemsiz bir işti bu. Sadece geçenlerde bana inanmadığını söylediğin için bunu yaptım. Neyse, düşünmem gereken o kadar ağır bir olay var ki, keşke onun da çözümü, düşünce okumak kadar kolay olsaydı. Gazetedeki Croydon, Cross Sokağı'nda oturan, Bayan Cushing'le ilgili haberi okudun mu? Hani şu posta ile gönderilen paketlerin içinden çıkan garip şeylerle ilgili haber."

"Hayır, hiç dikkatimi çekmedi."

"Ah, demek ki gözünden kaçmış. Bana gazeteyi verir misin? İşte şurada, ekonomi köşesinin hemen altında. Lütfen yüksek sesle okur musun?"

Gazeteyi elime alıp bana söylediği yeri okumaya başladım. Başlığı 'Korkunç Paket'ti.

"Croydon Cross Sokağı'nda ikamet etmekte olan Bayan Susan Cushing, eğer işin içinde kötü niyet içeren bir durum yoksa akıl almaz bir eşek şakasının kurbanı oldu. Dün öğleden sonra saat ikide postacının kendisine getirdiği kahverengi kâğıda sarılı küçük bir paketten içi işlenmemiş tuzla dolu bir karton kutu çıktı. Bayan Cushing kutuyu boşalttığı zaman, içinde kısa bir süre önce kesildiği belli olan iki adet insan kulağı buldu. Kutu, önceki sabah Belfast'tan kargoya verilmişti ancak paketin üstünde göndericiye dair bir yazı yoktu. Bayan Susan Cushing gibi, 50 yaşında, hiç evlenmemiş gayet sakin bir hayat süren sayısı gün geçtikçe azalan yakınlarından nadiren bir posta alan bir kadın için bu yaşadığı olay dehşet verici ve oldukça sıra dışıydı. O an akıllara Bayan Susan'ın birkaç yıl önce, Penge'de yaşarken evinin odalarını üç tıp öğrencisine kiralamış, daha sonra da çok fazla gürültü yaptıkları ve düzensiz bir yaşam biçimine sahip oldukları için bu öğrencileri çıkartmak zorunda kaldığı geldi. Emniyette çalışan kaynaklarımız, o günden sonra Bayan Cushing'e kin besleyen gençlerin hanımefendiyi korkutmak amacıyla, kadavra parçalarını göndermiş olabileceklerini söylediler. Olayda dikkat edilmesi gereken detaylardan birisi de, bu gençlerden birisinin Kuzey İrlandalı olduğu. Hatta Bayan Cushing'in hatırladığına göre Belfast'lı olmasıdır. Olayın şu anda en parlak dedektiflerden birisi olan Bay Lestrade tarafından inceleniyor olması da dosyanın sevindirici gelişmelerindendir."

"Daily Chronicle'de yazılanlar bunlar," dedi Holmes, okumayı bitirdiğim zaman. "Şimdi sıra, dostumuz Lestrade'de. Bu sabah kendisinden aldığım notta şunlar yazıyor:

'Bu olayın tam size göre olduğunu düşünüyorum. Meseleyi çözme umudumuzu kaybetmedik ama bir ipucu bulma konusunda zor anlar yaşıyoruz. Şimdiye kadar Belfast'taki posta müdürlüğüyle iletişime geçtik ama o gün çok fazla sayıda koli teslim aldıkları için ilgili kutuyu teslim eden kişiyi teşhis etme şansları maalesef yok. Koli yarım kilo, kahverengi bir kutuymuş ama bu bilginin bize bir yarar sağlayacağını düşünmüyorum. En muhtemel çözüm, bunu öğrencilerin yaptığı teorisi ama yine de birkaç saatliğine yanımıza uğrarsanız çok sevinirim. Gün boyunca evde ya da polis merkezinde olacağım."

"Ne dersin Watson? Sıcağa dayanabilirim diyorsan Croydon'a gelir misin benimle? Hem notlarına da yeni bir şey eklemiş olursun."

"Benim de canım sıkılıyordu zaten."

"Senin için bir fırsat işte. Aşağıya haber ver de hemen bir araba çağırsınlar. Ben de üzerimi değiştirip, tütün torbamı dolduracağım. On dakikaya kadar yanında olurum."

Biz trendeyken yağmur yağdığı için indiğimizde Croydon'da ferah bir hava vardı. Sıcaklık da şehirdeki kadar bunaltıcı değildi. Holmes önceden telgrafla haber verdiği için Lestrade'i, her şeyiyle hazır bir şekilde tren istasyonunda bizi beklerken bulduk. Beş dakika kadar yürüdükten sonra Bayan Cushing'in oturduğu Cross Sokağı'ndaki evine ulaştık.

Her iki tarafında da iki katlı, kiremit evler bulunan, temiz ve düzenli, beyaz taş basamaklarında önlük giymiş orta yaşlı kadınların oturup dedikodu yaptığı, uzun bir sokaktı burası. Yolun yarısında, Lestrade bizi durdurup bir kapıyı çaldı. Kapıyı açan kısa boylu bir hizmetçi, bizi Bayan Cushing'in olduğu salona kadar götürdü. Kadın, kocaman ve iri gözlü, kır saçlı, samimi ve rahat hareket eden biriydi. İçeri girdiğimiz zaman yanındaki sepette her renkten iplikler, kucağında da bu ipliklerden yaptığı işlemesi duruyordu.

Lestrade'i görünce: "O korkunç şeyler dışarıda duruyor," dedi. "Lütfen giderken onları da yanınıza alın."

"Zaten benim niyetim de o Bayan Cushing. Ancak dostumun, yani Bay Holmes'un de götürmeden önce olayı yerinde yani sizinle incelemesini istiyorum."

"Neden benimle birlikte inceleyecekmiş?"

"Size soru sormak isteyebilir."

"Ben size de söyledim, bir şey bilmiyorum. Ama siz inatla soru sormaya devam ediyorsunuz."

"Anlıyorum hanımefendi," dedi Holmes, yumuşak bir ses tonuyla. "Bu mesele sizin canınızı çok sıkıyor."

"Aynen öyle efendim. Benim sakin bir yaşantım vardır. Gazetede ismimin çıkmasına ve evin her yerinde polisleri görmeye alışkın değilim. O şeylerin daha fazla evde kalmasına da izin veremem Bay Lestrade. Görmek istiyorsanız lütfen işinizi dışarıda halledin."

Evin arkasındaki dar bahçede küçük bir kulübe bulunuyordu. Lestrade içeri girerek kahverengi kutuyu ve paketleme kâğıdını getirdi. Hep birlikte bahçenin sonundaki bir banka oturduk. Holmes, Lestrade'in getirdiği şeyleri incelemeye koyuldu.

"İpler çok ilginç," diye konuşmaya başladı Holmes. Kullanılan ipleri önce ışığa tutuyor, sonra kokluyordu. "Bu ipler için sen ne diyorsun Lestrade?"

"Ziftliymiş."

"Kesinlikle. Ziftli ipler. Ayrıca şüphesiz sen de fark etmişsindir ki, Bayan Cushing ipi makasla keserek açmış. İpin iki ucundaki izlerden anlaşılıyor bu. Oldukça önemli bir ayrıntı."

"Beni mazur gör Holmes ama bunun neden önemli olduğunu anlayamadım doğrusu," dedi Lestrade.

"Şu yüzden önemli: Bak iplerin düğümüne dokunmamış. Atılan düğüm de son derece ilginç."

"Çok düzgün bağlandığını ben de fark etmiştim zaten," dedi Lestrade, kendinden emin bir şekilde.

"O halde artık ipi geçebiliriz," dedi Holmes, sırıtarak.

"Şimdi paketi sarmak için kullanılan kâğıda bakalım. Esmer kâğıt, üzerinde ne kadar da çok kahve kokusu var. Peki, ama neden? Sen bunu fark etmedin mi? Bariz bir şekilde kahve kokuyor bu kâğıt. Adres, dağınık bir şekilde, garip harflerle yazılmış: 'Bayan S. Cushing, Cross Sokağı, Croydon.' Kalın uçlu bir kalem kullanılmış; mürekkep de en düşük kalite, J sınıfı diyebiliriz. 'Croydon' önce 'i' harfiyle yazılmış sonra da y harfi olarak değiştirilmiş. O halde gönderen adam -ki bunun bir erkek olduğu el yazısından anlaşılıyor- eğitim seviyesi düşük birisi ve Croydon kasabasını çok da iyi bilmiyor. Buraya kadar her şey yolunda! Kutu açık kahverengi, yarım kiloluk taba renkli kolilerden. Sol alt köşede bulunan iki parmak izinden başka dikkat çekici bir durum yok. İçine doldurulan tuz ise, kürk ve deri saklamakta kullanılan işlenmemiş tuz. Tuzun dibinde de bu sıra dışı şeyler bulundu."

Konuşmaya devam ederken, kulakları kutudan çıkarttı ve dizlerinin üzerine çökerek incelemeye başladı. Lestrade ve ben de yanına çömelip, önce bu korkunç buluntulara sonra da Holmes'un meraklı ifadesine baktık. Holmes kulakları kutuya geri koyduktan sonra düşünceli bir biçimde banka oturdu.

"Senin de dikkatini çekmiştir diye düşünüyorum," diye konuşmaya başladı. "Bu iki kulak farklı insanlara ait."

"Evet, ben de fark ettim bunu. Ama eğer bu iş, tıp öğrencilerinin eşek şakasıysa onların kadavraların bulunduğu odalara rahatça girebildiklerinden iki ayrı insana ait kulağı bir çiftmiş gibi göndermeleri çok da zor olmamıştır."

"Evet bu bir eşek şakası olsaydı dediğin çok doğru olurdu ama değil."

"Emin misin?"

"Deliller bunu gösteriyor. Kadavralar her zaman koruyucu bir sıvının içinde saklanır. Ama bu kulaklarda buna dair bir belirti yok. Ayrıca izler de çok taze. Kör bir kesici aletle yapılmış kesikler. Demek istediğim, böyle bir aletin tıp fakültesinde hiçbir amaçla kullanılacağını sanmam. Ayrıca bir tıpçı işlenmemiş tuz yerine karbonik asit ya da rafine çözücüleri kullanırdı. Tekrarlıyorum: Bu bir eşek şakası değil. Tam tersine çok ciddi bir vakayla karşı karşıyayız.

Holmes'u dinlerken içim ürpermiş, yüzündeki ciddi ifadeden yaşlı kadıncağız için beslediğim endişe daha da artmıştı. Demek ki, bir eşek şakası gibi görünen bu paketin alt metninde garip ve çözümlenmesi zor bir suç vardı. Ama Lestrade'in kafasını sallayışından buna katılmadığı belliydi.

"Hiç şüphesiz, şaka iddiasına karşı ortaya başka savlar da atılabilir," dedi. "Ama bu dediklerini de çürütebilecek birçok güçlü neden daha var. Kadının yirmi yıl boyunca gerek Penge'de gerekse buradaki evinde huzurlu ve saygın bir yaşam sürdüğünü biliyoruz. Bu süre içinde bir gün bile olsun herhangi bir kötülükle karşılaşmamış. Dolayısıyla da bugün başına gelen bu olaya hiçbir şekilde bir anlam yükleyemiyor. Eşek şakası olmasının dışında neden bir katil, tutup da suçunun kanıtlarını yalnızca bu kadına göndersin?"

"Bizim de çözmemiz gereken bu işte," diye cevapladı Holmes. "Kendi adıma, işin içinde bir çifte cinayet olduğunu varsayarak biraz önce ortaya atmış olduğum iddialar doğrultusunda yoluma devam edeceğim. Kulaklardan birisinin üzerinde küpe deliği var diğerine göre daha ufak ve şekli daha güzel; demek ki bir kadına ait. Diğeri de bir erkeğin muhtemelen. Bir süre önce güneşten yandığı için rengi koyu ayrıca bunda da bir küpe deliği var. Bu iki insan da muhtemelen artık ölüler, yoksa onlara ne olduğunu çok önceden öğrenirdik. Bugün cuma. Paket ise perşembe sabahı gönderilmiş. O halde bu olay çarşamba, salı ya da daha önce gün yaşanmış olmalı. Eğer bu bir cinayetse, eserlerine dair izleri Bayan Cushing'e gönderen kişi katilden başkası olabilir mi? Aradığımız kişinin, paketi de gönderen kişi olduğunu düşünelim. Bu paketi ona göndermesi için güçlü nedenleri olmalı. Peki, bu nedenler ne olabilir? Kadına işin bitirildiği haberini vermek, belki de kadının huzurunu bozmak için, bunu bilemeyiz. Ama ilk söylediğim doğruysa, kadın, bunları kimin gönderdiğini biliyor olmalı. Sahiden de biliyor mu acaba? Bundan çok emin değilim. Bilse niye polise haber versin ki. Kulakları gömerdi ve kimsenin de cinayetten haberi bile olmazdı. Aksi takdirde de suçluyu ihbar ederdi. İşte bizim çözmemiz gereken kısım da bu." Holmes konuşmaya hızlı bir tempoyla ve yüksek sesle başlamıştı ama konuşmanın sonuna doğru bakışları birkaç saniye bahçe çitinin arkasına kilitlendi ve ses tonu yavaşladı. Ardından da hızla ayağa kalkarak eve doğru yürümeye başladı.

"Bayan Cushing'e sormam gereken birkaç soru var," dedi.

"O halde sizi içeriye tek başınıza göndermek zorundayım," dedi Lestrade. "Çünkü ilgilenmem gereken başka şeyler var. Zaten artık Bayan Cushing'den başka bir şey öğrenebileceğimizi de zannetmiyorum. Beni ararsanız, polis merkezinde olacağım."

Birkaç dakika sonra, Holmes'la birlikte, kadının heykel gibi oturup el işlemesini yapmaya devam ettiği salona girdik. Kapıdan içeri girdiğimizde kafasını kaldırarak sıcak ve meraklı mavi gözleriyle bize baktı.

"Düşünüyorum da efendim," dedi. "Tüm bu olanlar, aslında bir yanlışlıktan ibaret olabilir. Koli yanlışlıkla benim adresime getirilmiş olmalı. Bunu Scotland Yard'dan gelen beyefendiye birçok kez söyledim ama o, gülmekle yetindi. Bildiğim kadarıyla bir düşmanım yok, neden birileri benimle bu şekilde dalga geçmek istesin ki?"

"Ben de sizinle hemfikirim Bayan Cushing," dedi Holmes ve kadının yanına bir sandalye çekerek oturdu. "Hatta söylediklerininiz bir olasılıktan daha kuvvetli..." dedikten sonra sustu ve gözlerini üzerinden ayırmadan kadını incelemeye başladı. Dikkatli yüzünde bir an için, hayretle karışık bir memnuniyet ifadesi belirmişti. Ama kadın sessizliğin nedenini anlamak için kafasını kaldırdığında, eskisi gibi ciddi bir ifadeyle karşılaştı. Ben de kendi çapımda kadını incelemeye başlamıştım. Düz kır saçlarına, özenerek taktığı başlığına, küçük altın küpelerine, rahat davranışlarına baktım ama doğrusunu söylemek gerekirse, dostumun o an yaşadığı heyecana neden olacak bir şey göremedim.

"Bir iki sorum olacaktı size."

"Sorulardan çok sıkıldım artık," diye hemen cevap verdi Bayan Cushing.

"Sanırım iki kız kardeşiniz var."

"Nereden biliyorsunuz bunu?"

"Odaya girdiğim zaman gözüme, şöminenin üzerinde duran, üç hanımefendinin birlikte çekildikleri fotoğrafı çarptı. Bunlardan birisi belli ki sizsiniz, diğerleri ise size o kadar benziyor ki, yakın akrabalarınız olduklarından başka bir ihtimal aklıma gelmiyor."

"Evet, haklısınız. Onlar kız kardeşlerim. Adları Sarah ve Mary."

"Hemen yanındaki, Liverpool'da çekilmiş olan resimde ise küçük kız kardeşiniz ve yanında da üniformasından anlaşıldığı üzere kamarot olan bir beyefendi var. Kardeşiniz bu resmin çekildiği zamanlar bekârmış yanılmıyorsam."

"Çok dikkatlisiniz."

"Benim işim bu."

"Tahminlerinizin hepsi doğru. Hatta kardeşim bundan birkaç gün sonra, Bay Browner ile evlendi. Kocası o zamanlarda Güney Amerika hatlarında çalışıyordu ama kardeşimi çok özlediği için Liverpool ve Londra gemilerinde çalışmaya başladı."

"Ah, Conqueror adlı gemide mi yoksa?"

"Hayır, May Day adlı gemide çalıştığını duymuştum en son. Jim bir keresinde ziyaretime gelmişti de. Gerçi bu yeminini bozmadan önceydi tabii ki. Sonraları, karada çalışmaya başlayınca çok içki içmeye başladı. En son öyle bir hale gelmişti ki bir kadeh bile içse gözleri deli deli bakmaya başlıyordu. Ah, keşke hiç başlamasaydı. Önce kardeşimin benimle ilişkisini kesti. Mary'den duyduğum kadarıyla Sarah ile sık sık tartışıyorlardı. Son olarak da Mary'yle mektuplaşmamız da kesildi ondan beridir de hiç haber almıyorum kendilerinden."

Bayan Cushing'in bu mevzular açılınca içinde derin duygular uyandığı belliydi. Yalnız bir hayat süren çoğu insan gibi o da önce çekingen davrandı ama sonradan açıldı. İlk olarak kamarot olan eniştesiyle ilgili hikâyeleri bize anlattı. Sonra bir konudan başka bir konuya atlamaya başladı; eski kiracılarından, o tıp öğrencilerinden bahsetti. Kirayı geç yatırmaları, çalıştıkları hastanelere kadar her şeyi anlattı. Holmes ara sıra kadının sözünü kesiyordu ama çoğunlukla kadına müdahale etmeden dikkatli bir şekilde dinliyordu.

"İkinci kardeşiniz hakkında," dedi. "Merak ettiğim bir nokta var, ikiniz de bekâr olduğunuz halde, neden beraber yaşamıyorsunuz?"

"Ah! Sarah'nın karakterini bilemezsiniz, hatta tahmin bile edemezsiniz. Croydon'a ilk geldiği zaman bunu denedik ve sizin dediğiniz gibi birlikte yaşadık ama sonunda evleri ayırmak zorunda kaldık. Kardeşim hakkında kötü konuşmak istemem elbette ama herkesin işine karışan memnun edilmesi zor bir insandır".

"Liverpool'daki akrabalarınızla da bu yüzden mi koptunuz?"

"Evet, hem de en yakın arkadaşlarımızı bile bu yüzden kaybettik. Hatta bir aralar onlara yakın olabilmek için yanlarında bile kalmıştı. Şimdiyse Jim Browner için ağzına geleni söylüyor. Burada kaldığı altı ay boyunca Jim'in alkolikliğinden ve yaptığı şeylerden başka bir şeyden bahsetmedi. Bence Jim'in işine de karışmaya kalkıştı ve o da karşılık verdi. Sanırım olaylar böyle gelişti."

"Teşekkürler, Bayan Cushing," dedi Holmes. Ayağa kalktı ve selamını verdi. "Yanlış duymadıysam kardeşiniz Sarah, New Sokağı, Wellington'da oturuyor, değil mi? Tamam, iyi günler. Sizin de dediğiniz üzere, sizi alakadar etmeyen bir olay için canınızın sıkıldığına çok üzüldüm."

Holmes, yoldan geçmekte olan bir arabayı durdurdu.

"Wellington buradan kaç kilometre uzaklıkta?" diye sordu.

"Yaklaşık bir buçuk kilometre efendim."

"Çok güzel. Atla Watson. Gelişmeler henüz sıcakken harekete geçmeliyiz. Ne kadar basit bir olay olursa olsun, aralarında bağlantı kurmamız gereken birkaç ipucumuz var. Arabacı! Yolda gördüğün ilk posta merkezinin önünde dur."

Holmes, buradan kısa bir telgraf gönderdi. Yolculuğun geri kalanında da, gözüne giren güneşi engellemek için şapkasını burnuna kadar indirdi ve arkasına yaslanıp hiç konuşmadan oturdu. Sonunda arabacı, az önce geldiğimiz evden neredeyse hiç farkı olmayan başka bir evin önünde durdu. Dostum arabacıya beklemesini söyledi. Holmes kapıyı çalmak için elini kaldırdığı sırada kapı açıldı ve merdivenlerde, kafasında parlak bir şapka olan ve simsiyah giyinmiş genç bir adam göründü.

"Bayan Cushing evde mi?" diye sordu Holmes.

"Bayan Sarah Cushing ne yazık ki çok hasta," dedi delikanlı. "Dünden bu yana beyniyle ilgili şiddetli rahatsızlıklar baş gösteriyor. Ben, onun tıbbî danışmanı olarak, kendisinin ziyaretçi görmemesi gerektiğini düşünüyorum. Size on gün sonra gelmenizi tavsiye ederim."

Genç adam eldivenlerini eline takarak kapıyı kapattı ve sokağa doğru yürümeye başladı.

"Neyse, yapacak bir şey yok," dedi Holmes, neşeli bir şekilde.

"Onu görsek bile bu haldeyken bize fazla bir şey söyleyemezdi herhalde."

"Ben ondan bir şey öğrenmek istemiyorum zaten. Sadece onu kendi gözlerimle görmek istedim. Ama sanırım aradığımı buldum. Neyse, arabacı bizi iyi bir otele götür. Öğle yemeğini yedikten sonra, polis merkezine uğrayıp dostumuz Lestrade'i görelim."

Öğlen yemeğimizi yerken Holmes, sadece kemanlardan konuştu. Döneminde Tottenham Court Yolu'nda bulunan rehinci bir Yahudi'den, değeri en az bin şilin olan bir Stradivarius kemanı, nasıl elli beş şiline aldığını heyecan içinde anlattı. Sonra konu Paganini'ye geldi ve bu sıra dışı müzisyen hakkında da kısa kısa birkaç hikâye anlatırken artık polis merkezinin yolundaydık. Oraya vardığımızda hava kararıyordu ve bunaltıcı sıcağın yerini ferahlatıcı bir esinti almıştı. Lestrade bizi kapıda karşıladı.

"Size bir telgraf geldi Bay Holmes." dedi.

"Ha! Beklediğim cevap gelmiş!" dedikten sonra zarfı yırtarak, kâğıtta yazanları hızlı bir şekilde okudu ve kâğıdı hemen cebine koydu. Ardından "Merak etmeyin her şey yolunda," dedi.

"Bir şey bulabildiniz mi?"

"Her şeyi buldum."

Lestrade şaşkın gözlerle "Ne?" diye bağırdı. "Şaka yapıyorsunuz herhalde."

"Hiç bu kadar ciddi olmamıştım. Korkunç bir suç işlenmiş ve ben her ayrıntısını ortaya çıkarttığımı düşünüyorum."

"İsmi bu," dedi. "En erken yarın geceye kadar tutuklayamazsınız. Ayrıca sadece sonuca ulaşılması zor olan olaylarda ismimin geçmesini istediğim için bu olayda, bunun dışında tutulmak istiyorum. Haydi, gidelim Watson." Lestrade mutlu bir şekilde elindeki kâğıda bakarken, biz istasyona doğru yürümeye başladık.

"Bu olay," diye konuşmaya başladı Sherlock Holmes, gece Baker Sokağı'ndaki odamızda purolarımızı yakıp sohbet etmeye koyulduğumuzda "Kızıl Çalışma" ve "Dörtlerin İşareti" adlarıyla halka açıkladığın olaylarda olduğu gibi, sonuçtan nedenlere doğru akıl yürütmek zorunda kaldığımız bir durum oldu. Lestrade'e mektup gönderip, bizim de ancak adam yakalandıktan sonra öğrenebileceğimiz bazı ayrıntıları bana bildirmesini istedim. Sevgili dostumuzun aklı ve mantığı biraz yarım olsa da, ne yapması gerektiğini anladığı zaman, bir buldog gibi işi sonuna kadar götürür. Zaten Scotland Yard'da bu kadar yükselmesi bunun sayesinde oldu."

"Yani olay daha sonuçlanmadı, öyle mi?" diye sordum.

"Temelde bitti gibi. Kurbanlardan birisinin hâlâ kayıp olmasına rağmen, bu işin arkasında kimin olduğunu artık biliyoruz. Eminim olayla ilgili sende de bazı teoriler vardır."

"Sanırım şu, Liverpool gemilerinde kamarotluk yapan Jim Brown'dan şüpheleniyorsun, değil mi?"

"Ha! Bence şüpheden de öte."

"Üzgünüm ama ben hâlâ birkaç noktanın haricinde, şüphelenecek çok da bir şey göremiyorum."

"Tam aksine, her şey hiç de bu kadar açık seçik olamazdı. İstersen adımları başından itibaren birlikte inceleyelim. Bildiğin gibi, meseleye tamamıyla boş bir zihinle başladık, hep bunun bir avantaj olduğunu düşünmüşümdür. Hiç teori oluşturmadık. Oraya, sadece gözlemlemek ve gözlemlerimizin yardımıyla bazı sonuçlara ulaşmak için gittik. Peki, ilk ne gördük? Bu sırların hiçbirisinden haberi yokmuş gibi görünen saygıdeğer bir kadın ve ortada iki kız kardeşi olduğunu anlamama yardımcı olan bir resim. O anda aklımdan, kutunun aslında diğer kardeşe gönderilmiş olabileceği düşüncesi geçti. Ama o anda bu fikri ispatlamak ya da çürütmek için elimde bir şey yoktu. O yüzden geçici olarak bunu bir kenara koydum. Zaten onun öncesinde de senin de hatırlayacağın üzere bahçede küçük, kahverengi kutunun içindeki ilginç bulguları incelemiştik.

İp, denizcilerin kullandığı cinsten bir ipti. Araştırmamızın bu aşamasında, deniz kokusunu alabiliyorduk. Ayrıca iplerin genellikle denizcilerin kullandığı tarzda bir düğümle bağlandığını, kolinin bir limandan gönderildiğini ve erkek kulağında da yine denizcilerde sıklıkla görülen küpe deliği bulunduğunu gözlemleyince, bu trajedi de rol alan kişilerin denizde aranması gerektiğine emin oldum.

Paketin gönderildiği adresi tekrar incelediğimde, Bayan S. Cushing'e gönderilmiş olduğunu gördüm. Elbette ilk başta adres ve alıcı gayet doğru gibi görünüyordu ama Bayan Cushing'in isminin baş harfi 'S' olan başka bir kardeşi daha olabilirdi. O halde araştırmamızı başka bir bakış açısıyla ele almamız gerekiyordu. Bu yüzden sorunu çözebilmek adına, eve geri döndüm. Sen de hatırlarsın, tam Bayan Cushing'e bir hata olduğunu söylemek üzereyken durdum. Çünkü o sırada gördüğüm bir şey, beni hayretler içinde bıraktı. Bununla birlikte artık araştırma yaptığımız alan iyice daralmıştı.

Bir tıp adamı olarak, sen de iyi bilirsin ki Watson, insan kulağı kadar değişken bir organ daha yoktur. Her kulak diğerlerine göre çok farklıdır. Geçen yılın Antropoloji Dergisi'nde, bu konuyla ilgili olarak, bizzat yazdığım iki makale var. Dolayısıyla kutudaki kulakları bir uzman gözüyle inceledim, anatomik açıdan farklılıklarına dikkat ettim... Bayan Cushing'i incelerken kulaklarının ne kadar da kutudaki kesik kadın kulağına benzediğini fark edince ne kadar şaşırdığımı anlamışsındır herhalde. Bunun bir tesadüf olması imkânsızdı. Dış kulakta aynı incelme, üst kısımda aynı geniş kıvrım, iç kıkırdakta da bir bükülme vardı. Anlayacağın iki kulak da tıpatıp aynıydı.

Elbette bu ipucu beni çok önemli bir sonuca götürüyordu. O da Bayan Cushing'in kurbanla kan bağının bulunduğu, hatta çok yakın akraba olduklarıydı. Ailesiyle ilgili konuşmaya başladığımızdaysa bana bu tezi destekleyecek son derece önemli ayrıntılardan bahsetti.

Öncelikle kız kardeşinin ismi Sarah'ydı ve yakın zamana kadar da aynı adresi kullanmışlardı. Buradan hatanın nasıl yapıldığını ve paketin aslında kime gönderildiğini anlamam imkânsızdı. Sonra küçük kardeşle evlenen kamarottan bahsetti. Bu adam, Bayan Sarah ile bir zamanlar o kadar samimiydi ki, kadın Brownerlara yakın olabilmek için Liverpool'a kadar gitmişti ama bir tartışma sonucunda artık görüşmeyi kesmişlerdi. Yani Browner, Bayan Sarah'a bir paket gönderecek olsa, eski adresine gönderirdi.

Olay yavaş yavaş bir çözüme yaklaşıyordu. Bu kamarotun önce varlığını, sonra da ne kadar güçlü bir karaktere sahip olduğunu öğrendik. Evet, adam o kadar tutkulu bir insandı ki, karısı uğruna işini değiştirmişti. Bu arada içkiyi biraz fazla kaçırdığını da düşünürsek. Artık karısının öldürüldüğünden şüphelenebilirdik. Aynı zamanda, muhtemelen denizcilik yapan başka bir adam öldürülmüş olabilirdi. İnsanın aklına, cinayet nedeni olarak kıskançlığın gelmesi gayet normal."

"Peki, ama neden bu suçun bulguları Bayan Sarah Cushing'e gönderilsin ki?"

"Liverpool'da kaldığı sırada, bu planın gerçekleşmesi için birinden yardım istemiş. Önceden bahsi geçen hattaki gemilerin sırasıyla Belfast, Dublin ve Watford'dan geçtiklerini zaten biliyoruz. Bu durumda Browner'in cinayeti işledikten sonra May Day gemisine bindiğini düşünürsek, bu paketi ilk olarak Belfast'tan postalardı.

Bu noktada başka bir olasılık daha insanın aklına geliyordu. Bunun gerçekleşme ihtimalinin çok düşük olduğuna inansam da, ikinci aşamaya geçmeden önce bu ihtimali de masaya yatırmadan geçemeyecektim. Bay ve Bayan Browner'ı, platonik âşığı olan birisinin öldürmüş olabileceğiydi yani kutudaki erkek kulağı Bay Browner'a ait olabilirdi. Bu fikrime karşı, ciddi itirazlar ortaya atılabilir ama tam aksini kanıtlayacak bir şeyler yok maalesef. Bu yüzden Liverpool polis gücünden arkadaşım Algar'a bir telgraf çektim ve Bayan Browner'ın evde olup olmadığını ve Bay Browner'ın da May Day adlı gemiye binip binmediğini öğrenmesini istedim. Zaten sonrasında da Bayan Sarah'yı ziyaret etmek için Wallington'a gittik.

İlk merak ettiğim konu, ailenin kulak yapısının hanımefendide ne derece benzerlik gösterdiğiydi. Kendisinden bundan daha fazlasını öğrenebilirdik ama aslında bu o kadar da önemli değildi. Croydon'un her yerinin bu küçük skandalla çalkalandığını göz önünde bulundurursak, onun olan bitenden haberdar olmaması imkânsızdı. Paketin asıl kime gönderildiğini o da biliyordu elbette. Adalete yardımcı olmaya niyetlenseydi, ilk işi polise haber vermek olurdu. Ama yine de her şeyi kendi gözlerimizle görmeliydik. Oraya gittiğimiz zaman, paketle ilgili haberlerin hanımefendinin beynine hasar verecek kadar sarstığını öğrendik. Olan bitenin ne anlama geldiğini ondan daha iyi anlayabilecek olan birisi yoktu. Fakat kendisinden bilgi alabilmek için bir süre beklememiz gerekiyordu. Aslına bakarsan, yardımına o kadar da ihtiyacımız yoktu. Aradığımız cevap, bizi polis merkezinde bekliyordu zaten. Daha kesin bir yolu yoktu bunun. Bayan Browner'ın evi, üç günden fazladır kapalıydı ve komşuları, akrabalarını görmek için güneye gittiğini sanıyorlardı. Nakliyat şirketinden, Browner'ın May Day adlı gemiye binmiş olduğu bilgisi de geldiğine göre, Browner'ın yarın gece Thames'e varacağını tahmin etmek zor değil. Onu kaba olmasına rağmen işini layıkıyla yapan dostumuz Lestrade karşılayacak. Çok geçmeden de bütün ayrıntıları öğreneceğimizi düşünüyorum."

Sherlock tahminlerinde yanılmamıştı da. İki gün sonra kendisine kalınca bir zarf geldi. Zarftan dedektife ait bir not ve iki sayfalık saçmalıklarla dolu bir yazı çıktı.

"Lestrade adamı yakalamış," dedi Holmes, zarfı açtıktan sonra. "Belki sen de burada yazanları duymak istersin."

"SEVGİLİ BAY Holmes:

Teorilerimizin gerçekliğini görmek amacıyla kurduğumuz plana istinaden (Burada biz kullanmasına dikkatini çekmek isterim Watson), dün akşam saat altıda Albert Limanı'na gittim ve Liverpool, Dublin ve Londra Buharlı Kargo Gemileri Şirketi'ne ait S.S. May Day adlı gemiye bindim. Araştırmalarım sonucu, gemide James Browner adında bir kamarot olduğunu ve bu kamarotun, yolculuk sırasında tuhaf hareketlerde bulunduğu için kaptan tarafından görevinden alındığını öğrendim. Adamın kamarasına gittiğimde, onu kan ter içinde kalmış bir şekilde bir sandığın üzerine oturmuş, başını ellerinin arasına almış, bir ileri bir geri sallanırken buldum. İri yarı, güçlü bir adama benziyordu ve esmerdi. Şu çamaşırcının olayında bize yardımcı olan Aldridge'i andırıyordu. Kendimi tanıttığım zaman, bir hışımla yerinden fırlayıp beni itmeye çalıştı ama buna teşebbüs edemeden ben düdüğümü öttürüp de etraftaki polislerin gelmesini sağlayınca, o da tüm cesaretini kaybetti ve kelepçelerin takılmasına izin vererek sakin bir şekilde odasından çıktı. Adamı nezarethaneye götürdük. Bir delil bulabileceğimiz umuduyla kutusunu da yanımıza aldık. Ama kutusunda denizcilerin kullandığı kocaman bir bıçaktan başka bir şey bulamadık. Aslına bakarsanız çok geçmeden bir delile ihtiyacımız olmadığını da anladık çünkü sorgulanmak için müfettişin karşısına çıkartılan adam, ifade vermek için izin istedi. En başında da söylediğim gibi, bu biraz basit bir olay ama soruşturma sırasında yardımlarınızı esirgemediğiniz için size teşekkür ederim.

Saygılarımla,

G. LESTRADE

"Çok basit bir olaydı sahiden de," dedi Holmes. "Ama müfettişin bizi ilk kez çağırdığında böyle düşündüğünü sanmıyorum. Neyse, bakalım Kim Browner neler anlatmış. Shadewell Polis Merkezi'nde müfettiş Montgomery'e verdiği ifadenin hepsi burada. Neyse ki, söyledikleri aynen aktarılmış.

"Söyleyecek bir şeyin var mı?

"Evet, çok şey var hem de. Bunları içimden atmalıyım. Sonra ister beni asın ister serbest bırakın, orası size kalmış. Şu saatten sonra ne olacağı umurumda değil. İnanın bana, ilk günden bu yana şu kadarcık uyumadım. Olan biteni anlatana kadar da rahat yok bana. Bazen adamın suratını da görüyorum ama çoğunlukla o kadınınkini. İkisi de gözümün önünden gitmiyor. Adam kızgın görünüyor ama onun yüzünde bir şaşkınlık var sanki. Zavallıcık... Sürekli sevgiden başka bir şey görmediği o yüzde ölümü görünce ne kadar da korkmuştur kim bilir.

Ama bunların hepsi Sarah'nın suçu. Umarım yaptıklarının cezasını çeker sonsuza kadar vicdan azabıyla yaşayıp acı içinde ölür. Yanlış anlamayın kendimi aklamaya uğraşmıyorum. İçkiye yeniden başladığımı ve deliler gibi içtiğimi biliyorum. Ama o beni affederdi. O kadın aramıza girmemiş olsa, beni kollardı yine. Kurtarırdı beni. Sarah Cushing, bana âşıktı -olayın çıkış noktası bu işte- beni o kadar sevmesine rağmen, gözümün karımdan başkasını görmediğini anlayınca içindeki şehvet bir zehre dönüştü.

Bunlar üç kız kardeştir. En büyükleri iyi bir kadındır. Ortancası şeytan, en küçükleri de bir melektir. Evlendiğimiz zaman Mary yirmi dokuz, Sarah ise otuz üç yaşındaydı. Hep birlikte kaldığımız zamanlarda günlerimiz o kadar güzel geçiyordu ki, ben Liverpool'da karım Mary'den daha iyisinin bulunabileceğine inanmıyordum. Bir gün Sarah'yı evimize davet etmeye karar verdik. Bir hafta bir ay oldu, sonra aylar geçti ve o da bizden biri gibi evin bir parçası oldu.

O zamanlarda böyle içmezdim ben, kenara para ayırırdım. Her şey yolundaydı çünkü. Tanrım, kim bilirdi böyle olacağımızı sonunda? Kim tahmin ederdi.

Hafta sonlarını evimde geçirebilmek için seferlerimi çoğunlukla buna göre ayarlardım, bazen de gemi yükleme için limanda kaldığı zamanlarda tüm haftayı evimde geçirirdim ve baldızım Sarah'yı da görürdüm. Siyah saçlı, uzun boylu, narin ve canlı bir kadındı. Başı gururla dik dururdu, gözleri hep parlardı. Ama küçük Mary varken onun hakkında aklımdan hiçbir art niyet geçirmiyordum. Tanrı şahidimdir, benim gözüm karımdan başkasını görmüyordu.

Bazen benimle yalnız kalmak için özel bir çaba sarf ettiğini seziyordum ama ona yakıştıramıyor kendimi bu düşünceden hemen kurtarıyordum. Bir akşam her şeyi anladım. Gemiden inip evime geldiğimde, karım yoktu ama Sarah evdeydi. Ona Mary'nin nerede olduğunu sordum. "Bir şeyler ödemeye gitti," dedi. Bense sabırsız bir şekilde evin içinde bir ileri bir geri yürümeye başlamıştım. "Mary olmadan niye hiç keyfin olmuyor Jim?" diye sordu. "Benim yanımda, kısa bir süreliğine de olsa keyiflenmediğini görmek hakaret gibi geliyor bana."

"Üzülme canım," dedim ve nezaketen elimi ona uzattım. Ama o elimi birden avuçlarının arasına aldı. Elleri alev alevdi. Gözlerine baktığımda da aynı alevi görebiliyordum. Her şey apaçık ortadaydı. Kaşlarımı çatarak elimi çektim. Bunun üzerine sessiz bir şekilde yanımda durdu ama sonra yine sırtımı okşamaya başladı. "Sakin ol koca Jim," diyerek kahkahalar içinde odadan hızla çıktı.

O günden sonra Sarah'nın içinde bana karşı bir nefret uyanmaya başladı. Nefret konusunda da çok başarılıydı. Bizimle kalmasına izin vererek çok büyük bir hata yapmıştım. Ne kadar da aptalım. Kalbinin kırılacağını bildiğim için Mary'ye de bir şey söylemedim. Her şey eski haline dönmüş gibi görünüyordu. Bir süre sonra Mary'de bazı değişiklikler görmeye başladım. Eskiden iyi ve saf bir kalbi olan eşim şüpheci birisi haline gelmişti. Gittikçe daha çok kavgacı ve çabuk sinirlenen birisine dönüşüyordu. Bazen durduk yere bile kavga ediyorduk. Ben ise ne yapacağını bilmez bir haldeydim. Sarah artık bana yaklaşmıyordu ama o ve Mary siyam ikizleri gibi birbirlerinden ayrılmıyorlardı. Karımı bana karşı doldurmak ve onun aklını zehirlemek için nasıl planlar kurduğunu daha yeni yeni anlayabiliyorum. O zamanlar ne kadar da körmüşüm meğersem. Sonra yeminimi bozup tekrar içmeye başladım ama biliyorum ki, Mary böyle değişmeseydi asla başlamazdım. Artık benden tiksinmesi için bir nedeni vardı. Aramızdaki mesafe gittikçe açıldı. Sonra da araya Alec Fairbain diye bir adam girdi ve işler bin kat daha kötü bir hal aldı.

Evime önce Sarah'yı görmek için geldi ama kısa bir süre sonra bizi de ziyaret etmeye başladı. İnsanları nasıl kazanacağını bilen bir adamdı, nereye gitse arkadaş edinirdi. Çok girişken, fırıldak, zeki ve kıvrak bir adamdı, dünyanın yarısını görmüştü ve gördüklerinden bahsederdi sürekli. Çok iyi bir arkadaştı, bunu inkâr edemem ve bir denizciye kıyasla çok kibar yönleri vardı. Ben de bu yüzden geminin üst güvertesinden çok, pupa kısmında zamanını geçirdiğini düşünüyordum. Bir ay boyunca bu şekilde evime girdi çıktı o dönem asla onun bu nazik ve her şeye karşı son derece ilgili davranışlarından bir zarar geleceğini akıl edememiştim. Bir gün bir olay yüzünden şüphelenmeye başladım ve o günden sonra huzurumuz tamamıyla bozuldu. Küçük bir olaydı bu aslında. Salona girdiği beklenmedik bir anda, karımın gözlerinde bir ışık görmüştüm. Beni görmesinden kaynaklandığını düşünüp tam sevinmek üzereydim ki o içeri girenin ben olduğumu anladığı anda hayal kırıklığına uğramış bir şekilde kafasını çevirdi. Bu da benim için yeterli olmuştu. Beni Alec Fairbain'den başkasıyla karıştırmış olamazdı dolayısıyla da salona benim yerime onun girmesini umuyordu. O anda onu görseydim elimde kalırdı çünkü sinirden kendimi kaybedince deliye dönüyorum. Mary gözlerimdeki şeytanî bakışı anlayınca beni bileğimden yakalamak için koşarak yanıma geldi. "Yapma Jim, lütfen yapma!" dedi. "Sarah nerede?" diye sordum. "Mutfakta," dedi. Mutfağa girerken "Sarah!" diye bağırdım. "Bu Fairbain denen adam bundan sonra evimden içeri girip kötülüğünü saçamayacak." "Neden?" diye sordu. "Çünkü ben öyle emrediyorum." dedim. "Yaa?" dedi. "Eğer benim arkadaşlarımın bu eve giremeyecek kadar kötü insanlar olduklarını düşünüyorsan, ben de gitmeliyim o halde," dedi. Ben de "Ne istersen onu yap!" dedim. "Ama bu Fairbain denen adam benim kapımda gözükürse, anı olarak onun kulaklarından birisini sana gönderirim," dedim. Benden çok korkmuştur diye düşünüyordum, çünkü asla bana karşılık vermeden aynı gece evimi terk etti. Neyse, karımı bana karşı doldurup, onu benden uzaklaştırarak benim ona kalacağımı mı düşündü yoksa bu kadın şeytanın ta kendisi mi, orasını bilmiyorum. Ama iki sokak aşağıda bir ev tuttu ve evin odalarını denizcilere kiralamaya başladı. Fairbain de orada kalıyordu ve Mary de onlarla çay içmek için o eve gidiyordu. Ne sıklıkla buluşuyorlardı bilmiyorum ama bir gün onu takip ettim ve kapıyı kırıp içeri girdiğimde Fairbain'i son anda arka bahçe duvarından atlayıp kaçarken gördüm. Zaten ödleğin tekiydi. Ben de karıma, onu bir daha bu adamın yanında görürsem öldüreceğime dair yemin ettim ve yanıma karımı da alarak eve döndüm. Karım korkudan titriyordu, kireç gibi bembeyaz olmuştu. Aramızda artık aşka dair en ufak bir kırıntı bile kalmamıştı. Benden hem nefret ettiğini, hem de korktuğunu görebiliyordum. Onu artık sonsuza kadar kaybetmiştim ve bu düşünce beni içkiye daha fazla yakınlaştırıyordu, bu da onun benden daha çok tiksinmesine neden oluyordu.

Neyse, Sarah, Liverpool'da yaşamasının imkânsız olduğunu sonunda anladı ve geri döndü. Bildiğim kadarıyla da Croydon'da yaşayan kız kardeşinin evine gitti. Fakat işler, onun burada yaşadığı zamankiyle aynı hızda ilerlemeye devam etti. Sonunda bu kötü sonun ve bir aile faciasının yaşandığı haftaya geldik.

Her şey işte bu şekilde gerçekleşti. May Day ile bir haftalık bir yolculuğa çıkmıştım. Gemideki fıçılardan birisi düşünce levhalardan birisi yerinden oynadı, bunun tamiri için on iki saat boyunca limanda beklemek zorundaydık. Gemiden inip evime gittim, karım için bunun bir sürpriz olacağını düşünüyordum ve belki de benim bu kadar kısa sürede eve dönmemden memnun olacağını umut ediyordum. Ben bu düşüncelerle heyecan içinde evime doğru giderken evin sokağında yanımdan bir araba geçti. Karım arabanın içinde Fairbain ile oturuyordu, ikisi muhabbet edip gülüşüyorlardı. Ben kaldırımda yürürken ikisi arabanın içerisinde oldukça mutlu görünüyorlardı. O an karımın içinde bana dair en ufak bir sevgi ya da saygı kırıntısı kalmadığını anladım.

Size söylüyorum ve yemin ediyorum ki bir an kendimi kaybettim şimdi hatırladığımda bana karanlık bir rüya gibi geliyor. Geç saatlere kadar kafayı buldum ve sürekli olarak o ikisinin görüntüsü düşündüm. Şu anda kafam zonkluyor, sanki demirci kafamın içinde demir dövüyor ama o sabah daha çok sanki büyük bir şelalenin gürültüsü kafamın içinde yankılanıyordu.

Her neyse, onları arabada görünce tabana kuvvet koşmaya başladım arabanın arkasından. Elime kalın bir meşe odunu aldım, gözümü kan bürümüştü sanki. Koşarken kurnazca davrandım ve beni görmemeleri için aradaki mesafeyi biraz açtım. Tren istasyonunda arabayı durdurdular. Bilet gişesinin önünde bir kalabalık vardı, ben de bu sayede fark edilmeden onlara yaklaştım. New Brighton'a bilet aldılar. Ben de aynı yere bilet aldım ama üç vagon arkalarından tabii ki. İstasyona vardığımızda geçit treninde yürümeye gittiler, ben de onları yüz metre kadar geriden takip ediyordum. Bir kayık kiralayıp kürek çekmeye başladılar, çok sıcak bir gündü. Hiç şüphesiz suya açılarak serinleyeceklerini düşündüler.

İşte o anda, kucağıma düştüklerini hissettim. Hava biraz pusluydu ve birkaç yüz metreden ötesi görünmüyordu. Ben de arkalarından bir kayık kiraladım ve kürek çekmeye başladım. Onların kayığının siluetini görebiliyordum. En az benim kadar hızlı kürek çekiyorlardı, onları yakaladığım zaman neredeyse sekiz yüz metre kadar açılmışlardı. Pus etrafımızı bir perde gibi sarmıştı ve üçümüz bu perdenin ortasındaydık. Tanrım, kendilerine yaklaşmakta olan kayığın içindeki kişinin ben olduğumu fark ettiklerinde yüzlerinde beliren ifadeyi asla unutamayacağım. Eşim çığlık atmaya başlamıştı. Adam da deliler gibi küfrederek, kürek yardımıyla beni itmeye çalışıyordu, gözlerimdeki katili görmüş olmalıydı. Beni itmesini engelleyip, elime sopamı aldım o hınçla başına öyle bir vurmuşum ki kafası yumurta gibi kırıldı. Belki de eşimin canını bağışlamalıydım ama çıldırmış bir haldeydim. Üstelik eşim onu kollarına alıp ağlamaya başladı, bir yandan "Alec" diye bağırıyordu. Bu manzara karşısında sopayı bir kez daha salladım ve karım da adamın yanına düştü. Sanki kanın tadını alan vahşi bir hayvan gibiydim. Tanrı sizi inandırsın, o sırada Sarah orada olsaydı, onlarla aynı kaderi paylaşırdı. Sonra bıçağımı çıkardım ve işte bu kadar! Bu kadar konuşma yeter! Üzerimize getirdiği kötülüğün meyvelerini görünce, Sarah'nın nasıl hissedeceğini düşündüm ve bu da bana vahşice bir zevk verdi. İki cesedi kayığa bağladım. Kayığın tahtalarından birisini kırdım ve batana kadar yanlarında durdum. Kayığın sahibinin, bu ikisinin pus yüzünden yollarını kaybederek denizde kaybolduklarını düşüneceğini zannettim. Üstümü temizledim ve karaya çıktım. Sonrasında da gemime gittim. Kimse olan bitenden şüphelenmemişti. O gece Sarah Cushing için bir paket hazırladım ve ertesi gün de Belfast'tan gönderdim.

İşte gerçekler bu şekilde. Beni isterseniz asarsınız ya da ne istiyorsanız onu yaparsınız. Ama bana bu zamana kadar çektiğim acılardan daha fazlasını çektiremezsiniz. Ne zaman gözlerimi kapatsam o ikisinin yüzü gözlerimin önüne geliyor. Pusların arkasından çıkagelip de yanlarına vardığım zamanki yüzleri aklıma geliyor hep. Onları hızlı bir şekilde öldürdüğüm için şanslılar çünkü onlar beni yavaş yavaş öldürüyor. Aynı şeyleri bir daha yaşasam ya deliririm ya da sabaha can veririm. Lütfen beni tek başıma bir hücreye koymayın efendim. Yalvarırım size koymayın! Bir gün belki bunlar sizin de başınıza gelebilir."

"Ne çıkartıyorsun bundan Watson?" dedi Holmes, yavaşça gazeteyi elinden bırakırken. "Bu acınası durum, yaşanan korkular ve şiddet nasıl bir amaca hizmet etti sence? Bunun bir sebebi olmalı, yoksa evrenin tesadüfî bir yer olduğu sonucuna ulaşmamız lazım ki insan bunu düşünmek bile istemiyor. Peki, o zaman ne için yaşandı tüm bunlar? İşte bu, insan aklının her an sapabilme ihtimaline sahip gerçeklikten uzak kara bir delik olduğunu anlamamızı sağlayan, sonsuzluktan bu yana süregelen bir sorun."

Sarı Surat

Sevgili okurlarım sizlere aktardığım sayısız hikâyenin bazen izleyicisi bazen de aktörü olduğumu biliyorsunuz... Kendine has yetenek ve içgüdüleriyle sevgili dostum Sherlock Holmes'a ilişkin anlattığım bu hikâyeler, genel anlamda, daha çok başarılı çözümlemelerle dikkatizi çekmiştir. Başarısız olanlarını anlatmamam, Holmes'un ününe ün katmak amacını taşımıyor. Zaten kendisinin de buna ihtiyacı yok, doğrusunu söylemek gerekirse. Asıl mesele, dostum Holmes'un sonuçlandıramadığı olayları başkalarının da çözüme kavuşturamayacak olması.

Her neyse... Holmes, zaman zaman kontrolünü kaybetmiş birisi kadar dengesiz olabiliyor ya da biz onun kontrolünü kaybettiğini zannedebiliyoruz. Onu çok yakından tanıyor olmanın verdiği tecrübeye dayanarak konuşmam gerekirse, aslında böylesi zamanlarda Holmes, fiziksel ve zihinsel yeteneklerinin doruğuna çıkmış oluyor. Zekâsının tavan yaptığı böylesi zamanlarda onu yanlış anlamak daha kolay, tabii ki benim kadar yakından tanımıyorsanız... Sonuç itibarıyla çözümlemede başarısız olduğu olaylarda bile, şu ya da bu şekilde, gerçeğe en fazla yaklaşan muhakemenin onunki olduğu her zaman ispatlanmıştır.

Musgrave Töreni de içinde olmak üzere benzer beş-altı hikâyenin sonuçları buna iyi birer örnektir. Yine de şimdi sözünü edeceğim vaka bu durumun daha açık anlaşılmasını sağlayacak kadar önemli ve ilginç.

Bir şey yapmış olmak için yapmak, Holmes'un kişiliğine pek uymaz. Buna spor da dahildir. Buna rağmen yine de kaslı vücut yapısı, onu oldukça enerjik ve güçlü gösteriyordu. Kendi sıkletinde değme boksöre taş çıkartacak kadar iyiydi. Bu güç, sporla kazanılmış bir yetenekten çok, işi gereği yaptığı aktivitelerden kazanılmış bir özellikti. Sorumluluk üstlendiği zaman, iz üzerindeyken açığa çıkan enerjisi sayesinde tükenmez bir çalışma temposuyla soluk almadan çalışırdı.

Aslında, işin zorunlu kıldığı aktiviteleri sporla karşılaştırmak doğru olmaz. Zaten biz de kıyas yapmamaya çalışıyoruz. Oysa Holmes'a sağlıklı bir yaşam sürüyor bile denemezdi. Hatta çok ender de olsa kullandığı bazı maddeleri hesaba katarsak, buna çok önem verdiği de söylenemezdi. Bunu da daha çok olayların arası açıldığında, nispeten kendisini daha rahat hissettiği zamanlarda ve gazetelerin bile ilgisini çekmediği dönemlerde yapardı... Buna daha çok varoluşun sıradanlığından kurtulmak için başvurduğunu söylersek yanlış olmaz...

Holmess'u güneşli bir bahar günü, moralinin de yerinde olduğunu dikkate alarak, parkta yürüyüş yapmaya ikna ettim. Henüz filizlenmeye başlamış karaağaçların ve kestane tomurcuklarının arasında, uzun sayılabilecek bir süre boyunca, iki saate yakın genellikle doğanın sesini dinleyerek güzel bir yürüyüş yaptık. Saat beş sularında Baker Sokağı'nın köşesini dönmek üzereydik. Eve henüz ulaşmıştık ki, Holmes'un uşağı kapıyı açar açmaz, "Affedersiniz efendim," dedi. "Biraz önce bir beyefendi sizi sordu?"

"Öğleden sonra yürüyüşlerini bir süreliğine ertelemeliyiz," dedi henüz kendisini ziyaret edenin kim olduğunu sorma zahmetine bile girmeden. Daha sonra uşağına dönerek,

"Şimdi nerede? Gitti mi yoksa?"

"Gitti efendim," dedi uşak.

"İçeri davet etmediniz mi yoksa?"

"İçeri kendisi girmişti efendim," dedi uşak.

"Ne kadar kaldı içeride?"

"Yaklaşık yarım saat kadar, beyefendi. Biraz huzursuz görünüyordu. İçerde sizi beklerken oturmak yerine volta atıp durdu. Ayak sesleri bana kadar geliyordu efendim. Bir süre sonra iyice huzursuzlaşıp koridora çıkarak, 'Sanırım gelmeyecek bu adam!' dedi biraz öfkeli bir ses tonuyla. 'Biraz daha beklerseniz, gelecektir!' dedim, 'Hmm... En iyisi onu dışarıda beklemek. Açık havada sakinleşirim belki. Yoksa beni hafakanlar basıyor.' dedi ve hemen ardından da dışarı çıktı. Onu beklemeye bir türlü ikna edemedim."

Holmes, bu sırada odaya girmek üzereydi.

"Elimizden bir şey gelmez! Yapabileceğinin en iyisini yapmışsın," dedi.

Ben de onun peşi sıra odaya girmiştim.

"Bak bu ziyaretçiye fena halde bozuldum, Watson! Ben zaten boş oturmayı sevmeyen bir adamım, üstelik can sıkıntısından patlamak üzereyken çözüm bekleyen bir sorun ayağıma kadar geliyor ve fakat aksiliğe bakın ki ben o gün o saatte yürüyüşe çıkmış oluyorum. İnanılır gibi değil! Davetsiz misafirimizin pek sabırlı biri olduğu söylenemez sanırım. Baksanıza, masada piposunu unutacak kadar dalgın ve dağınık. Bu amber pipolardan, üstelik

Londra'da, hâlâ kullanan insan var mıymış, şaşırdım doğrusu? İnsan bu kadar değer verdiği bir pipoyu unutacak denli dalgın ve düşünceliyse kesinlikle iyi bir durumda değildir Watson!"

"Ah dostum bunu nasıl anladınız, yani pipoya değer verdiğini?"

"Bunu anlamak için uzman olmaya gerek yok! Bence bu pipo, olsa olsa yedi şilin eder. Ahşap kısmına ve amberlerine bakarsanız iki kez tamir edildiğini siz de hemen anlayabilirsiniz. Yine de gümüş kullanılarak güçlendirilmiş olması piponun değerini artırmış olmalı. Pipoyu bu kadar dikkatli tamir ettirmiş olması, onun kendisi için ne kadar önemli olduğunu bize anlatır."

"Hepsi bu kadar değil sanırım..." diyerek Holmes'a baktım, pipoyu elinde evirip çevirerek incelemeye devam ediyordu. Tanıdık araştırmacı bakışlarla elindeki pipoyu ölçüp biçmeye devam eden Holmes, bir ara onu farkına varmadan öğrencilerine ders veren bir profesör edasıyla sallayarak anlatmaya başladı.

"Beyefendiler için pipo, önemli bir tamamlayıcıdır. Kendine has karakter taşıyor olması biraz saate biraz da ayakkabı bağcığına yaklaştırır onu. Elimde incelemekte olduğum pipo, sanki değersiz görünmeye çalışıyor gibi, sıradan duruyor. Buna rağmen, bizi başka sonuçlara götürecek kadar da değerli. Sahibi sağlam dişleri olan, belli ki güçlü kuvvetli, sakin ve kaygısız, solak, hali vakti yerinde bir beyefendi olmalı."

Karşımda sergilediği davranış tipik bir Holmes tutumuydu... Sanki odada yapayalnız etrafında kimse yokmuş da üzerinde çalışmakta olduğu bir eşyadan yola çıkarak sonuca ulaşmak ister gibi bir hali vardı. Buna rağmen benim kendisini dinleyip dinlemediğimden emin olmak için arada bir kaçamak bakışlar da atmaktan geri kalmıyordu.

"Anlamadığım şu: Hem yedi şilin diyorsun hem de adamın maddi durumunun iyi olduğunu düşünüyorsun... Bu nasıl olabilir?"

"Kullanılan pahalı bir tütün: Grosvenor harmanı. Daha ucuza daha iyi bir tütün alabilecekken," dedi avucuna tütünden bir parça dökerek: "Bu markayı tercih etmesi bizi, şaşmaz bir şekilde adamın tasarruf yapma gereği duymayacak kadar durumu iyi olan biri olduğu sonucuna götürür."

"Bitmedi öyle değil mi?"

"Pipodaki izlere bakılacak olursa yakmak için lamba veya havagazı kullandığı sonucuna da varabiliriz. İşte, şuradaki yanığı görebiliyoruz. Kibrit kullanırsanız bu izin olması mümkün değil. Oysa piponuzu lambadan yakmaya kalkarsanız sonuç böyle olur. Bu izlerin piponun sağında olması bunu kullanan kişinin solak olduğunu anlatıyor bize. Sağ elini kullanan biri, lambadan yakmaya kalktığında piposunun elbette solunu tutar aleve."

"İstisnaların genel kuralı bozmadığını hatırlatmama gerek yok sanırım. Üstelik amber ağızlığı ısırıp durmasına bakarsak yapılı bir vücuda sahip olduğunu ve dişlerinin de sağlam olduğunu söyleyebiliriz. Daha fazla yorulmamıza da gerek yok artık, merdivenlerdeki ayak sesleri ona ait olmalı yanılmıyorsam. Böylece pipo yerine sahibini inceleme fırsatı bulmuş oluruz."

Biraz sonra bulunduğumuz salonun kapısı açıldı ve içeriye sanki söylenenleri duymak ister gibi telaşlı bir şekilde boylu poslu, genç bir adam girdi. Üzerindeki gri takım sade ama son derece şıktı. 30 yaşında dersek belki abartmış bile olabilirdik.

Birkaç yaş daha genç olması mümkündü...

Biraz da tedirgin bir ses tonuyla:

"Affedersiniz belki de kapıyı vurmam gerekiyordu. Bu nedenle sizden özür diliyorum," dedi. "Bu densizliğimi lütfen bağışlayın. İçerisinde bulunduğum karmaşık durum nedeniyle biraz gergin olduğumu söylememe lütfen izin verin."

Bu telaşlı başlangıcın ardından genç adam hemen en yakındaki koltuğa çoktan oturmuştu bile.

"Birkaç gündür uyumadığınızı daha ilk bakışta anlayabiliyorum," dedi Holmes, babacan ve samimi bir tarzda. "Nahoş olaylar insanı ister istemez sinirlendiriyor. Sizi anlayabiliyorum. Bu durumda size yardımcı olabilirsem sevinirim... Ne dersiniz?"

"Çok sevinirim Bay Holmes. Zaten böyle bir yardım için sizi rahatsız ettim. Beyefendi, çaresiz bir durumdayım. Nasıl çözüm bulacağımı da bilmiyorum. Bütün hayatım altüst olmak üzere!"

"Bir dedektifin kapısını yardım istemek için çalmış olmalısınız..."

"Evet, haklısınız ama sadece bu değil... Ne kadar sağduyulu olduğunuzu biliyorum. Üstelik tecrübelerinizi bunun üzerine eklersek sizin düşüncelerinize neden ihtiyaç duyduğumu anlamanız daha kolay olur. Yapmam gereken şeyin ne olduğu konusunda bana yardımcı olursanız çok sevinirim. Çünkü ben içinden çıkamıyorum..."

Adamın sesi ağlamaklıydı. Buna bakarak acı çektiğini hemen anlayabiliyordunuz.

"Bay Holmes, doğrusunu söylemek gerekirse, size anlatacağım konu özel hayatımı da kapsıyor. Bu nedenle hassasiyet göstereceğinize inanıyorum. Birçok insan bu gibi durumlarda özel hayatını başkalarıyla pek paylaşma niyetinde değildir. Üstelik karımdan söz ediyor olmak pek de hoş bir durum değil. Diyeceğim o ki, şu an bile aile durumumu sizlerle konuşuyor olmaktan utanıyorum. Çünkü onun bir adamla ilişkisi olduğundan söz edecek olmam işin vehametini size daha kolay anlatacaktır. İnsanın gururunu ayaklar altına alan bir durum. Dayanacak gücüm kalmadı... Lütfen yardım edin!"

"Bay Grant Munro," diye konuşmaya başladı Holmes.

Adını duyunca umulmadık bir şekilde irkilen ziyaretçimiz: "Ama nasıl olur? İsmimi nereden biliyorsunuz!" diye bağırarak sordu.

"İlahi Bay Munro," dedi gülümseyerek Holmes, "madem tanınmak veya bilinmek istemiyorsunuz o halde şapkanızda yazılı olan adınıza ne demeli? Her neyse, konumuz zaten bu değil... Sayın Bay Munro, bu odada sizinkinden daha mahrem ve bir o kadar gizli ne kadar çok sır dinledik, sayısını tahmin bile edemezsiniz. Bu nedenle size de yardımcı olacağımızdan emin olabilirsiniz. Şimdi yapmanız gereken şey, bize başınızdan geçen şeyleri hiçbir şey atlamadan, olduğu gibi, anlatmak..."

Duyduklarını tartan misafirimiz yeniden kapıdan girdiği endişeli haline geri büründü. Bu endişesini gizlemek ister gibi bir hali vardı. Görünüşü yüzündeki yaraları saklamak isteyen mağrur ve güçlü duruşuyla tezat oluşturuyordu. Sonunda eliyle ne olacaksa olsun der gibi bir işaret yaptıktan sonra, konuşmaya başladı:

"Bay Holmes, size her şeyi en ufak ayrıntısına dek anlatacağım... Üç yıldır devam eden mutlu bir evliliğim var. Her şey o kadar güzel gidiyordu ki... Şimdi ise her şey tersine döndü. Geçen pazartesi gününden bu yana, yolunda gitmeyen bir şeyler var. Ama ne olduğunu anlayamıyorum... Karımın davranışlarında, düzensizlikler ve anlaşılmaz bazı durumlar oluşmaya başladı. Bu da evliliğimizi sancılı bir duruma sürüklüyor açıkçası. Bu nedenle birbirini tanımayan iki yabancı gibi giderek birbirimizden uzaklaştığımızı görüyorum.

Konunun ayrıntılarına çok fazla girmeden önce size anlatmam gereken şeyler var, dedektif...

Karımın beni çok sevdiğini biliyorum. Bunu sizin de bilmenizi istiyorum. Eşim, yani Effie'nin beni, hâlâ ilk günkü kadar samimi ve bütün kalbiyle seviyor olduğundan hiçbir kuşkum yok. Bunu hissedebiliyorum... Onu, beni hâlâ sevip sevmediğini anlayacak kadar iyi tanıyorum... Burası tartışma götürmez. Yine de geldiğimiz noktada ters giden bir şeylerin olduğunu hissediyor ve bu nedenle de sorunun üstesinden gelmeye çalışıyorum. Aksi halde eskisi gibi olamayacağımızı bugünden görebiliyorum."

Holmes, bu sırada daha fazla şey öğrenmek isteyen sabırsız bir merakla onu sakince dinliyordu.

"Lütfen devam edin Bay Munro," dedi...

"Eşimin geçmişini anlatarak başlamama izin verin lütfen. Belki bir işe yarayabilir. Ben onu tanıdığımda 25 yaşında ve duldu. Tanıştığımızda Hebron soyadını kullanıyordu. Effie, küçük yaşta gittiği Amerika Atlanta'da iyi bir avukat olan Hebron'la tanışıyor ve daha sonra onunla da evleniyor. Bu evlilikten bir çocukları oluyor. Ama o sırada bu bölgede yayılan sarıhumma hastalığı hem kocasını hem de çocuğunu elinden alıyor. Bu arada kocasının ölüm belgesini gördüğümü de hatırlatmak isterim. Kendisini oraya bağlayan hiçbir şeyin kalmaması ve sevdiklerini kaybetmiş olmasının da acısıyla Effie, kocasından kendisine kalan 4.500 Sterlin'lik mirası da alarak Amerika'dan ayrılıp İngiltere'ye halasının yanına, yani Middlesex Pinner'a dönüyor. Onu tanıdığımda henüz altı aydır Pinner'da bulunuyordu. İlk görüşte aşk ve mutlu son... Birkaç hafta sonra da evlenmiştik.

Anlatmaya devam ediyorum... Ticaretle uğraşan biri olmam sebebiyle yıllık yedi, hadi bilemediniz sekiz yüz Sterlin'lik bir gelirim var. Bu yüzden Norbury'de yıllık kirası 80 Sterlin olan bir villayı tutmam hiç de sorun olmadı. Şehrin yakınlarında, banliyöde küçük şirin bir ev... Evin biraz ilerisinde küçük bir otel ve iki ev daha var. Bizim evin karşısındaki villayı da sayarsak komşularımızı tamamlamış oluyoruz. Sakin bir bölge... Başka da komşumuz yok. İşimin durumuna göre, bazen çok sık şehre gittiğimi söyleyebilirim ama özellikle yazın karımla birlikte vakit geçirmek için gitmediğim zamanlarda oldu.

Yani aslında, son günlerde yaşadıklarıma gelinceye kadar her şey çok iyi gidiyordu. Sizi bilgilendirmek için söylemem gereken bir şey daha var: Evliliğimizin hemen ardından Effie, bütün mal varlığını benim üzerime geçirdi. Bunu ben istemedim. Kendisi 'işlerim kötü giderse şimdiden önlem olsun' diye ısrar ederek yaptı bunu. Bundan altı hafta kadar önce tuhaf bir konuşma geçti aramızda bunu aktarmak isterim.

'Sevgilim, istediğim zaman paramı çekebileceğimi söylemiştin, hatırladın mı canım?'

'Para senin, istediğin zaman hayatım.'

'Tamam öyleyse 100 Sterlin alabilirim, değil mi?'

Şaşırdığımı söylemeliyim... Çünkü karımın benden yeni bir elbise veya onun gibi bir şey için para isteyeceğini düşünüyordum.

'100 sterlin mi?' diye sorarak şaşırdığımı göstermek istedim.

'Benim tanıdığım bankerler böyle soru sormazlar' dedi.

'Gerçekten istiyorsan, elbette alabilirsin.'

'Ciddiyim' dedi.

'Bana bu parayı niçin ihtiyacın olduğunu söylemek istemediğini görüyorum' dedim.

'Şimdi değil ama belki bir gün anlatırım Jack!'

Bu davranışını anlayışla karşılamam gerektiğini düşündüm. Evliliğimizde ilk kez böyle bir durumla karşılaşıyordum. Bugüne dek her şeyi açık açık konuşmuştuk. Birbirimizden asla bir şeyi gizlemezdik. Neticede, ona istediği miktarda bir çek yazıp verdim. Bu tatsız durumu da unuttum gitti. Yine de bu durumu ilgisiz görünmesine karşın size anlatmam gerektiğini düşündüm.

Tekrar evimize dönecek olursak... Evimizin yakınlarında bizim eve bakan bir köşk var. Yakın dediysem, o kadar da değil... Aramızda bir tarla kadar uzaklık olmasına karşın, oraya gitmek istersek yolu geçmek gerekiyor. Bu yol boyunda çok güzel ve gezmekten her zaman hoşlandığım bir sarıçam koruluğu bulunuyor. Söz konusu köşk yaklaşık sekiz aydır boş. Bu yüzden sanırım, ne zaman önünden geçsem, bu eski tarz iki katlı köşkün mutlu bir aile yuvası olacağını hayal ederdim.

Yürüyüşe çıktığım bir pazartesi akşamı köşkün önünden geçerken verandasında bazı eşyaların olduğunu ve bir yük arabasının da gelmekte olduğunu gördüm. 'Köşk yeni kiracılarını buldu herhalde' diye geçirdim aklımdan. İster istemez komşularımızın nasıl insanlar olduğunu öğrenme merakıyla köşkün etrafında turlamaya başladım. Bir ara evin üst katında bulunan pencerelerden birinden bana bakmakta olan birinin varlığı hissine kapıldım.

Şunu söylememe izin verin Bay Holmes; o an içimde bir ürperti duyduğumu ifade etmeliyim. Bunun nedenini belki tam olarak anlatamam ama o surat beni ürkütmüştü. Garip bir durum! Üstelik onu çok iyi görememememe rağmen bu, böyleydi. Uğursuz ve kötücül bir şeylerin olduğunu hissetmiştim ama ne? Bilmiyordum... Bu durumu anlamak için köşke iyice yaklaşmaya karar verdim. Boşa giden bir çaba... Penceredeki ürkütücü surat o an kayboldu... Bir hayalet gibi hızlı ve karanlık...

Sonraki birkaç dakika boyunca bu olayı anlamaya çalışmak için çaba harcadım. O surat bir erkeğe mi yoksa bir kadına mı aitti? Anlayamamıştım... Aramızda epey mesafe olduğu için buna karar veremedim. Yine de bu meçhul siluetin beni etkilemiş olmasına şaşırmıştım. Beni en fazla etkileyen şeyin siluetin rengi olduğunu bu sırada fark ettim. Kireç gibi beyaz bir surat, sert bir ifade tarzı ve parlıyor olduğunu hatırlıyorum. İçimdeki merak dürtüsünü alt edemiyordum. Bu nedenle daha fazla sabredemeyip bir tanışma bahanesiyle kapılarını çalmaya karar verdim yeni komşularımızın. Biraz uzun boylu, çelimsiz ve hiç de kibar olmayan bir kadın açtı kapıyı bana.

"Buyurun, ne istiyorsunuz," diye hızla sordu. Kuzeyli aksanıyla konuşuyordu ve bu hemen anlaşılabiliyordu.

"Karşıdaki evde oturuyorum yani komşuyuz," dedim zoraki bir gülümsemeyle evimizi başımla göstererek. "Taşındığınızı görünce belki yardımım dokunur diye bir hal hatır sormaya gelmiştim."

"Teşekkür ederiz... Bir şeye ihtiyacımız olursa söyleriz." dedikten sonra cevap bile beklemeden kapıyı suratıma kapatıverdi.

Kaba bir davranıştı ve sinirlenmiştim. O gece hep bunu düşündüm. Yeni komşularımızın penceredeki silueti ve kapıda beni karşılayan kadının kaba davranışı için için beni kemiriyordu sanki. Mizacı hassas olduğu için Effie'ye bundan hiç söz etmemeye karar verdim. Buna rağmen yine de yatmadan önce karşı köşke taşınanlar olduğu bilgisini kayıtsız bir şekilde verdim. Beklediğim gibi karım da habere kayıtsız kaldı ve neredeyse hiç tepki vermedi.

Uykum biraz ağırdır. Genelde deliksiz uyurum, bu nedenle zaman zaman alaya alındığım bile olmuştur aile arasında. O gün, komşularımda yaşadığım gergin dakikalardan sonra üzerimde kalan tedirginlikten dolayı uyumakla uyanık kalmak arasında gidip geliyordum. Gece yarısına doğru, gözümü açmaya çalışırken odada bir hareketlilik sezdim. Biraz daha dikkat kesilince karımın üzerini giyinerek sessizce dışarı çıkmakta olduğunu anladım.

Nereye gidiyorsun diye soracağım sırada gözlerim mum alevinde parlayan karımın suratındaki ifadeye takılı kaldı. Ondaki bu yüz ifadesi bana çok yabancıydı. İlk kez böyle görüyordum. Kireç gibi bembeyaz bir surat ve hızlı hızlı nefes almaktan mustarip bir göğüs kafesi... Mantosunu üzerine giyerken titreyen elleriyle bir şeyi kıracakmış kadar tedirgin ve beni uyandırmamaya aşırı itina gösteren bir ruh halini tüm çıplaklığı ile görebiliyordum.

Uyuduğuma kanaat getirdikten sonra nihayet sessizce dışarı süzüldü. Az sonra da sokak kapısının kapandığına işaret eden ince bir tık sesini duydum. Yeniden gergin bir ruh haline sürüklenmiştim. Olan biten her şeyi anlama çabasıyla yatakta oturup düşünmeye çalışıyordum. Bu sırada saatin kaç olduğunu anlamak için her zaman yastık altında tutmaya itina gösterdiğim saatime baktım. Saatin akrebi üçü gösteriyordu. Can yakıcı soru şuydu: Karımı sabahın üçünde, sessizce, üstelik bana haber vermeden dışarı çıkartan şey neydi?

Kafamda olan biten her şeyi sıraya koyup bir anlam vermeye çalıştım. Ama nafile... İşler çığırından çıkmış gibiydi. Bu arada ne kadar zaman geçti bilmiyorum dış kapıdan birinin ses çıkarmadan içeri girdiğini fark ettim. Biraz sonra merdivenlerde duyduğum ayak sesleri Effie'ye aitti.

İçeri girince hemen tepki verdim:

"Tanrı aşkına! Nerelerdeydin Effie?"

Karım aniden gelen tepki karşısında bir an için yaşadığı şaşkınlıkla küçük bir çığlık attı... Benim uyanmış olmam belki de en son istediği şeydi. İçerisinde olduğu duruma bakınca yüzündeki ifadeler beni iyice sarstı. Bir suçluluk psikolojisi altında olduğunu anlamıştım. Karım Effie, bilmenizi özellikle isterim ki bana karşı her zaman dürüst olmuştur. Oysa şu son bir saat içerisinde yaşadıklarımız karşısında adeta şaşkınlıktan küçük dilimi yutmak üzereydim. Benim sevgili karım, güvenilir karım, odamıza tıpkı çıktığı gibi sessizce adeta bir hırsız gibi giriyor ve beni uyanık bulunca da çığlığı basıyordu... Gerçekten ilginç bir andı...

Yeniden ve biraz daha sert bir tonda sordum:

"Nereye gittin?"

Paltosunu titreyen bir elle çıkarmaya çalışırken cevap verdi:

"Neden şaşırdığını anlayabiliyorum. Böyle bir şeyi bugüne kadar hiç yapmamıştım. Ama bugün nedense içimi biraz sıkıntı bastı. Bu nedenle çıkıp dışarıda birkaç dakikalığına da olsa hava almak ihtiyacı hissettim. İyi de oldu. Yoksa burada düşüp bayılacağımı düşünüyordum."

Bu sırada benimle göz göze gelmemeye özellikle dikkat ediyordu. Ses tonu yalanını ele verir gibiydi, inandırıcı değildi. Bunu onun yüzüne vurmak yerine sessizce yüzümü duvara çevirdim. Sevgili karım Effie'nin ilk kez kalbimi kırdığına şahit oluyordum, üstelik içimde büyüyen şüpheyi de görmezden gelemezdim. Karımın benden ne sakladığını mutlaka bilmem gerekiyordu. Onu bana yalan söyleten şey neydi?

Gecenin yarısında onu dışarı çıkartan şeyi öğrenmem gerekiyordu. Bunu öğreninceye kadar asla sakinleşmeyece-ğimi biliyordum. Huzursuz olan benliğimin sakinleşmesi için gerçekleri öğrenmem gerektiğini biliyordum. Daha ilk soruda bana yalan söylemiş olmasından incinmiş ve başka soru sorma lüzumu görmemiştim. O saatten sonra sabaha kadar rahatsız bir ruh haliyle yatakta dönüp durdum. Sorulara verdiğim hiçbir cevap bana yeterli gelmiyordu. Olan bitenleri kavramakta zorlanıyordum...

Sabah olunca işim gereği şehre gitmem gerekiyordu. Ama nafile... Bu kafayla işe yoğunlaşamayacağımı bildiğimden şehre gitmeyi erteledim. Effie'nin huzursuzluğunu da görebiliyordum. Bunun için müneccim olmaya gerek yoktu. Göz göze gelmemeye gayret ederek her ikimiz de bir sonraki hamlenin ne olacağını anlamaya çalışan rakip takım oyuncuları gibiydik. Ne yediğimi bile anlamadığım kahvaltıda bile konuşmadık diyebilirim. Zaten hemen yemekten sonra yürüyüşe çıkmayı tercih ettim. Böylesi zamanlarda açık havada yapacağım yürüyüş kafamı toplamak için birebirdi.

Bu sırada yürüyerek Crystal Palace'a kadar gitmişim... Bir saat kadar bu şekilde dolaştıktan sonra saat 13.00'e doğru Norbury'e döndüm. Geri dönüş yolum komşu köşkle çakıştığı için yanından geçerken, dün gördüğüm irkiltici silueti yeniden görebilmek umuduyla, gözlerimle pencerelere bakmaya devam ettim. Bu sırada hiç beklemediğim bir şey oldu. Komşu köşkün kapısı açıldı ve içeriden çıkan kişiyi görünce az daha şaşkınlıktan küçük dilimi yutacaktım.

Kapı açıldığında içeriden çıkan kişi karımdı...

Yeniden şaşırma sırası bana geçmişti. Bu sırada karımla göz göze geldiğimizi de hesaba katarsak bu durum, tam bir şaşkınlıktan donup kalma haliydi. Benim şaşkınlığım karşısında Effie'nin ki bir hiçti! Karım bu şaşkınlığın yarattığı panikle bir an için içeri kaçmayı bile aklından geçirmiş olabilir. Yüzü bembeyaz olmuştu ve gözlerindeki korkuyu fark etmemek imkânsızdı. Bir zaman sonra duruma uygun davranmaya çalışarak dudaklarında zoraki bir gülümsemeyle ve itici bir ses tonuyla tepki verdi bana, "Ah Jack! Dün sözünü ettiğin komşularımızı ziyarete geldim. Belki bir yardımım dokunabilir diye düşünmüştüm. İyi yapmışım değil mi? Ne dersin? Neden öyle duruyorsun, kızmadın ya?"

"Gece hava almak için geldiğin yer burası olmasın?"

"Bu ne demek oluyor şimdi?" diye öfkelenir gibi yaptı.

"Dün gece eminim buraya geldin... Bir gece yarısı üstelik kocana fark ettirmeden ziyaret ettiğin bu insanların kim olduğunu bana açıklar mısın?

"Yanılıyorsun! Buraya daha önce hiç gelmedim," dedi.

"Bu kadar kolay yalan söylüyor olmana şaşıyorum. Seni tanıyamıyorum," diye bir an için boş bulunup bağırdım. "Konuşurken sesinin titrediğinin farkında bile değilsin. Bugüne kadar bana hiç yalan söylemeyen, hiçbir şey saklamayan karım, şimdi kolaylıkla yalan söyleyebiliyor. Buna inanamıyorum! Şimdi içeri girip olan biten her şeyi öğreneceğim." dedim.

"Lütfen Jack! Bunu ne olur yapma!"

Kapıya gitmek için hamle yaptığım sırada ondan umulmayacak kadar haşin bir hareketle kolumdan tutup şiddetle çekti.

"Sana yalvarıyorum Jack! Bunu ne olur yapma... Yemin ediyorum, zamanı gelince bütün bunları sana olduğu gibi açıklayacağım. Ama şimdi içeri girersen her şey mahvolur! Bu yalnızca durumu daha da kötüleştirir." dedi.

Bu sırada kolumdan çekiştirmeye devam ediyordu. Koluma cansiperane yapışmış gibiydi...

"Jack, her zaman olduğu gibi bana güvenmeni istiyorum. Özellikle bu kez güvenmeni rica ediyorum senden. İnan, seni bu kararından dolayı pişman etmeyeceğim. Gizlediğimi düşündüğün her şey daha çok senin iyiliğin için... Ama bu köşke girmekte ısrar edersen aramızdaki her şeyin biteceğinden emin olabilirsin." dedi.

Söylediklerini anlamaya, dolayısıyla bir tutum belirlemeye çalışıyordum. Alabildiğine kararlı ve bir o kadar çaresiz duruşu nedeniyle kapının önünde öylece kalakaldım... Neden sonra cevap verdim:

"İçeri girmemem için tek şartım, şu andan itibaren bu meselenin kapanmasıyla mümkün olabilir. Önümüzdeki günlerde bir şey olmayacağına dair söz veriyorsan, sırrını saklamakta serbestsin. Bu durumda ben de başka bir girişimde bulunmayacağıma ilişkin sana söz verebilirim."

Bu cevap karşısında birden rahatlayarak:

"Güveneceğini biliyordum! İnan dediklerini harfiyen yerine getireceğim. Her şeyin yoluna gireceğinden emin olabilirsin artık. Hadi gel, evimize gidelim." dedi beni kolumdan çekerek.

Bu esnada başımı çevirip yukarıya, pencereye baktığımda beni ürküten o tuhaf sarı suratın bizi izlediğini gördüm. O garip suratlı varlıkla Effie arasında nasıl bir ilişki olabileceğini aklım bir türlü almıyordu. Aralarındaki bağlantıyı bir türlü kuramıyordum...

İçinden çıkılmaz bir durumdu anlayacağınız. Üstelik saygısız ve kaba hareketleriyle beni öfkelendiren kapıyı açan bu kadın kimdi? Bir değil, cevap isteyen birden çok soru dolaşıyordu aklımda ve ben bu sorulara cevap vermeden asla huzur bulamayacaktım.

Bir süre için evde kalmaya devam ettim. İki gün boyunca karım, o gün ayaküstü yaptığımız anlaşmaya sadık kalmaya devam etti; en azından ben öyle sanıyordum. Çünkü evden dışarı adımını atmadığına emindim. Buna rağmen devam eden gün bütün bunların tersyüz olduğunu, verdiği sözü tutamayacak kadar bu olayın etkisi altına girmiş olduğunu kavramaya başladım.

Evde geçen iki günün ardından işlerimi halletmek için şehre kadar gitmek zorunda kaldım. Bu kez alışkanlığımdan vazgeçerek, öğleden sonraki 15.36 treniyle değil, 14.40 treniyle eve dönmeye karar vermiştim. Eve erken gelmiş olmam nedeniyle hizmetçi kızı hazırlıksız yakaladım. Hizmetçi kız beni görünce sorularıma muhatap olmamak için salona kaçtı. Ben hemen:

"Hanımefendi nerede?" diye sordum elbette. Kız biraz da rengi atmış bir vaziyette:

"Yürüyüşe çıkmıştı yanılmıyorsam." dedi.

Şüpheci yanım hemen harekete geçmişti bile. Evin sağına soluna bakarak karımın evde olup olmadığından emin olmak istedim. İz peşindeki bir dedektif gibiydim. Bu sırada karımın üst kattaki odasını kolaçan ederken pencereden az önce beni karşılayan hizmetçinin komşu köşke doğru telaşlı bir koşu tutturduğu gözüme ilişti. Bir şeylerin yine ters gittiğini anlamıştım.

Daha önce olduğu gibi, karım komşu köşke gitmiş ve benim dönmem halinde kendisine haber verilmesini tembih etmiş olmalıydı. Bütün bunları anlamamla birlikte öfkeden kıpkırmızı kesilerek komşu köşke doğru koşmaya başlamam bir oldu. Bu karmaşık şeyi artık anlamam gerektiğinin farkındaydım. Ne olup bittiğini öğrenmek benim de hakkımdı. Ben henüz evden çıkmıştım ki, karımla hizmetçinin komşu köşkten çıkarak telaşla eve gelmekte olduklarını gördüm. Fakat ben onları görmezden gelip günlerdir aklımı kurcalayan sorulara cevap bulmanın telaşıyla o köşke girmekte kararlıydım bu kez. Nitekim öyle de oldu. Kapıyı çalmaya lüzum bile görmeden teklifsiz bir şekilde hızla içeri dalmış bulundum.

Köşk bütün bu telaştan oldukça uzak bir izlenim bırakıyordu. Giriş katı alabildiğine sessiz ve sakindi. Bir kenarından görebildiğim kadarıyla mutfakta kaynamakta olan suyu hemen fark etmiştim. Bir sepete kıvrılmış yatan siyah ve büyük bir kedi mışıl mışıl uyuyordu. Daha önce kaba davranışlarına maruz kaldığım sevimsiz kadın ortalıkta görünmüyordu. Hemen mutfağın bitişiğindeki odada da yoktu. Daha fazla oyalanmadan hemen ve ilk anki telaşla hızla merdivenlerden yukarı tırmandım.

İçim içimi kemiriyordu. Karşılaşacağım şeyi çok merak ediyordum. Merdivenlerin çıkmayı tamamladığımda karşıma iki boş oda daha çıktı. Koca evde muhatap olabileceğiniz bir tek insanın olmaması doğrusu şaşırtıcıydı. Hızlı bir bakışla evdeki mobilyaların ve duvara asılan resimlerin alelade şeyler olduğunu anlamakta gecikmedim. Bu açıklamada tek istisna sarı suratın siluetini gördüğüm odaydı. Bu oda diğerlerinden daha ilk bakışta ayrılıyordu. Oldukça konforlu ve bu işten anlayan biri tarafından döşenmiş olduğu görülebiliyordu. Ama beni asıl şaşırtan bu odada gördüğüm şeydi. Şüphelerimde haklı olabileceğimi gösteren bir şey... Üstelik beni tedirgin eden ve biraz da öfkelenmeme neden olan şey: Şöminenin üzerinde karımın büyükçe bir fotoğrafı duruyordu. Bunun en fazla üç ay önce çekilmiş olduğundan adım gibi emindim.

Bunu aklımda tutarak araştırmalarıma devam ettim. Ama koca köşkte kimseyi bulamadım. Artık emin olduğumda ise kendimi dışarı attım. İçeride boğulmak üzereydim. Üzerime çöken ağırlıktan bir an önce kurtulmak ümidiyle temiz havayı içime çektim... Biraz daha soluklandıktan sonra sıradan adımlarla evime yöneldim.

Effie, ben daha kapıdan içeri adımımı bile atmadan kapıda karşıladı. Oysa ben şu son yaşadıklarımın üzerimde yarattığı gerginlikle hiçbir şeyi göremeyecek veya fark edemeyecek kadar dağılmıştım. Bu gerginlikle karımı biraz da sitemkâr tarzda elimle bir kenara iterek umursamaz bir şekilde çalışma odama gittim. Effie arkamdan gelmişti...

"Sana söz vermiş olmama rağmen oraya gittiğim için senden özür dilerim Jack." derken karımın sesi hafiften titriyordu. "Ama inan olan biteni bilsen buna ne kadar mecbur kaldığım konusunda sen de bana hak verirsin."

"Bunu anlamanın tek bir yolu var Effie! Bana her şeyi hemen şimdi anlatman!"

"Ama, ama bunu yapamam Jack! Bu mümkün değil!"

"Bak Effie, senden tek tek açıklama beklediğim çok sayıda soru var: O köşke neden benden gizlice girip çıktığını, orada kimlerin yaşadığını, onları nereden ve nasıl tanıdığını, şöminenin üzerinde duran fotoğrafını verdiğin kişinin kim olduğunu bana açıklamadığın sürece aramızdaki güvene dayalı ilişki bitmiştir." dedim ve hemen ardından da evi üzülerek terk ettim.

Bütün bunlar dün başıma geldi Bay Holmes... Karımı daha sonra hiç görmedim, görme çabam da olmadı. Üstelik bu garip olaya ilişkin en küçük bir gelişmeden de haberdar değilim henüz. Bu veya buna benzer bir şeyi bugüne kadar hiç yaşamamıştık, inanın... İçerisinde sürüklendiğim bu karmaşadan nasıl çıkacağımı, ne yapmam gerektiğini, olanları nasıl yorumlamam gerektiğini falan hiç bilmiyorum. Bu sabah olaya ilişkin kafamda olan biteni tartmaya çalışırken aklıma siz geldiniz. Sizin tecrübeleriniz sayesinde içinden çıkamadığım bu olayı çözebileceğinize samimiyetle inanıyorum. Lütfen bana yardımcı olun! Bir akıl verin... Başka sorunuz varsa onları da bildiğim kadarıyla cevaplamaya çalışırım. Artık aklımı size teslim ediyorum... Bu karmaşadan nasıl kurtulacağımı söylemek için tecrübenizi konuşturmanızı rica ediyorum. Ben artık dayanamıyorum Bay Holmes, akıl sağlığımı kaybetmek üzereyim..."

Eve telaşlı bir şekilde gelen adamın hikâyesini, ben ve Holmes, nefes almadan sonuna kadar dinlemiştik. Adamın ruhsal bir yıkımla karşı karşıya olduğunun farkındaydık. Holmes, olan biteni kafasında ölçüp biçerken derin düşüncelerden bir an için sıyrılıp, neden sonra sessizliği bozan taraf oldu:

"Pencerede gördüğünüz ve sarı surat olarak tarif ettiğiniz siluet bir erkek olabilir mi size göre?"

"Bilemiyorum... Yakından görme fırsatım hiç olmadı..."

"Anlayabildiğim kadarıyla size oldukça etki etmiş herhalde, ne dersiniz?"

"Haklısınız... Özellikle suratındaki renk dikkat çekiciydi ve yüz hatlarının son derece sert olduğunu fark etmiştim. Ama yaklaşmaya çalıştığımda hemen kayboldu pencerenin öbür tarafında..."

"Pardon, karınız şu 100 Sterlin'i ne zaman istedi demiştiniz?"

"Yaklaşık olarak iki ay kadar önce."

"Karınızın Amerika'da evlendiği ilk kocasının fotoğrafını hiç gördünüz mü?"

"Maalesef... O adam hastalıktan öldükten sonra Atlanta'da çıkan büyük bir yangında her şeyiyle yanıp kül olmuş."

"Adamın ölüm kâğıdını karınızın elinde gördüğünüzü söylemiştiniz, yanılıyor muyum yoksa?"

"Haklısınız, Effie, yangının hemen ardından ölüm kâğıdının bir örneğini çıkartmayı akıl etmiş..."

"Karınızın Amerika'da tanıdığı hiç kimse var mıydı, bunu biliyor musunuz?"

"Bildiğim kadarıyla, hayır diye cevap vereceğim bu sorunuza."

"Bu durumda oradan kendisine mektup da gelmiyordu, öyle mi?"

"Haklısınız..."

"Bu cevaplarınız için size teşekkür ediyorum Bay Munro... Anlattıklarınızdan yola çıkarak biraz sesli düşünmek istiyorum müsaadenizle. Size komşu olduğunu söylediğiniz köşk tamamen boşaltılmışsa işimiz biraz daha zorlaşacaktır. Yok, siz oraya gittiğinizde evdekiler size görünmemek için kaçmışlar veya saklanmışlarsa ki bunun olabileceği daha akla uygun, bu durumda geri dönebileceklerini düşünebiliriz. Bu bizim işimizi kolaylaştıran bir gelişme olacaktır sonuçları itibarıyla. Şu an için yapılabilecekleri düşünüyorum da bana göre yapmanız gereken en iyi şey Norbury'e dönüp evi daha dikkatli bir şekilde gözetlemeniz olacak.

İçeride birilerinin olduğuna kanaat getirecek olursanız içeriye girmeye çalışmak yerine bize bir telgraf çekmeniz yeterli. Bir saat içerisinde gelip olayın üzerindeki sır perdesini aralarız..."

"Ya köşkte kimse yoksa? O zaman ne yapacağız?"

"Meraklanmayın canım... Bu durumda benim oraya gelmem kaçınılmaz olacaktır. Orada birlikte konuşuruz. Sizi şimdi hemen uğurlayalım. Yersiz endişelere kapılma-manızı ve telaşlı hareketlerden kaçınmanızı özellikle tavsiye ediyorum."

Konuşmanın sona erdiğini gören Munro ayağa kalkmıştı bile. Holmes, onu kapıya kadar geçirdikten sonra yeniden çalışma odasına dönerek bana:

"Sevgili Watson, bu bana pis bir iş gibi geldi. Ne dersin?"

"Kötü kokular alıyorum. Sanki gizli kapaklı bir şeyler oluyor." diye cevap verdim Holmes'a.

"Bence de öyle... Bu iş daha çok şantaja benziyor ya da tamamen yanılıyorum."

"Şantaj mı? Kim olabilir ki?"

"Henüz ne bizim ne de Munro'nun tanışma fırsatı bulduğu o esrarengiz suratın sahibi elbette. O esrarengiz siluetin sahibi, bu hikâyede önemli bir oyuncu olmalı Watson... Bu nedenle merakımı gidermek için sabırsızlanıyorum."

"Bir şeyler düşünmüş olmalısın..."

"Kesinlikle haklısın... Bence kadının Amerika'da öldüğünü söylediği kocası, o köşkte. Aksi olursa çok şaşırırım, doğrusunu söylemek gerekirse."

"Bu sonuca nereden vardın?"

"Anlatılanlardan elbette... Kadın eski kocasını görmesin diye Munro'nun o eve girmesini istemiyor olmalı. Bu kadar hararetle kocasının eve girmesini istememesinin başka bir açıklaması yok. Amerika'da yapılan evlilik, belki bu evlilikten sonra kocasındaki belirgin kişilik değişiklikleri ya da ne bileyim belki de cüzam gibi tehlikeli bir hastalığa yakalanmış olması falan... Sonrasında kadının bu adamdan kaçıp yeniden İngiltere'ye farklı bir kimlikle döndüğünü ve yeni bir hayata başladığını düşünebiliriz."

Üç yıldır evli olması, onun kendine güven duymasına ve daha rahat hareket etmesine neden olmuş olabilir. Üstelik yanında getirdiği sahte veya bir başkasına ait bir ölüm belgesini kocasına göstererek onun güvenini kazanmayı başarmış görünüyor. Bu hikâyede değişiklikler olmuş olabilir. Eski kocası veya her kimse, onun izini sürerek buralara kadar gelmiş olması kuvvetle muhtemel. Onun yerini ve elbette yaptıklarını bilen birileri veya kocası, kadına bir mektupla gerçekleri anlatacağına ilişkin şantaj yapmış olmalı. Kocasından istediği o 100 Sterlin'i bu iş için kullanmış olduğunu sanıyorum. Bu geçici çözüm, uzun süre beklemiyor veya bekleyemiyor.

Bu para şantajcıları ancak bir süre için susturmuş olmalı. Bir süre sonra bu kişiler kadının evinin yakınına kadar hatta ona komşu olacak kadar yaklaşıyorlar. Munro, kadına komşu köşke taşınanlardan söz edince o saat hemen olup biteni anlıyor. Bu nedenle kadın hikâyenin başındaki mizansene uygun olarak daha o gece yarısı henüz olmuşken üzerini giyip komşu köşke giderek bu kişileri buradan gitmeleri ve kendisini rahat bırakmaları hususunda ikna etmeye çalışıyor. Akşam sonuç alamayınca ertesi sabah yeniden gitmekten başka da şansı kalmıyor.

Aksilik işte... Kocasıyla karşılaşıyor. Ona hikâyeyi anlatmak yerine, ki bu onun için iyi olmayabilirdi, ona söz vererek ve hatta kocasının sevgisini suiistimal ederek gelişmeleri örtbas etme yolunu seçiyor. Ne var ki bu duruma ancak iki gün dayanabiliyor. Her şeyin ortaya çıkacak olmasından tedirginlik duyuyor olmalı. Çaresiz bir şekilde bu kişileri gitmeye ikna etmek için yeniden komşu köşkün yolunu tutuyor. Bu sırada yanında şantajcılarının istediği fotoğrafı da götürmüş olabilir. Önceden tembihlenmiş ve ağzını sıkı tutması için harçlık verilmiş olan hizmetçi kız tam bu sırada koşup beyefendinin eve geldiği haberini uçurmuş olmalı kendisine.

Kadın bu aşamada kocasının doğrudan bu köşke geleceğini isabetli bir şekilde bilerek buradakilere hemen arka kapıdan kaçmaları yönünde telkinde bulunuyor. Onlar da bu kez kadının tavsiyesine uyarak Bay Munro'nun yürüyüş yaptığı çamlığın içerisinde gözden hemencecik kayboluyorlar. Munro'nun bütün aramaları bu nedenle boşa çıkıyor, evde kimseyi bulamıyor bildiğimiz kadarıyla. Sonuç olarak Munro, bu akşam da orayı boş bulursa bu, beni şaşırtır. Bu senaryoyu nasıl buldun sevgili dostum?"

"Sonuç olarak hepsi tahmin..."

"Haklısın ama bizim önümüze konulan bütün bilgileri aynı senaryoda kullanmaya kalktığımızda bundan daha iyi bir sonuç çıkmaz. Dediğim gibi, her şey bu kadarsa, teori de bu kadardır diyebilirim. Farklı ipuçları ortaya çıkacak olursa biz de ne yapalım çaresiz yeni duruma uygun bir senaryonun nasıl olduğuna kafa yormaya başlayabiliriz. Şimdilik Norbury'den gelecek olan habere odaklanmalıyız..."

Bunun için çok beklememiz gerekmedi. Çaylarımızı henüz bitirmiştik ki beklediğimiz telgraf elimize ulaştı. Telgrafta, köşkün boş olmadığını ve o garip suratlı şahsı aynı pencerede gördüğünü yazan Munro, bizi 19 treniyle gelirsek karşılayacağını ve biz gelinceye kadar da beklemede kalacağını haber veriyordu.

Tren yolculuğumuz sonunda vardığımız istasyonun peronunda bizi beklemekte olan Munro'nun ayaklarının titrediğini ölgün mum ışığında bile anlamak mümkündü. Heyecanla Holmes'un kolundan tutan Munro:

"Hâlâ oradalar... Ben gözetleme yapmak için geldiğim ilk anda köşkün ışıklarının yanmakta olduğunu fark ettim. Bir an önce bu işi çözüme kavuşturmak istiyorum."

"Bir planınız vardır umarım." diye araştıran gözlerle sordu Holmes.

Bu sırada karanlıkta ağaçlıklı bir yoldan yürümekteydik.

"Benimki basit bir plan sayılabilir ancak nezaketle, olmadı zorla içeri gireceğim ve her şeyi görme fırsatı yakalamış olacağım. Sizlerin yanımda olmanızı bana şahitlik yapmanız anlamında çok önemli buluyorum."

"Bunu yapmakta, üstelik eşinizin uyarılarına rağmen yapmakta çok istekli gördüm sizi."

"Kesinlikle öyleyim... Tespitiniz çok doğru."

"Bence de doğru iz üzerindesiniz. Gerçeğin en kötüsü bile şüpheden iyidir. Bana sorarsanız hemen o köşke gitmeliyiz. Bu, yasal değil ama olsun, olayın önemi karşısında bu riski alabiliriz."

Kesif bir karanlık bütün bir kentin üzerine çökmüştü adeta... Göz gözü görmüyordu. Çalılarla çevrelenmiş dar bir yola henüz sapmıştık ki, yağmur yağmaya başladı. Bu şartlarda Munro sabırsızlığını dizginleyememenin verdiği telaşlı bir heyecanla koşarken biz de onun peşi sıra adeta sürükleniyorduk.

Bu sırada ileride görünen belli belirsiz ışıkları kastederek:

"Bizim evin ışıkları." dedi.

Biraz sonra da ağaçların ilerisinde görünen başka bir yere doğru işaret ederek:

"Orası da bizim gideceğimiz köşk." dedi.

Bu sırada karşımıza çıkan köşeyi döner dönmez hede-fimizdeki köşk karşımıza çıkıverdi. Biz henüz gözlerimizle pencereler arasında gezinirken, üst kattaki pencerenin önünde bir karaltının hareket ettiğini görmüştük bile.

Bu detayı kaçırmayan Munro hemen ileri atılarak:

"İşte o! Onu siz de gördünüz değil mi? Hadi, şimdi lütfen beni takip edin." dedi.

Bizim kapıya doğru hamle yaptığımız sırada gecenin karanlığında bir kadın, Munro'nun önüne doğru fırlayarak, kollarını sanki yalvarıyormuş gibi açtıktan sonra bir şeyler söylemeye koyuldu. Karanlıkta yüzünü görme imkânımız yoktu.

"Ne olur yapma Jack! Tanrı aşkına bundan vazgeç," diye bağırıyordu kadın. "Bu gece olacakları tahmin edebiliyordum. Senden bir kere daha teklifimi düşünmeni istiyorum sevgilim! Lütfen bana güven... İnan, pişman olmayacaksın!"

"Güvenince neler olduğunu gördüm, Effie... Derhal önümden çekilmeni istiyorum. Ben ve elbette bu soylu dostlarım bu akşam bu sorunu halletmeyi düşünüyoruz..."

Munro sözlerini bitirdikten sonra karısını eliyle bir kenara iterek kapıdan içeri daldı. Biz de peşinden gittik doğal olarak. İçeriye henüz giren Munro'nun önünü kesen yaşlı bir kadın, ilerlemesine engel olmak istedi. Bu engeli de aşarak hemen merdivenlere yöneldik, önde Munro, arkasından da biz... Nispeten daha iyi aydınlatılmış odaya girdik hep birlikte.

İçerideki manzarayı iyice tasvir etmeliyim anlayabilmeniz için... Rahat ve zevkli bir oda olduğu her halinden anlaşılabiliyordu. Masanın ve şöminenin üzerinde yanan mumlar odayı aydınlatmaya yetiyordu.

Bu manzarayı tamamlayan şey ise köşedeki bir masanın üzerine eğilmiş halde duran küçük bir kız çocuğuydu. Üzerindeki kırmızı elbise ve elindeki kırmızı eldiven hemen dikkat çekiyordu. Bundan daha dikkat çeken bir başka şey ise kız çocuğunun daha biz içeri girdiğimiz anda hemen yüzünü kaçırmak istemesi olmuştu. Bir an için çocukça bir merak ve tedirginlikle yüzünü döndüğünde ise gördüğüm şey karşısında ellerim buz kesti. Bize kaçamak bir bakış atmak isteyen bu surat, tuhaf bir parlaklık içerisindeydi. Yüz hatları en küçük bir ifade kırıntısı bile taşımıyordu. Sonuç olarak, olan biten her şeyi anlamakta hikâyenin bundan sonrasında fazla zorlanmadık diyebiliriz.

Holmes, neşeli bir tavırla elini kızın kulağına uzatarak, yüzündeki maskeyi çıkarmıştı. Bu kez karşımızda şaşkınlıktan ağzı bir karış açık, ne yapacağını bilmeyen, anlamsız ve sevimli gözlerle birilerini arayan küçük bir siyahi kız çocuğu bembeyaz dişleriyle parıldayarak karşımızda duruyordu. Dakikalardır gerilim içerisinde bekleyen bedenim bu komik durum karşısında zembereğinden boşalmış gibi kahkahalarla sarsılmaya başladı... Oysa Bay Munro, olayların etkisiyle şaşkınlıktan öylece kalakalmıştı.

"Bu ne demek şimdi!" diye bağırdı istemeden ve kontrolsüz bir şekilde...

Bayan Munro, biraz sitemkâr ve mağrur bir ifadeyle odaya girerek ona cevap verdi:

"Anlatacağım... Bu kadar çok istiyorsun madem, öyleyse her şeyi anlatacağım sana. Sonrası sana kalmış..."

Yere daha sağlam basan, gururlu bir edayla konuşmasına devam etti kadın:

"Kocamın Atlanta'da öldüğünü zaten biliyorsun; bilmediğin şey ise kızımın kurtulduğu."

"Kızın mı?" diye yeniden sorma ihtiyacı hissetti Munro.

Kadın konuşmaya başlamadan önce göğsünden çıkardığı gümüşten büyük bir madalyonu elinde tutarak,

"Bunun açık halini hiç görmedin değil mi?" diye sordu.

"Hayır... Açıldığını bile bilmiyordum."

Bayan Munro, madalyonun yanındaki bir mekanizmayı iterek kapağını açtı. Son derece yakışıklı olduğu her halinden belli, üstelik zeki bakışlarıyla dikkat çeken siyahi bir adamın portresi madalyonun içerisinden bize gülümsüyor gibiydi.

"John Hebron... Atlanta'daki kocam. Bu dünyada tanıdığım hiçbir insan bana göre onun kadar soylu değildir. Onunla evlenmek için kendi ırkımı karşıma almak pahasına çok badireler atlattım. Ama onunla yaşamış olduğum hiçbir şeyden asla pişmanlık duymadım. Belki tek şanssızlığımız, ki buna ne kadar şanssızlık denebilir bilemiyorum, çocuğumuzun renginin de babasına benzemesi oldu. Hatta öyle ki, Lucy babasından bile siyahtır. Yine de o benim kızım, o annesinin küçük kızı, en değerli varlığı."

Bu duygusal konuşmaya tepkisiz kalamayan küçük kız, koşarak annesine sarıldı. Kadın bir süre yutkunarak bocaladıktan sonra konuşmasına kaldığı yerden devam etti:

"Onu yanımda İngiltere'ye getirmememin başlıca ve en önemli nedeni hastalığından dolayı bünyesinin bu kadar uzun bir yolculuğa dayanamayacak olmasındandır. Bu nedenle bütün riskleri göze alarak onu güvendiğim bir İskoç kadının ellerine teslim ettim. O, benim canımdan bir parçaydı. Onu nasıl yok sayabilirdim ki?

Şimdi seninle ilgili bölüme geliyorum Jack! Kader seni karşıma çıkardığında, çocuğumdan söz etmekten çekindim, ürktüm, ne bileyim belki de tedirgin oldum. Tanrı şahidimdir, seni kaybetmekten korktum Jack... İkinizden birini seçmek zorundaydım. Siz buna isterseniz zayıflık deyin; ben sevdiğim adamı seçtim. Küçük kızımı bu süre zarfında üç yıl boyunca bakıcısının şefkatli kollarına teslim ettim. Eskiden de hizmetimizde çalışmış biri olarak kendisi oldukça güvenilirdi. Evliliğimiz süresince kızımın varlığını senden gizli tutmaya özen gösterdim Jack. Kızımın sağlığını uzaktan da olsa sürekli olarak takip etmeye çalışıyordum.

Gün geldi, kızımın hasretine dayanamamaya başladım. Onu

yakınımda görmek, canım istediği zaman gidip dokunmak, koklamak istiyordum. Bu dayanılmaz bir arzu olarak içimi yanıp kavurmaya başladığında onu kısa bir süreliğine de olsa yanıma almaya karar verdim. Tehlikeli de olsa bunu denemek zorunda olduğumu biliyordum. Bakıcıya yaptığım plandan ve komşu köşke dair talimatlardan söz ettim.

Onlar sanki yeni komşumuz gibi gelecek ve oraya yerleşeceklerdi. Aramızdaki bağlantıyı hiçbir şekilde açık etmeyecektik. Kızımı gündüz vakti evden çıkarmaması için de sıkı sıkıya bakıcı kadını tembihledim. Ellerini ve yüzünü bir şekilde gizlemesi için çare bulmasını da istedim. Çevremizdeki insanların etrafta dolaşan siyahi bir çocuktan bahsetmelerini ve alay konusu olmasını istemiyordum. Ne kadar dikkatli olursak olalım, bu olaydan da anlaşılabileceği gibi, her şey önceden planlandığı gibi gitmeyebiliyor. Kim bilir, belki de daha dikkatli olmamız gerekirdi ama yapamadık işte... Senin gerçeği öğrenme ihtimalin beni korkutuyordu. O bu kadar yakınımdayken onun yanına gitmekten kendimi alıkoyamadım.

Köşkün tutulduğunu o gece senden öğrendiğimde içim içime sığmadı. Onların geldiğini anlamıştım. O heyecanla ne yaptığımı bile bilmiyordum. Bir türlü uyuyamıyordum. Tehlikeyi göze aldım ve senin derin bir uyku çektiğini düşünerek usulca kalkıp giyindim. Senin beni görmüş olman sorunların çıkmasına neden olan ilk kıvılcımdı. İşte öğrenmek istediğin gerçek bu... Şimdi senden bize ne olacağını öğrenmek istiyorum."

O kısacık zaman dilimi geçmek bilmedi... Bay Mun-ro'nun vermiş olduğu cevabı bugün bile son kelimesine kadar hatırlarım. O küçük siyah inciyi şefkatle kucağına alan Bay Munro, diğer elini de karısı Effie'ye uzatarak:

"İstersen bunu evde konuşalım. Orada konuşmamız daha doğru olur." dedi. "Mükemmel olduğumu iddia etmiyorum ama düşündüğünden çok daha iyi biri olduğumu göreceksin Effie!"

Biz de onlarla birlikte köşkten çıkarken, Holmes fark ettirmeden kolumu çekiştirerek:

"Biz Londra'ya dönsek daha iyi olur diyorum." dedi usulca kulağıma.

Bu olay kulağımıza küpe olmuştu. O gece geç bir vakitte yatmaya gittiğim sırada karşılaştığım Holmes, bana gülerek:

"Watson biliyor musun, insanın kendine çok güvenmesi her zaman iyi olmayabilir. Bugün yaşadığımız olaya bakarak bu sonuca rahatlıkla ulaşabiliriz. Bir gün kendime bu kadar çok güvenmem nedeniyle yanlış yapacağıma kanaat getirecek olursan, lütfen kulağıma 'Norbury' diye fısıldar mısın?"

Kayıp Gelin

Lord St. Simon'un sorunlu evliliği ve ardından beklenmedik bir şekilde eşinden ayrılması bahtsız damadın içinde bulunduğu asil çevrelerde neredeyse unutulmaya yüz tutmuştu. Açığa çıkan yeni skandallar ve onların hoş olmayan detayları, bu dört yıllık bir türlü küllenmeyen dramla ilgili söylentileri biraz olsun gölgelemişti. Bütün yaşananlar yani gerçekler insanlara doğru düzgün anlatılmadığı ve dostum Sherlock Holmes'un bu kafa karıştıran olayın çözümünde büyük bir payı olduğu için, bu çarpıcı ve merak uyandıran hikâyeyi olduğu gibi anlatmam gerektiğini düşünüyorum.

Ben evlenmeden birkaç hafta önceye kadar Holmes'la birlikte Baker Sokağı'ndaki evde birlikte kalıyorduk. Holmes bir öğleden sonra gezintisinden döndüğünde masanın üzerinde onu bekleyen bir mektup buldu. Aniden çıkan sonbahar rüzgârlarına yağmur da eşlik edince ben de o gün evden dışarı çıkmamıştım. Bacağımdaki Afganistan seferinden kalan Jezail kurşunu da bütün gün zonklayıp durmuştu. Bir koltuğa oturarak, bacaklarımı uzatmış halde gazetelerin hepsini satır satır okudum. Sonunda günün haberlerine doyunca gazeteleri bir kenara attım ve uyuşuk bir halde öylece uzandım. Derken masanın üzerindeki büyük bir taçla süslenmiş zarfa bakıp dostuma gönderilen bu mektubun sahibinin kim olabileceğini tembel tembel merak ettim.

Holmes döndüğünde ona, "Bir mektubun var... Önemli birinden geldiği belli ," dedim. "Yanlış hatırlamıyorsam, genelde sabahları balıkçılardan ve gelgit gözcülerinden başka kimseden mektup almazdın."

"Haklısın, çok farklı insanlardan mektup geliyor," diye cevap verdi gülümseyerek. "Sıradan olaylar genelde daha ilginç olurlar. Bu mektup ise, gittiği yerde insanın canını sıkan veya bol bol yalan söylemesini gerektiren, münasebetsiz bir davetiyeye benziyor." Mührü kopartarak mektubu bir solukta okudu.

"Yanılmış olabilirim! Sanırım ilgi çekici bir olay."

"Daha çok bir davetiyeyebenziyor."

"Hayır, bir işle ilgili."

"Soylu bir müşteriden mi?"

"İngiltere'nin en soylularından."

"Sevgili dostum, kutlarım seni."

"Seni temin ederim Watson, müşterimin konumundan daha ziyade davası ilgilendiriyor beni. Son zamanlarda gazeteleri okuyorsun, değil mi?"

"E, tabii," dedim iç çekip köşedeki gazete yığınını işaret ederek. "Yapacak başka bir şeyim yoktu."

"Bak bu çok iyi; belki de bana bu olayda yardımcı olabilirsin. Ben adli haberler ve kayıp ilanları dışında başka bir şey okumam da. Hele şu ikincisi her zaman bilgilendirici olmuştur benim için. Son haberleri yakından takip ettiysen, Lord St. Simon ve evliliği hakkında yazılanları da okumuşsundur herhalde."

"Oo tabii, hem de büyük bir ilgiyle."

"Bu çok iyi! Elimdeki mektup Lord St. Simon'dan geliyor. Şimdi sana bu mektubu okuyacağım, sen de gazetelerde bu meseleyle ilgili yazılanları bana aktaracaksın. Okuyorum:

'Sevgili Bay Sherlock Holmes,

Lord Backwater, fikirlerinize ve sırdaşlığınıza sonuna kadar güvenebileceğimi söyledi. Bu nedenle, evliliğimle ilgili çok acı verici bir olay hakkında size danışmaya karar verdim. Scotland Yard'dan Bay Lestrade de bu meseleyle ilgileniyor ve kendisi sizinle işbirliği yapmaya karşı çıkmayacağını, hatta bu meselede yararlı olacağınıza inandığını beyan etti. Öğleden sonra saat dörtte geleceğim. Eğer o vakitte başka bir randevunuz varsa ertelemenizi rica ediyorum, çünkü bu mesele çok ciddi.

Görüşmek üzere

Robert St. Simon'"

Holmes mektubu zarfına koyarken: "Grosvenor Malikânesi'nden gönderilmiş, tüy kalemle yazılmış ve asil lordumuzun sağ elinin serçeparmağına mürekkep bulaşmış," dedi. "Saat dörtte geleceğini söylemiş. Şimdi saat üç. Bir saat vaktimiz var. O zaman senin de yardımınla meseleyi açıklığa kavuşturmak için vaktimiz var. Sen gazetelerde yazılanları zaman sırasına göre diz. Ben de müşterimizin kim olduğuna bir bakayım."

Şöminenin yanındaki raftan kırmızı ciltli bir kitap aldı. "İşte buldum," dedi, oturup, kitabı dizlerinin üstüne koyarak.

"Lord Robert Walsingham de Vere St. Simon, Balmoral Dükü'nün ikinci oğlu. 1846'da doğmuş. Şu anda kırk bir yaşında ve yaşı evliliğe müsait. Bir dönem, Kolonilerin sekreterliğini yapmış. Babası Dük, bir zamanlar Dışişleri Bakanlığı yapmış. Plantagenet soyuyla yakın akrabalığı, Tudor soyuyla da uzak akrabalığı var. Burada çok aydınlatıcı bilgiler yok. Şimdi senin anlatacaklarını dinlesem iyi olur Watson, asıl bilgiler sende."

"İstediğin şeyleri kolayca buldum," dedim, "çünkü bilgiler çok taze, hem mesele de çok çarpıcı. Fakat bir araştırma yaparken başka konularla rahatsız edilmekten hoşlanmadığını bildiğim için bu bilgileri sana aktarmaya çekindim."

"Şu Grosvenor'daki taşıma arabası meselesinden mi bahsediyorsun? O küçük mesele halloldu bile; zaten ilk andan belliydi ne olduğu! Zahmet olmazsa, gazetelerden derlediklerini okuyabilir misin?"

"İşte ilk gözüme çarpan haber. Birkaç hafta önce Morning Post gazetesinin dedikodu köşesinde yayınlanmış. Şöyle yazıyor: 'Söylentiler doğruysa Balmoral Dükü'nün ikinci oğlu Lord Robert St. Simon ile San Francisco'lu toprak sahibi Aloysius Doran'ın tek kızı Hatty Doran arasında bir evlilik planlandı."

"Kısa ve öz," diye araya girdi Holmes, uzun ve zayıf bacaklarını şömineye doğru uzatarak.

"Aynı haftanın sosyete gazetelerinden birinde konuya daha geniş yer veren bir haber var. Şöyle diyor: 'Çok yakında evlilik piyasasında da yereli koruma çağrısı yapılacak, çünkü şimdiki serbest piyasa ilkesi, kendi iç piyasamızın aleyhine gelişiyor. Büyük Britanya'nın soylu zatlarını teker teker Atlantik'in karşı yakasındaki kuzenlerimize kaptırıyoruz. Bu albenili istilacılar, geçen hafta yeni bir ganimet daha ele geçirdiler. Aşk tanrısının oklarına yirmi yıldır direnen Lord St. Simon, sonunda pes etti ve Kaliforniyalı bir milyonerin büyüleyici kızı Hatty Doran'la yakında evleneceklerini açıkladı. Westbury House kutlamalarında zarif bedeni ve etkileyici yüzüyle dikkatleri üzerine çeken Bayan Doran evin tek çocuğu ve çeyizinin altı haneli rakamlara ulaşacağı söyleniyor. Balmoral Dükü'nün son birkaç yıldır tablolarını satmak zorunda kaldığı ve Lord St. Simon'un Birchmoor'da küçük bir arazi dışında kendine ait hiçbir serveti olmadığı için, bu evlilikten kârlı çıkacak olanın sadece Kaliforniyalı bayan olmadığı kesin.'"

"Başka bir şey var mı?" diye sordu Holmes esneyerek.

"Evet, bu konuda haber bol. Sabah postasındaki haberde Hannover Meydanı'ndaki St. George Kilisesi'nde sade bir tören yapılacağı, törene sadece birkaç yakın aile dostunun çağrılacağı ve kutlamanın, Bay Aloysius Doran'ın yeni satın aldığı Lancaster'deki evinde düzenleneceği de eklenmiş. İki gün sonra ise, yani geçen çarşamba, kısa bir ilanla düğünün yapılmış olduğu ve balayının Lord Backwater'in Petersfield'daki evinde geçirileceği yazıyor. Gelin kaybolmadan önceki bütün haberler bunlar."

"Neyden önceki?" diye sordu Holmes şaşkınlıkla.

"Gelin kaybolmadan önceki."

"Ne zaman kaybolmuş?"

"Düğünden sonraki ilk sabah."

"Gerçekten mi? Bak şimdi olay ilginç bir hal almaya başladı; e biraz da dramatik."

"Evet, biraz sıra dışı olması beni de etkiledi."

"Genellikle ya törenden önce ya da balayı sırasında kaybolurlar. Böylesine ilk kez rastlıyorum. Rica etsem, ayrıntıları anlatır mısın?"

"Ama bilginin çok eksik olduğunu söylemeliyim."

"Belki gerisini biz tamamlarız."

"Dünkü sabah gazetelerinden birinde çıkan bir haber, hadiseyi çok iyi aktarıyor. Başlığı şöyle:

"'Beklenen Düğünde Tuhaf Gelişme'

Lord St. Simon'un ailesi, oğullarının evliliğiyle ilgili olarak meydana gelen garip ve üzücü olaylar yüzünden zor günler geçiriyor. Dün gazetelerde de ilan edilen tören, evvelsi sabah yapıldı; ama bir süredir ortalıkta dolaşan dedikoduların içyüzü daha yeni yeni ortaya çıkıyor. Yakınları olayı gizlemeye çalışsa da, hadise halkın dikkatini o kadar çekti ki artık olanları gizlemek imkânsız.

"Hanover Meydanı'nda bulunan St. George Kilisesi'nde yapılan çok sade törene, gelinin babası Bay Aloysius Doran, Balmoral Düşesi, Lord Backwater, Lord Eustace ve Leydi Clara St. Simon (damadın erkek ve kız kardeşleri) ve Leydi Alicia Whittington dışında kimse katılmadı. Törenden sonra, herkes Bay Aloysius Doran'ın Lancaster'daki evinde hazırlanan kahvaltıya gitti. İsmi bilinmeyen bir kadının, Lord St. Simon'la ilgili bazı iddiaları olduğunu söyleyerek eve girmeye çalışması üzerine küçük bir kargaşa yaşandığı söyleniyor. Kadın uzun ve zorlu uğraşlardan sonra uşaklar tarafından uzaklaştırılmış. Şans eseri eve bu can sıkıcı olaydan önce giren gelin konuklarla kahvaltıya oturmuş ama aniden rahatsızlandığını söyleyerek odasına çıkmış. Uzun süre dönmeyince babası ona bakmaya gitmiş. Fakat hizmetçiler, kızın odaya kısa bir süreliğine uğradığını, bir ceket ve bir bone alarak telaşla aşağı indiğini söylemişler.

Uşaklardan biri, bir kadının evden ayrıldığını gördüğünü ama diğerleriyle birlikte olduğunu düşündüğü için onun gelin olmasına ihtimal vermediğini belirtmiş. Bay Aloysius Doran, kızının kaybolduğuna emin olunca damatla birlikte hemen durumu polise bildirmiş. Bu garip hadiseyi aydınlatmak için derhal soruşturma açılmış. Ne var ki geçen geceye kadar kayıp bayanın nerede olduğuna dair hiçbir bilgi alınamamış. Olayda bir bit yeniği olduğuna dair söylentiler var. Polis evin girişinde kargaşa yaratan kadını tutuklamış. Bu kadının, kıskançlık veya başka bir nedenle gelinin garip kayboluşunda parmağının olabileceğinden şüpheleniliyor."

"Hepsi bu kadar mı?"

"Bir başka sabah postasında küçük bir haber daha var."

"Oku bakalım."

"Olay çıkaran Bayan Flora Miller'ın tutuklandığı yazıyor. Eskiden Allegro'da dansözlük yaptığı ve damadı birkaç yıldır tanıdığı öğrenilmiş. Gazetelerde daha fazla ayrıntı yok. Gerisi sana kalıyor artık."

"Son derece ilginç bir konu gibi görünüyor. Dünyada kaçırmam bunu. Ama kapı mı çalınıyor ne? Saat dördü biraz geçtiğine göre bu gelen soylu müşterimiz olmalı. Gitmeyi aklından bile geçirme Watson, en azından hafızamı sınamak için bir tanığa ihtiyacım var."

Hizmetçi çocuk kapıyı açarak; misafirimizi "Lord Robert St. Simon," diye takdim etti. Dik burunlu solgun yüzünde hoş ve görmüş geçirmiş bir ifade vardı. İnsanları yönetmeyi ve emrine amade kılmayı iyi bildiğini gösteren kararlı iri gözleri vardı. Hareketleri canlıydı. Hafif kamburu ve yürürken bükülen dizleriyle genel görünüşü vaktinden önce yaşlanmış bir adam gibi gösteriyordu onu. Şapkasını çıkarınca, saçlarının uçlardan beyazladığı ve keli belli oldu. Geniş yakaları, siyah frakı, beyaz gömleği, sarı eldivenleri, deri ayakkabıları ve açık renk tozluklarıyla havai denecek kadar özenli bir giyim tarzı vardı. Yavaşça odaya girdi ve merakla etrafı süzdü. Bir yandan da sağ elindeki sarı renkli gözlük zincirini sallıyordu.

"İyi günler Lord St. Simon," dedi Holmes, ayağa kalkıp misafirini selamlayarak. "Lütfen hasır sandalyeye oturunuz. Dostum ve meslektaşım Dr. Watson'ı tanıştırayım. Şömineye biraz yaklaşın da bu meseleyi konuşalım."

"Sizin de tahmin edebileceğiniz gibi, benim için çok üzücü bir olay bu Bay Holmes. Çok zor durumdayım. Daha önce de buna benzer hassas vakaları çözmüş olduğunuzu duydum, fakat herhalde hiçbiri bu vaka gibi asil bir topluluğu ilgilendirmiyordu."

"Aksine."

"Efendim?"

"Son müşterilerimden biri kraldı."

"Aa, gerçekten mi? Bilmiyordum. Hangi kral?"

"İskandinavya Kralı."

"Olamaz! O da mı karısını kaybetti?"

"Takdir edersiniz ki," dedi Holmes yumuşak bir tonla, "müşterilerimin vakalarında gizlilik prensibim vardır. Sizin için de geçerli bu."

"Ah elbette! Çok doğru! Çok doğru! Özür dilerim. Benim meseleme gelince; bir fikir oluşturabilmeniz için her türlü bilgiyi vermeye hazırım."

"Teşekkür ederim. Şimdiye kadar basına yansıyanları öğrendim. Sanırım gelinin kaybolmasıyla ilgili şu haber doğru."

Lord St. Simon gazeteye şöyle bir göz attı. "Evet, buraya kadar hepsi doğru."

"Ama bir sonuca varabilmek için bundan fazlası gerekiyor. Size yönelteceğim sorulara vereceğiniz cevaplarla bir sonuca ulaşmayı umuyorum."

"Lütfen buyurun."

"Bayan Hatty Doran ile ilk kez nerede tanıştınız?"

"Bir yıl önce San Francisco'da."

"Amerika'da... Seyahatte miydiniz?"

"Evet."

"O zaman mı nişanlandınız?"

"Hayır."

"Öyleyse ilişkiniz arkadaşçaydı."

"Onunla birlikteyken çok eğleniyordum, o da bunu görüyordu."

"Babası çok mu zengin?"

"Pasifik'in en zengin adamı olduğu söyleniyor."

"Servetini nasıl yapmış?"

"Madencilikten! Birkaç yıl öncesine kadar hiçbir şeyi yokmuş. Sonra altın madeni bulmuş ve yatırım yapmış sonra da çuvallar dolusu para kazanmış."

"Peki, genç hanımefendinin, yani karınızın karakteri hakkında bilgi verebilir misiniz?"

Asil misafirimiz gözlüklerini daha hızlıca sallamaya başlamıştı. Sonra gözlerini ateşe dikki. "Bakın Bay Holmes," dedi, "babası zengin olmadan önce karım yirmili yaşlarındaymış. O dönem boyunca maden kamplarında, ormanlarda, dağlarda dolaşarak büyümüş; dolayısıyla eğitimini okuldan değil, doğadan almış. Hani erkek gibi kadın denilen cinsten, sağlam yapılı, yabani ve özgür, gelenekleri çok umursamayan biri; çok tez canlı ve sabırsız bir mizacı var. Çabucak karar verir ve kararlarını korkusuzca hayata geçirir. Ne var ki, özünde soylu bir kadın olduğunu bilmesem," -hafifçe öksürdü- "ona şerefle taşıdığım soy ismimi vermezdim. Kendini kahramanca feda edebilecek onuruna düşkün bir kadın o."

"Yanınızda hiç fotoğrafı var mı?"

"Evet, bir tane getirdim." Bir madalyonu açıp, karısının çok sevimli yüzünü gösterdi. Bir fotoğraf değil, fildişinden bir minyatürdü. Ressam, kadının parlak siyah saçlarını, kocaman siyah gözlerini ve ağzını çok güzel resmetmişti. Holmes minyatürü uzun uzun dikkatlice inceledi, sonra madalyonu kapatıp Lord St. Simon'a uzattı.

"O zaman, genç hanımefendi Londra'ya geldiğinde ilişkinizi tazelediniz, öyle mi?"

"Evet. Babası en son Londra'ya gelirken onu da getirmişti. Birkaç kez buluştuk, nişanlandık ve şimdi de evliyiz."

"Hatırı sayılır ölçüde bir çeyiz de getirdi sanırım."

"Evet, ama ailem için alışılmadık bir miktar değil."

"Ve tabii, evlilik fiilen gerçekleştiği için bu size kalıyor."

"Aslında bunu hiç araştırmadım."

"Kesin öyledir. Bayan Doran'ı törenden önce gördünüz mü?"

"Evet."

"Neşeli miydi?"

"Hem de nasıl. Geleceğimiz hakkında konuşup duruyordu."

"Gerçekten mi? Bakın bu çok ilginç. Peki, ya düğün sabahı?"

"Olabildiğince neşeliydi, en azından tören sonrasına kadar."

"Sonra onda bir değişiklik mi fark ettiniz?"

"Aslına bakarsanız, onu ilk kez bu kadar huysuz görüyordum. Ama bu, konumuzla ilgisi olmayan önemsiz bir ayrıntı."

"Rica ederim devam edin, her şeyi anlatın bize."

"Ah, yaptığı çocukça idi. Koridordan geçerken elindeki buketi düşürdü, tam ön sıraya yaklaşmıştık ve buket sıraya düştü. Haliyle anlık bir duraklama oldu ama sırada oturan bir beyefendi buketi alarak hemen karıma uzattı. Yani önemsiz bir olaydı ama ona bu mevzuyu açtığımda beni tersledi ve eve giderken yol boyunca anlaşılmaz bir şekilde surat asıp durdu."

"Gerçekten mi? Sırada oturan bir beyefendi olduğunu söylediniz. Demek ki halktan birileri de vardı orada."

"Evet. Kilise açıkken onları dışarı çıkarmak imkânsızdır."

"Bu beyefendi karınızın arkadaşlarından biri miydi?"

"Hayır, hayır; nezaket gereği beyefendi diyorum, yoksa oldukça sıradan görünüyordu. Orada olduğunu fark etmemiştim bile. Ama konudan biraz uzaklaşmıyor muyuz?"

"Leydi St. Simon törenden çıktığında eski neşesini kaybetmişti demek. Babasının evine gittiğinizde ne yaptı?"

"Hizmetçiyle konuştuğunu gördüm."

"Hizmetçisi kim?"

"Adı Alice. O da Amerikalı. Kaliforniya'dan gelirken onu da getirmişler."

"Özel bir hizmetçi mi?"

"Sayılır. Karım ona fazla serbestlik tanıyormuş gibi geldi bana. Zaten Amerika'da bu tip şeylere daha farklı gözle bakıyorlar."

"Bu Alice ile ne kadar konuştu?"

"Sadece birkaç dakika herhalde. Ben o anda başka şeylerle ilgileniyordum."

"Ne konuştuklarını duymadınız mı?"

"Leydi St. Simon 'bir damar kapmak' gibi bir söz sarf ediyordu. Argo konuşmaya alışıktır. Ne demek istediğini pek anlamadım."

"Amerikan argosu bazen çok şey anlatabilir. Peki, karınız hizmetçisiyle konuşması bittikten sonra ne yaptı?"

"Kahvaltı odasına gitti."

"Kolunuza girmiş miydi?"

"Hayır, tek başınaydı. Dedim ya çoğu zaman başına buyruk hareket eder. Derken masaya oturalı daha on dakika bile olmamıştı ki, aceleyle ayağa kalktı, birkaç özür geveledi ve odadan çıkıp gitti. Bir daha da geri dönmedi."

"Ama anladığım kadarıyla şu hizmetçi Alice, hanımefendinin odasına çıktığını, gelinliğini değiştirdiğini ve bir bone takarak dışarı çıktığını söylüyor, değil mi?"

"Evet, aynen öyle. Sonrasında da karım, o sabah Bay Doran'ın evinde olay çıkaran, şimdi de gözaltında bulunan Bayan Flora Müler'la birlikte Hyde Park'ta yürürken görülmüş."

"Aa, evet. Ben de size bu genç kadın ve onunla ilişkiniz hakkında birkaç soru soracaktım."

Lord St. Simon omuzlarını silkip kaşlarını kaldırdı. Olanları önemsemediği belliydi. "Birkaç yıldır dostça bir ilişkimiz vardı onunla, hem de çok dostça olduğunu söyleyebilirim. Allegro'da çalışırdı. Ben ona cömertçe davranmıştım, o da benden daima memnun kalmıştı ama kadınları bilirsiniz işte Bay Holmes. Flora küçük sevimli bir kadındı ve bana çok sadıktı ama aşırı derecede dik kafalıydı. Evleneceğimi öğrenince bana korkunç mektuplar yazmaya başladı. Doğrusu töreni o kadar sade yapmamızın bir nedeni de kilisede bir skandal çıkmasından endişelenmemdi. Biz törenden döndükten sonra, evin kapısına geldi ve içeri girmeye çalıştı. Çok kaba bir dille konuşmaya, hatta karıma tehditler savurmaya başladı; ama ben bunların olacağını tahmin ettiğim için hazırlıklıydım. Önceden çağırdığım iki sivil polis onu dışarı çıkardı. Olay çıkarmanın bir işe yaramayacağını görünce susmak zorunda kaldı."

"Karınız bütün bunları duydu mu?"

"Hayır, neyse ki duymadı."

"Sonra da bu aynı kadınla yürürken mi görüldü?"

"Evet. Scotland Yard'dan Bay Lestrade'in de ciddi bulduğu nokta burası. Flora'nın karımı kandırarak dışarı çıkarttığını ve ona korkunç bir tuzak kurduğunu düşünüyorlar."

"Bu olabilir."

"Siz de mi öyle düşünüyorsunuz?"

"Ben öyle bir şey söylemedim. Ama sizce de bu mümkün değil mi?"

"Flora karıncayı bile incitemez."

"Ama kıskançlık insanın karakterini garip bir şekilde değiştirebilir. Lütfen söyleyin, siz ne düşünüyorsunuz?"

"Ben buraya bir çözüm bulmaya geldim, teorilerimi anlatmaya değil. Size bildiğim her şeyi anlattım. Ama yine de fikrimi soruyorsanız, düğün heyecanı ve çok seçkin bir topluluğa girmiş olduğunu fark etmesi, karımda sinirsel bir rahatsızlık yaratmış olabilir."

"Kısacası aklını oynattı mı diyorsunuz?"

"Sırt çevirdiği şeyleri hesaba katınca, başka bir açıklama gelmiyor aklıma."

"Tabii, sizinki de makul bir hipotez," dedi Holmes, gülümseyerek. "Pekâlâ, Lord St. Simon, ben öğreneceklerimi öğrendim sanırım. Son bir sorum olacak: Kahvaltı masasında oturduğunuz yerden, pencereden dışarıyı görebiliyor muydunuz?"

"Yolun diğer ucunu ve parkı görebiliyorduk."

"Demek öyle? O zaman sizi daha fazla burada tutmayalım. Sizinle daha sonra yine haberleşeceğiz."

"Umarım her şey yolunda gider de bu sorunu çözersiniz," dedi misafirimiz ayağa kalkarken.

"Çözdüm bile."

"Ne? Ne dediniz?"

"Çözdüğümü söyledim."

"Karım nerede o zaman?"

"Yakında öğreneceğim küçük bir ayrıntı bu."

Lord St. Simon kafasını salladı: "Ne yazık ki bu vaka sizinkinden veya benimkinden daha zeki bir zihni gerektiriyor," dedi ve önümüzde görkemli bir şekilde eğilerek odadan çıktı.

"Lord St. Simon kendini benimle aynı kefeye koyarak onurlandırdı beni. Bütün bu sorgulamadan sonra bir puroyu hak ettim herhalde. Misafirimiz buraya gelmeden önce meseleyi kafamda çözmüştüm zaten."

"Sevgili dostum!"

"Daha önce de benzer vakalarla karşılaşmıştım, ama hiçbiri bunun kadar ani gelişmemişti. Bütün incelemelerim sonunda tahminim kesinlik kazandı."

"E, senin duyduklarını ben de duydum."

"İyi ama bana çok yardımı dokunan önceki çözdüğüm vakalardan haberdar değilsin sen. Birkaç yıl önce Aberdeen'de ve Fransa-Prusya savaşından sonra da Münih'te buna benzer şeyler olmuştu. Bu da o tip vakalardan biri. Dur, bak kim gelmiş. İyi günler Lestrade! Masanın üzerinde boş bir bardak ve puro seni bekliyor."

Dedektif kendisine denizci havası veren geniş yakalı kısa paltosu ve kravatıyla çıkagelmişti. Elinde siyah keten bir torba vardı. Kısa bir selamdan sonra oturdu ve kendisine sunulan puroyu yaktı.

"Nasıl gidiyor hayat?" diye sordu Holmes, gözleri parlayarak. "Keyfin yok gibi görünüyorsun."

"Evet, pek keyfim yok. Şu lanet St. Simon vakası. Bir türlü işin içinden çıkamıyorum."

"Sahiden mi? Beni şaşırtıyorsun."

"Böylesine karmaşık bir vakaya hiç rastlamamıştım? Sanki bütün ipuçları parmaklarımın arasından kayıp gidiyor. Bütün gün üzerinde çalışıp durdum."

"Ve bu yüzden ıslanmışsın," dedi Holmes, elini müfettişin omzuna koyarak.

"Evet, parkı araştırıyorduk."

"Tanrı aşkına, neden?"

"Leydi St. Simon'un cesedini aradık."

Sherlock Holmes, sandalyesine yaslanarak kahkahalarla güldü.

"Trafalgar Meydanı'ndaki çeşmenin altını da kazdınız mı?" dedi.

"Neden ki? Ne demek istiyorsun?"

"İki durumda da bu hanımefendiyi bulma ihtimaliniz aynı da ondan."

Lestrade dostuma öfkeli öfkeli baktı. "Galiba olan biten her şeyi biliyorsunuz!" dedi.

"Ah, sadece gerekli bilgileri duyunca son kararımı verdim."

"Gerçekten mi? Peki, parkı araştırmak boşuna mıydı?"

"Sanırım."

"Peki, o zaman nasıl oldu da bunları orada bulabildik?" Konuşurken çantasını açıp içinden beyaz ipekten bir gelinlik, bir çift saten ayakkabı, bir buket ve bir duvak çıkardı. Hepsi de suda durmaktan sırılsıklam olmuş ve solmuştu. "Ha, bir de bu var," dedi, hepsinin üstüne bir alyans koyarak. "İşte size çözmeniz gereken bir bilmece Bay Holmes."

"Evet, öyle!" dedi dostum yüzüğü havaya fırlatarak. "Bunları kanalizasyonda mı buldunuz?"

"Hayır. Parkın bir köşesinde bulduk. Onun elbiseleri olduğunu anlayınca da cesedin fazla uzakta olamayacağını düşündüm."

"Aynı zekice akıl yürütmeyle, her insanın cesedi gardırobunun yakınlarında bulunur diyebiliriz. Rica etsem söyler misiniz, bununla nereye varmak istiyorsun?"

"Şu kaybolma hadisesinde Flora Miller'ın ortaklığını ortaya çıkarmak istiyorum."

"Ne yazık ki bu çok zor."

"Gerçekten öyle mi düşünüyorsun?" diye atıldı Lestrade,

biraz imalı bir şekilde. "Holmes, ne yazık ki çıkarımda bulunmakta pek iyi değilsin. Şu kısacık süre içinde bile iki gafın oldu. Bu elbisenin Flora Miller'la ilişkisi var."

"Nasıl bir ilişki?"

"Elbisenin cebinde bir paket var. Paketin içinde de bir kart kutusu var. Kart kutusunda da bir not." Notu önündeki masaya açtı. "Şunu dinle: 'Her şey hazır olduğunda beni görürsün. Hemen gel. F.H.M.' Şimdi, bana kalırsa Flora Miller, Leydi St. Simon'u kandırarak dışarı çıkarttı ve işbirlikçileriyle onu kaçırdılar. İsminin baş harfleriyle imzaladığı bu notu kapıda usulca cebine sıkıştırdı ve dışarı çıkmasını sağladı."

"Harika, Lestrade," dedi Holmes gülerek. "Gerçekten çıkarım yapmakta sen çok iyisin. Şuna bir de ben bakayım." Notu umursamaz bir tavırla aldı ama sonra dikkatle incelemeye başladı. Sonunda neşeyle bağırdı. "Sahiden çok önemli bu," dedi.

"Öyle mi dersin?"

"Kesinlikle. Kutlarım seni.'"

Lestrade kazandığı zaferin coşkusuyla ayağa kalkıp Holmes'un yanına gitti. Başını eğip nota baktı. "Ama," diye bağırdı, "yanlış tarafına bakıyorsun!"

"Tam tersine, doğru tarafı bu."

"Doğru tarafı mı? Delirdin mi? Not öbür tarafa yazılmış işte."

"Ama bu tarafında da bir otel faturası olduğu görülüyor. Dikkat çekici, öyle değil mi?"

"Önemli bir şey yok ki... Ben de gördüm," dedi Lestrade. "4

Ekim, oda 8 şilin, kahvaltı 2 şilin 6 peni, kokteyl 1 şilin, öğle yemeği 2 şilin 6 peni, bir bardak şarap 8 peni. Başka da bir şey yok."

"Olabilir. Ama yine de önemli. Nota gelince, o da önemli elbette, en azından ismin baş harfleri. Tekrar kutlarım seni."

"Yeterince zaman kaybettim," dedi Lestrade ayağa kalkarken. "Ben disiplinli çalışırım; öyle, şöminenin başında oturup teori geliştirmem. İyi günler Bay Holmes. Bakalım bu meseleyi önce kim çözecek." Elbiseleri toplayıp çantaya tıkıştırarak kapıya yöneldi.

"Son bir ipucu vereyim sana Lestrade," dedi Holmes, rakibi kapıdan çıkarken. "Olayın asıl çözümünü söyleyeyim sana. Leydi St. Simon hikâye. Öyle biri yok; hiç de olmadı."

Lestrade dostuma üzgün bir ifadeyle baktı. Sonra bana döndü, eliyle alnına vurdu, başını üç kez salladı ve çıkıp gitti. Dış kapıyı henüz kapatmıştı ki Holmes da ayağa kalkarak paltosunu giydi. "Bay Lestrade çalışma konusunda haklı," dedi, "o nedenle Watson, seni bir süre daha gazetelerinle baş başa bırakacağım."

Sherlock Holmes gittiğinde saat beşi geçiyordu ama benim yalnız kalacak vaktim olmamıştı pek, çünkü aradan bir saat geçmeden elinde büyük bir kutuyla bir adam çıkageldi. Yanında getirdiği gençle birlikte kutuyu açarak odamızın sade maun masasının üstüne nefis bir sofra kurmaya başladılar. Şaşıp kalmıştım.

Kaz ciğeri ezmesi, çulluk kızartması, sülün ve antika şişeler içinde şaraplardan oluşan şatafatlı mönü krallara layıktı. Ziyaretçilerim, masayı donattıktan sonra, ziyafetin parasının ödendiğini ve bu adrese ısmarlandığını söyleyip başka tek laf etmeden, Bin Bir Gece Masallarındaki cinler misali geldikleri gibi gittiler.

Sherlock Holmes dokuz civarında çevik adımlarla odaya girdi. Gözlerindeki ışık, vardığı sonuçlarda yanılmamış olduğunu gösteriyordu.

"Demek sofrayı hazırlamışlar," dedi ellerini ovuşturarak.

"Misafirlerin var galiba. Sofra beş kişilik de."

"Evet, bazı misafirlerimiz olacak galiba," dedi. "Lord St. Simon'un henüz gelmemiş olmasına da şaşırdım aslında. O da nesi? Bu duyduklarım onun ayak sesleri olmalı."

Gerçekten de öğlende gelen müşterimiz aceleyle içeri daldı. Gözlüklerini her zamankinden daha hızlı sallıyordu ve aristokrat yüzünde rahatsız bir ifade vardı.

"Mesajımı aldınız demek," dedi Holmes.

"Evet ve itiraf etmeliyim ki yazdıklarınız beni çok şaşırttı. Bütün bunların doğru olduğuna emin misiniz?"

"Evet."

Lord St. Simon bir sandalyeye çöktü ve elini alnına götürdü.

"Aile fertlerinden birinin böyle küçük düşürüldüğünü duyunca, dük ne diyecek acaba?" diye söylendi kendi kendine.

"Tam bir talihsizlik. Küçük düşme konusunda da pek emin değilim."

"Ama siz farklı bir açıdan bakıyorsunuz."

"Kimseyi suçlu bulamıyorum. Yöntemi utanç verici olsa da hanımefendinin başka şansı yoktu bence. Ona akıl verecek birisi olsaydı..."

"Küçük düşürüldüm, bayım, alenen küçük düşürüldüm," dedi Lord St. Simon, parmaklarıyla masaya vurarak.

"Bu zavallı kızı bağışlamalısınız. Başına gelenler pişmiş tavuğun başına gelmez."

"Kesinlikle bağışlamayacağım. Çok kızgınım. Utanç verici bir şekilde kullanıldım."

"Galiba kapı çalıyor," dedi Holmes. "Evet, yukarı çıkanlar var. Sizi tek başıma ikna etmekte zorlanırım diye bir iki destekçi çağırmıştım Lord St. Simon." Dostum kapıyı açtı ve içeriye bir hanım ile bir beyefendiyi buyur etti. "Lord St. Simon," dedi, "tanıştırayım; Bay ve Bayan Francis Hay Moulton. Hanımefendiyi zaten tanıyor olmalısınız."

Müşterimiz, gelenleri görünce koltuğundan fırladı ve ayakta kaskatı öylece kalakaldı. Gözlerini yere dikti, elini redingotunun göğsüne götürdü. Onuru zedelenmiş adam portresi çiziyordu. Kadın ileri doğru çevik bir adım atarak elini Lorda uzattıysa da o, başını kaldırmamakta ısrar etti. Kadının yalvaran yüz ifadesine karşı koymak zordu.

"Bana kızgınsın Robert," dedi. "Bu konuda haklısın da."

"Rica ederim, özür dileme," dedi Lord St. Simon acıyla.

"Ah, evet, sana gerçekten çok kötü davrandığımı biliyorum. Gitmeden önce seninle konuşmalıydım ama öylesine sersemlemiştim ki, Frank'i burada tekrar görünce ne yapacağımı ve ne diyeceğimi bilemedim. Kilisede düşüp bayılmışım."

"Belki de bu meseleyi baş başa konuşmak istersiniz Bayan Moulton?"

"Bana sorarsanız," diye söze girdi garip beyefendi, "bu meselede zaten gizli saklı bir şey kalmadı artık. Ben kendi adıma, herkesin bunları duymasını istiyorum." Kısa boylu, ince yapılı, esmer bir adamdı. Tıraşlı ve keskin hatlı yüzünde uyanık bir ifade vardı.

"Öyleyse tüm hikâyemizi dosdoğru anlatalım," dedi hanımefendi. "Frank ile ben, 1884'te Rockies yakınlarında, babamın çalıştığı McQuire madeninde tanıştık. Sonra da nişanlandık. Derken babam zengin bir damar bulup çok para kazanmaya başlarken zavallı Frank bir şey çıkaramamıştı. Babam zenginleştikçe Frank de yoksullaşıyordu; babam sonunda bu nişan meselesini bir daha duymak istemediğini söyleyerek beni Frisco'ya götürdü. Fakat Frank hemen pes etmedi; beni oraya kadar takip etti ve biz, babamdan gizli gizli görüşmeye devam ettik. Babam duysaydı deliye dönerdi herhalde; bu nedenle her şeyi aramızda halletmeye karar verdik. Frank, geri dönüp altın bulacağını ve babam kadar zengin olmadan geri dönmeyeceğini söyledi. Buna karşılık ben de onu ölene kadar bekleyeceğime ve o hayatta olduğu sürece başka biriyle asla evlenmeyeceğime söz verdim. 'Öyleyse neden hemen şimdi evlenmiyoruz,' dedi, 'böylece ben de senden emin olurum ve buraya dönene kadar da senin kocan olduğunu iddia etmem.' Böylece konuşup anlaştık ve bir rahibin huzurunda evlendik; sonra da Frank altın aramaya gitti, ben de babamın yanma döndüm.

Sonra Frank'in Montana'da olduğunu, oradan Arizona'ya geçtiğini öğrendim. Derken New Mexico'dan yazdı bana. Bir gün, gazetede yer alan uzun bir haberde bir madenci kampının Apaçiler tarafından basıldığını ve öldürülenlerin arasında

Frank'in de olduğunu okudum. Bu haberi okur okumaz bayılmışım. Sonraki aylarda da hastalıktan yatağa düştüm. Babam iyi olmadığımı düşünerek Frisco'nun bütün doktorlarına gösterdi beni. Bir yıldan fazla bir süre hiç haber alamayınca Frank'in gerçekten öldüğüne inandım. Sonra Lord St. Simon, Frisco'ya geldi, biz Londra'ya gittik, sonunda da bir evlilik ayarlandı. Babam her şeyden gayet memnundu ama ben hep zavallı Frank'in kalbimdeki yerini yeryüzündeki hiç kimsenin dolduramayacağını hissediyordum.

Her şeye rağmen Lord St. Simon'la evlenseydim evlilik görevlerimi kesinlikle yerine getirirdim. Aşkımıza söz geçiremiyoruz ama hiç değilse davranışlarımızı kontrol edebiliriz. Ona iyi bir eş olma niyetiyle kiliseye gittim. Kilisede Frank'i gördüğümde neler hissettiğimi tahmin edebilirsiniz. Ön sırada durmuş bana bakıyordu. Başlangıçta onu hayalet sandım, ama dönüp tekrar baktığımda hâlâ orada durduğunu gördüm. Gözlerinde, onu gördüğüme sevinip sevinmediğimi soran meraklı bir bakış vardı. O anda nasıl oldu da düşüp bayılmadım hayret ediyorum. Çevremdeki her şey dönüp durmaya başladı. Rahibin sözleri kulağımda vızıldıyordu. Ne yapacağımı bilemiyordum. Töreni durdurup bir olay mı çıkarmalıydım? Ona yeniden baktım; ne düşündüğümü anlamış gibiydi, çünkü parmağını dudaklarına götürmüş susmamı işaret ediyordu. Sonra onun bir kâğıt parçasına bir şeyler karaladığını gördüm ve bana bir not yazdığını anladım. Onun oturduğu sıranın önünden geçerken elimdeki buketi ona doğru düşürdüm ve o, çiçekleri bana geri uzatırken notu da elime sıkıştırıverdi. Bana işaret verdiği zaman onunla gidip gitmeyeceğimi soran kısacık bir nottu. Ona karşı sorumluluğumdan hiç şüphe duymadığım için istediği her şeyi yapmaya hazırdım.

Eve döndüğüm zaman, Frank'i Kaliforniya'dan tanıyan hizmetçime olanları anlattım ve ağzını sıkı tutmasını, sadece birkaç eşya ve elbise hazırlamasını söyledim. Lord St. Simon'la konuşmam gerekirdi biliyorum ama annesi ve diğer o seçkin insanların önünde bunları konuşmaktan çekindim. Önce kaçmaya, daha sonra da her şeyi anlatmaya karar verdim. Masaya oturalı daha on dakika geçmemişti ki pencereden yolun öbür yanında duran Frank'i gördüm. Bana işaret etti ve parkın içine doğru yürümeye başladı. Masadan sıvıştım, yukarı çıkıp eşyalarımı aldım ve onun peşinden gittim. Karşıma çıkan kadın Lord St. Simon'la ilgili bir şeyler anlatmaya çalışıyordu; az da olsa duyduklarımdan anladığım kadarıyla eski evliliğiyle ilgili bir sırdan bahsediyordu. Neyse ki ondan kurtulmayı başardım ve kısa bir süre sonra Frank'le buluştum. Beraber bir faytona binerek Gordon Meydanı'ndaki bir eve gittik. Onca yıl bekledikten sonra gerçek evliliğimi yapmıştım işte. Frank her şeyi anlattı. Apaçilere esir düşüp kaçmış; Frisco'ya gelmiş, hayatından umudumu kestiğimi öğrenmiş, İngiltere'ye gitmiş ve beni sürekli takip etmiş. Sonunda ikinci düğünümün sabahında da beni bulmuş.

"Bir gazetede görmüştüm," diye açıkladı Amerikalı. "Kendisinin ve kilisenin ismi verilmişti ama hanımefendinin nerede yaşadığı belirtilmemişti."

"Sonra ne yapacağımızı konuşmaya başladık. Frank her şeyin açık seçik olmasından yanaydı ama ben o kadar utanıyordum ki, ortalıktan kaybolup onları bir daha görmemenin en iyisi olacağını düşündüm. Babama, hayatta olduğumu bildiren bir telgraf çekmem yeterdi. O kahvaltı masasında oturmuş dönmemi bekleyen lordları ve leydileri düşünmek tüylerimi ürpertiyordu.

Bunun üzerine Frank, izime bir daha rastlanılmasın diye düğün giysilerimden bir bohça yapıp kimsenin bulamayacağı bir yere attı. Bay Holmes, akşama doğru gelmeseydi -ki bizi nasıl bulabildiğini hâlâ anlamış değilim- biz yarın Paris'e gitmiş olacaktık. Kendisi benim yanıldığımı, Frank'in haklı olduğunu ve eğer her şeyi gizli tutarsak büyük bir hata yapacağımızı anlattı. Sonra Lord St. Simon'la baş başa bir görüşme yapmamızı teklif edince, biz de hemen buraya geldik. İşte gerçekleri öğrendin Robert. Sana acı verdiğim için çok üzgünüm. Umarım hakkımda çok kötü şeyler düşünmezsin."

Lord St. Simon bu uzun hikâyeyi sert tavrını yumuşatmadan, kaşları çatık, dudakları sımsıkı kapalı bir halde dinlemişti.

"Affedersiniz," dedi, "ama özel ilişkilerimi böyle toplum önünde tartışmak hiç âdetim değildir."

"Peki, beni affedecek misin? Ayrılmadan önce elimi sıkacak mısın?"

"Ah tabii, eğer seni mutlu edecekse." Elini uzattı ve kendisine uzatılan eli soğukça sıktı.

"Keşke," dedi Holmes, "dostane bir akşam yemeğinde bize eşlik etseniz."

"Benden çok şey istiyorsunuz," diye yanıtladı Lord. "Bu son gelişmeleri kabullenmek zorunda kalmış olabilirim ama olanlardan sonra oturup eğlenmemi beklemeyin benden. Hepinize iyi geceler dileyip gitsem iyi olacak." Önümüzde saygıyla eğilerek odadan çıktı.

"Hiç değilse siz bize eşlik edin," dedi Sherlock Holmes. "Bir Amerikalıyla tanışmaktan her zaman zevk duymuşumdur,

Bay Moulton. Vaktiyle bir monarşinin yaptığı ahmaklıkların ve birkaç bakanın yaptığı hataların, gelecekte çocuklarımızın aynı dünya ülkesinin vatandaşları olarak ortak bir bayrak altında yaşamalarını engelleyemeyeceğine inanıyorum."

Misafirlerimiz gittikten sonra: "Çok ilginç bir vaka oldu," diye söze girdi Holmes. "Zira ilk bakışta anlaşılmaz görünen bir meselenin ne kadar basit bir açıklamasının olabileceğini apaçık gösteren örnek bir vaka bu. Genç kadının anlattığı olaylar zinciri ne kadar doğalsa, Scotland Yard'dan Bay Lestrade'in vardığı sonuçlar da o kadar tuhaf."

"Demek ki sen aslında başından beri hiç yanılmadın, öyle mi?"

"En başta iki husus açıktı; birincisi, genç kadının evlenmeye hevesli olması, diğeri de eve döndükten birkaç dakika sonra bundan pişmanlık duyması. Anlaşılan o sabah fikrini değiştirmesine sebep olan bir şey olmuştu. Peki, ne olmuştu? Dışarıdayken kimseyle konuşmuş olamazdı, çünkü damatla birlikteydi. Peki, birisini mi görmüştü? O her kimse Amerika'dan gelmiş olmalıydı, çünkü burada çok uzun süredir kalmadığı için, bir bakışla tüm planlarını değiştirmesine sebep olacak kadar derin bir etki yaratacak kişiyi burada tanımış olamazdı. Gördüğün gibi, eleme yoluyla o kişinin Amerikalı olabileceği sonucuna varıyoruz. Peki, kadının üzerinde nasıl böyle büyük bir etki yaratabilirdi? Bir sevgili veya bir koca olabilirdi. Genç kadının kızlığını garip yerlerde ve koşullarda geçirmiş olduğunu biliyordum. Lord St. Simon'u dinlemeden önce bu noktaya varmıştım. Kilisedeki adamdan, gelinin tavırlarındaki ani değişiklikten, bir not iletmek için planlandığı açıkça belli olan buketi düşürme olayından, kadının özel hizmetçisiyle konuştuğundan bahsetmesiyle her şey açıklığa kavuşmuş oldu. Ayrıca hizmetçiyle konuşurken duyduğunu söylediği 'bir damar kapma' deyiminin madenci argosunda, birinin özel damarını ele geçirme anlamına bildiğimden bu nokta da açıklık kazandı. Bir adamla kaçmıştı ve bu adam ya bir sevgili ya da eski bir kocaydı; bu ikincisinin olma ihtimali daha yüksekti."

"Peki, onları nasıl buldun?"

"Bunda zorlanabilirdim, ama dostumuz Lestrade değerini bilmediği önemli bir bilgiye sahipti. Nottaki baş harfler de önemliydi ama daha önemlisi, bu hafta içinde Londra'nın en seçkin otellerinden birinde kalınmış olmasıydı."

"Peki, kaldıkları otelin seçkin bir otel olduğunu nasıl anladın?"

"Yüksek fiyatlarından. Bir yatak için sekiz şilin, bir bardak şarap içinse sekiz peni, otelin ne kadar pahalı olduğunu gösteriyordu. Londra'da bu kadar pahalı otellerin sayısı çok değildir. Northumberland Caddesi'ndeki ikinci otelin kayıtları incelettim ve otelde Francis H. Moulton adında bir Amerikalının kaldığını, önceki gün ayrıldığını ve notun arkasındaki faturanın aynısını kestiğini öğrendim. Mektupların 226 Gordon Meydanı'ndaki adresine gönderilmesini istemişti; bunun üzerine ben de o adrese gittim ve sevgili çifti orada buldum. Durumlarını gerek halka, gerekse Lord St. Simon'a açıkça anlatmalarının daha iyi olacağı söyledim ve onlara burada buluşmaya teklif ettim. Senin de gördüğün gibi, sözlerinde durdular."

"Ama pek de iyi bir sonuç vermedi," dedim. "Lord çok katı davrandı."

"Fakat Watson," dedi Holmes gülümseyerek, "bütün olan bitenlerden ve düğünden sonra bir anda hem karını, hem de yüklü bir serveti kaybetseydin sen de zil takıp oynamazdın herhalde. Sonuçta Lord St. Simon'u anlayışla karşılamalıyız ve onun durumuna düşmediğimiz için şükretmeliyiz. Şimdi sandalyeni yaklaştırıp kemanımı uzat; artık önümüzde çözülmeyi bekleyen tek mesele, bu soğuk sonbahar akşamlarını nasıl geçireceğimiz."

Benekli Kordon

Neredeyse son sekiz yılda dostum Sherlock Holmes'un çözdüğü olayları takip ettiğim ve yöntemlerini her gözden geçirdiğimde, bu olayların birçoğunun garip, bazılarının trajik ve hatta komik olduğunu, ama hiçbirinin sıradan olmadığını görüyorum. Holmes, para için değil meslek aşkıyla çalışıyordu. Nitekim sıradan, neredeyse fantastik olmayan araştırmalara girmeyi reddettiği bile olurdu. Ne var ki bütün bu olayların arasında, ünlü Surrey ailesiyle ilgili olayın bir benzeri yok gibiydi.

Şimdi anlatacağım olay, Holmes'la tanışmamızın ardından, Baker Sokağı'ndaki evde birlikte kalmaya başladığımız ilk haftada yaşandı. Bu hikâyeyi daha önce de kaleme alabilirdim, ama bir hanıhefendiye bu konuda konuşmayacağıma dair söz vermiştim. Fakat şimdi bana yemin ettiren hanımefendinin beklenmedik ölümü üzerine sözümü bozabilirim artık. Zaten Dr. Grimesby Roylott'un ölümüyle ilgili çirkin dedikodular o kadar yayıldı ki olanları gün ışığına çıkartmanın zamanı geldi. 1883 senesinin Nisan ayının ilk haftasındaydık. Sabahleyin neredeyse tüm aylakların uykuda olduğu bir saatte Sherlock Holmes'u yatağımın başucunda giyinik bir halde beklerken buldum. Geç kalkmayı seven biri olduğu için, şöminenin üzerindeki saatin henüz yediyi çeyrek geçtiğini gördüğümde, biraz şaşkınlık hatta biraz da öfkeyle Holmes'a baktım. Ne de olsa ben de alışkanlıklarıma hastalık derecesinde bağlı biriydim.

"Seni bu kadar erken uyandırmak zorunda kaldığım için özür dilerim, Watson," dedi, "ama bu sabah erken uyandırılan sadece sen değilsin. Sabahın köründe Bayan Hudson'u uyandırmışlar; o da beni uyandırdı. Şimdi de sıra sende."

"Ne oldu? Bir yerde yangın falan mı çıktı?"

"Hayır; bir müşteri geldi; genç bir hanımefendi, psikolojik olarak epey sarsılmışa benziyor. Benimle hemen görüşmek için ısrar ediyor. Şu anda oturma odasında bekliyor. Sana haber vermem gerektiğini düşündüm. Sabahın bu erken saatinde genç bir hanımefendi bu şehirde dolanıp insanları yataklarından kaldırıyorlarsa söyleyecek çok önemli şeyleri var demektir. Belki bu olay seni ilgilendirir diye düşündüm."

"Ah evet dostum, bunu asla kaçırmak istemem."

Holmes'un karşısına çıkan sorunları, sezgileri kadar hızlı olan mantık zincirleriyle çözüme kavuşturmasını hayranlıkla izlemekten aldığım keyfi hiçbir şeyden almazdım. Hızlıca giyindim ve birkaç dakika içinde, dostumla birlikte oturma odasına geçtik. Odaya girdiğimizde, yüzü kalın bir peçeyle örtülü, siyahlara bürünmüş bir kadın pencerenin yanındaki koltuktan kalktı.

"Günaydın hanımefendi," dedi Holmes neşeli bir sesle. "Adım Sherlock Holmes. Bu da dostum ve meslektaşım Dr. Watson. Bana olduğu kadar ona da her konuda güvenebilirsiniz. Bayan Hudson da şömineyi yakmış, ne güzel... Lütfen ateşin yanına yaklaşın; size sıcak bir kahve ikram edelim; görüyorum ki titriyorsunuz."

Kadın sandalyesini ateşe doğru yaklaştırıp fısıltıyla, "Titrememin sebebi soğuk değil," dedi.

"Soğuk değilse ne peki?"

"Korku, Bay Holmes. Sadece korku."

Güveni yerine gelmiş olmalıydı ki konuşurken peçesini kaldırdı; üzüntüden ve korkudan beti benzi atmıştı. Bütün kanı çekilmiş, yüzü kireç gibi bembeyaz kesilmişti. Bakışları, kapana kısılmış vahşi bir hayvan gibi korku ve tedirginlik doluydu. Otuz yaşlarında göstermesine rağmen, saçları yer yer beyazlaşmış, yüzü ise yorgun ve yıpranmıştı.

Sherlock Holmes, her şeyi kavrayan zeki gözleriyle kadını çabucak süzdü, ona doğru eğildi, güven vermek amacıyla elini genç kadının eline değdirerek:

"Korkmayın," dedi rahatlatıcı bir ses tonuyla. "Size yardım edeceğiz. Gördüğüm kadarıyla, Londra'ya bu sabahki trenle gelmişsiniz."

"Beni tanıyor musunuz yoksa?"

"Hayır, yola erken çıkmış olmalısınız; üstelik istasyona varmadan, bozuk yollarda faytonla uzun bir yolculuk yapmışsınız. Sol eldiveninize bir tren dönüş bileti sıkıştırmışsınız..."

Kadın rahatlayacağı yerde iyice gerilmeye başlamıştı. Hayretle Holmes'a bakıyordu.

"Anlattıklarımda korkulacak bir şey yok, sevgili hanımefendi," dedi Holmes gülümseyerek.

"Ceketinizin sol kolu çamur lekeleriyle dolu. Lekeler henüz taze. Bu şekilde çamur sıçratan bir araç bir faytondan başkası olamaz. Üstelik lekelerin yeri sürücünün neresinde oturduğunuzu da gösteriyor."

"Nasıl anladınız bilmiyorum ama kesinlikle doğru," dedi kadın. "Saat daha altı bile olmadan önce evden ayrıldım, yirmi geçe Leatherhead'e ulaştım ve Waterloo'ya giden ilk trene binip doğruca buraya geldim. Beyefendi, bu acıya daha fazla katlanamayacağım; böyle giderse çıldırabilirim. Gidebileceğim hiç kimsem yok... Hiç kimse... Beni seven biri hariç, ama o da, ne yazık ki, bana yardım edemez. Zor bir durumdayken yardım ettiğiniz Bayan Farintosh bana sizden söz etmişti, Bay Holmes. Adresinizi ondan aldım. Ah bayım, etrafımı saran karanlığı azıcık bile olsa aydınlatabilseniz... Bana yardım edin lütfen! Şu anda emeğinizi karşılayacak kadar param yok, ama birkaç ay içinde evleneceğim ve kendi gelirime kavuşacağım. En azından o zaman size olan borcumu ödeyebilirim."

Holmes çalışma masasına giderek çekmecenin kilidini açtı ve küçük bir kitap çıkarttı.

"Farintosh..." dedi. "Evet, şimdi hatırladım; opalden bir taç ile ilgili bir olaydı. Sanırım seninle tanışmadan önceydi Watson. Size şu kadarını söyleyebilirim hanımefendi, arkadaşınızın vakasına verdiğim önemi sizin vakanıza da verebilmek beni sevindirecek. Mesleğimi zevk için yaparım madam. Masraflara gelince, istediğiniz zaman ödeyebilirsiniz. Acelesi yok. Ama şimdi, bize derdinizi anlatın, lütfen."

Kadının sımsıkı kenetlediği elleri çözülüverdi.

"İlk önce şunu söylemeliyim ki, durumumun asıl korkunç yanı, endişelerime kesin bir neden gösteremeyişim. Beni tedirgin eden öylesine ufak tefek şeyler ki bunlar, dışarıdan bakanlara önemsiz görünür. Öyle ki, bu dünyada yardımı ve tavsiyesine başvurabildiğim o yegâne kişi bile, anlattığım her şeyi, isterik, genç bir kadının uydurduğu hayal olarak nitelendiriyor. Bana açıkça böyle söylemiyorlar tabii, ama önemsemediklerini cevaplarından ve başka yerlere kayan gözlerinden bunu anlıyorum. Hakkınızda çok şey duydum Bay Holmes; siz, insan yüreğinin gizli kalmış en derin sırlarını bile görebilen biriymişsiniz. Beni yavaş yavaş boğan bu korkuyu yenebilmenin yolu var mıdır dersiniz?"

"Sizi dinliyorum hanımefendi."

"Adım Helen Stoner. İngiltere'nin en eski Sakson Hanedanı'ndan Roylott'ların son temsilcisi olan üvey babamla beraber Westsurrey'deki Stoke Moran kasabasında yaşıyorum."

Holmes başını devam edin dercesine salladı "Bu ismi duymuştum," dedi.

Genç kadın derin bir soluk alarak konuşmaya başladı.

"Roylott ailesi bir zamanlar İngiltere'nin en zenginleri arasında yer alıyormuş, ama geçen yüzyılda tüm serveti har vurup harman savuran dört kardeş yüzünden felaketlere sürüklenmiş ve iflas etmişler. Sonunda bir kumarbaz, ailenin yıkımına neden olan darbeyi vurmuş. Birkaç dönüm arazi ve ağır ipotek altındaki iki yüzyıllık bir evden başka bir şey kalmamış geriye. Roylott'ların son temsilcisi, yoksul bir asil olmanın verdiği utançla hayatını o evde tamamladı. Tek oğlu, yani benim üvey babam, bu yeni koşullara boyun eğmemiş, bir akrabadan borç istemiş. Bu parayla tıp eğitimini tamamlayıp Kalküta'ya gitmiş. İyi bir doktormuş ama haris bir adammış. Kısa zamanda muayenehanesi çok iyi işlemeye başlamış. Fakat bir gün, evinde meydana gelen bir hırsızlık nedeniyle öfkeye kapılıp yerli uşağını döverek öldürmüş; bu yüzden de darağacından kıl payı kurtulmuş. Uzun yıllar hapiste kaldıktan sonra hayata küskün ve zalim bir adam olarak Londra'ya dönmüş.

Dr. Roylott daha Hindistan'dayken, Bengal Topçu Alayı Subayı Stoner'den dul kalan genç bir kadınla, yani annemle evlenmiş. Evlendiklerinde ikiz kardeşim Julia'yla ben daha iki yaşındaymışız. Annemizin oldukça yüklü miktarda parası varmış; 1000 sterlinden fazla ve bunun hepsini Dr. Roylott'un üzerine geçirmiş. Öte yandan bizler birer genç kız olup evlenince her yıl elimize bir miktar para geçmesini de şart koşmuş.

İngiltere'ye dönüşümüzden kısa bir süre sonra annem öldü. Sekiz yıl önce Crewe yakınlarındaki bir tren kazasında kaybetti hayatını. Bunun üzerine Londra'da çalışmaktan vazgeçen Dr. Roylott, bizi Stoke Moran'daki eski baba evine getirdi. Annemizin bırakmış olduğu para her isteğimize yetiyor, mutluluğumuza gölge düşürecek hiçbir sorun yaşanmıyordu. Ama işte tam o sıralarda, üvey babamızın huyu feci şekilde değişiverdi. Stoke Moran'da aralarında yine bir Roylott görmekten büyük kıvanç duyan komşularımızla dostluk ilişkilerini arttıracağı yerde tamamen evine kapandı. Ender olarak evden çıktığı zamanlarda ise yoluna çıkan herkesle kavga ediyordu. Deliliğe varan aşırı sinirli karakteri aileden geliyordu. Bana öyle geliyor ki tropik ülkelerde geçirdiği uzun yıllar bu huyunu daha da şiddetlendirmişti. Utanç verici kavgaları hiç eksik olmuyordu. Bunlardan ikisi mahkemede sonuçlandı. En sonunda kasabanın başına bela oldu. Sinirine hâkim olamayan inanılmaz güçlü bir adam olduğu için insanlar karşısına çıkmaktan korkuyordu.

Daha geçen hafta kasaba nalbantıyla tartıştı ve adamı bir korkuluğun üstünden nehre attı. İş mahkemeye düşmesin diye neyim var neyim yoksa hepsini toplayıp nalbanta verdim.

İşte böyle bir hayat sürüyor üvey babam. Göçmen Çingenelerden başka kimseyle arkadaşlık kurmuyor. Çadırlarında saatlerce kaldığı yetmiyormuş gibi, onlarla haftalarca süren yolculuklara çıkıp köy-kasaba dolaşıyor, bu serserilerin birkaç dönümlük arazisinde kalmalarına izin veriyor.

Diğer bir merakı da Hindistan'dan getirttiği hayvanlar. Şu sıralarda, bir arkadaşının gönderdiği evcilleştirilmiş bir leoparı, bir de şebeği yani maymunu var. Bu iki hayvanın arazimizde özgürce dolaşmalarına izin veriyor ve çevredeki insanlar da bu hayvanlardan, en az sahibinden korktukları kadar korkuyor.

Size anlattıklarımdan, zavallı kız kardeşimle benim pek mutlu ve huzurlu bir hayatımız olmadığını anlıyorsunuzdur. Bizimle kalmayı kabul edecek hizmetçi bulamadığımız için, uzun yıllar evdeki tüm işleri biz yaptık. Julia öldüğünde daha otuz yaşında olmasına rağmen, saçları tıpkı benimkiler gibi beyazlamaya başlamıştı bile."

"Ya demek kız kardeşiniz öldü?"

"Evet, iki yıl önce. Zaten buraya da sizinle onun ölümüyle ilgili konuşmaya geldim. Size hayatımı anlattım; kendi yaşımızda ve bizim sınıfımıza ait kişileri tanıma olanağından uzak kalışımıza şaşırmışsınızdır. Sadece Harrow yakınlarında oturan halamıza, annemin bekâr kız kardeşi Bayan Honoria Westphail'e arada bir kısa ziyaretlerde bulunma fırsatımız oluyordu. Julia iki yıl önce Noel'de oraya gitti ve orada tanıştığı bir binbaşıyla nişanlandı. Üvey babam, kardeşim döndüğünde nişanı öğrendi ve bu evliliğe itiraz etmedi; ama düğün için kararlaştırılmış tarihten birkaç hafta önce, beni tek dostumdan mahrum bırakan o korkunç olay meydana geldi."

O dakikaya kadar bütün anlatılanları koltuğunda, gözleri kapalı ve başı yastığa gömülü bir şekilde oturmuş dinleyen Sherlock Holmes, şimdi bütün dikkatiyle genç, kadına bakıyordu.

"Lütfen anlatmaya devam edin ve hiçbir ayrıntıyı atlamayın," dedi.

"Bu hiç de zor olmayacak çünkü o korkunç olayın hiçbir anı hafızamdan asla silinmeyecek. Daha önce de söylediğim gibi evimiz çok eski ve ancak bir tarafı oturulabilecek durumda. O tarafın yatak odaları da binanın zemin katındadır; oturma odaları ise orta katında. Yatak odalarından ilki Dr. Roylott'un, ikincisi kardeşimin, üçüncüsü de benim. Odaların içinden birbirlerine geçit yok ama üçü de aynı koridora açılıyor. Tarif edebildim mi?"

"Kesinlikle"

"Bu üç odanın pencereleri de bahçeye bakıyor. Dr. Roylott, o korkunç gece, erkenden odasına çekilmişti ama uyumadığını biliyorduk, çünkü Hindistan'dan getirttiği, içimi sert purosunun kokusu kardeşimi rahatsız etmişti. Bu nedenle odasından çıkıp yanıma geldi. Düğün hakkında uzun uzun konuştuk. Saat on birde, kalkıp odasına dönecekken, bir an kapıda durdu ve dönüp bana baktı.

'Helen' dedi. 'Söyler misin, gecenin bir vaktinde birinin ıslık çaldığını hiç duydun mu?'

'Islık mı? Yo!'

'Herhalde sen de uykunda ıslık çalıyor olamazsın, değil mi?'

'Bu mümkün değil; neden sordun?'

'Çünkü son birkaç gecedir, sabaha karşı saat üç civarında hep hafif bir ıslık sesi duyuyorum. Uykum hafif olduğu için her seferinde bu sesle uyanıveriyorum. Nereden geldiğini kestiremiyorum; belki yan odadan belki de bahçeden. Demek sen bir şey duymadın?'

'Hayır, ben duymadım. Belki de arazideki serseri Çingenelerdir.'

'Herhalde öyledir. Ama bahçeden geliyorsa senin duymaman garip değil mi?'

'Doğru ama benim uykum daha derindir, bilirsin.'

'Neyse, zaten önemli değil.'

"Sonra gülümsedi, kapıyı çekerek kapattı ve birkaç saniye sonra kendi odasının kapısını kilitlediğini duydum."

"Çok ilginç," dedi Holmes. "Gece, kapılarınızı her zaman kilitler miydiniz?"

"Daima."

"Peki, neden?"

"Leopardan ve maymundan söz etmiştim size ya, onların kapımızı dürtüp içeri girebileceklerinden korkuyorduk. O yüzden kapılarımızı kilitlemeden kendimizi güvende hissetmiyorduk."

"Çok doğru ve yerinde bir karar. Lütfen hikâyenizi anlatmaya devam edin."

"Ama nedense o gece beni uyku tutmadı. Bir felaketin olabileceği önsezisi, huzurumu kaçırmıştı. Hatırlarsanız kız kardeşim ve ben ikiziz ve böylesine yakın olan iki ruhun bağlarının ne kadar güçlü olduğunu tahmin edebilirsiniz. Korkunç bir geceydi; dışarıda rüzgâr uğulduyor, yağmur camları dövüyordu. Birdenbire bütün bu gürültünün ortasında korkunç bir çığlık duydum. Kız kardeşimin sesiydi bu. Yatağımdan fırladım, omzuma bir şal alıp aceleyle koridora çıktım. Odamın kapısını açtığımda hafif bir ıslık sesi duyar gibi oldum. Tıpkı kardeşimin tarif ettiği gibi bir ıslık... Ardından da madeni bir eşyanın yere düşüşünün çıkardığı bir gürültü işittim. Kız kardeşimin odasına koştum. Koridorda koşarken kardeşimin kapısı açıldı ve yavaşça aralandı. Korkudan donakalmış bir halde, içeriden ne çıkacağını bilemeden, kapıya bakıyordum. Koridordan ışık vuran kapı ağzında kardeşimin belirdiğini gördüm. Yüzü korkudan bembeyaz kesilmiş, ellerini yardım istercesine ileri uzatmıştı ve tüm vücudu bir sarhoş gibi bir o yana bir bu yana sallanıp duruyordu. Koşup onu kollarıma aldım, ama tam o anda dizlerinin bağı çözüldü ve yere düştü. Vücudu amansız bir sancının etkisindeymiş gibi kıvranıyor ve kasılıyordu.

Önce beni tanıyamadı sandım, ama üzerine eğildiğimde, hayatım boyunca unutamayacağım kesik bir sesle 'Aman Tanrım! Helen! Kordon! Benekli kordondu!' diye inledi. Söylemek istediği başka şeyler daha vardı; doktorun odasını işaret ediyordu, derken yeni bir nöbet geldi, artık sesi bir hırıltıya dönüşmüştü. Üvey babama seslenerek koridordan aşağıya koştum. Zaten o da bornozunu giymiş halde bana doğru koşuyordu. Kız kardeşimin yanına vardığımızda, şuurunu kaybetmişti. Üvey babam ona konyak içirmeye çalıştı, bana hemen doktor çağırmamı söylediyse de bütün çabalar boşunaydı. Ve kardeşim kendine gelemeden gözlerimizin önünde yavaş yavaş öldü. Sevgili kız kardeşimin korkunç sonu işte böyle geldi."

“Bir dakika!” diye atıldı Holmes. “Şu ıslık ile düşen bir cismin gürültüsünü duyduğunuzdan emin misiniz? Duyduğunuza dair yemin edebilir misiniz?”

“Bunu bana mahkemedeki yargıç da sordu. Duyduğuma eminim ama yine de fırtınanın gürültüsü ve eski evimizin çatırdama seslerinin arasında başka bir sesle karıştırmış olabilirim.”

“Kız kardeşiniz giyinik miydi?”

“Hayır, üstünde yalnızca geceliği vardı. Sağ elinde yanmış bir kibrit çöpü, sol elinde ise, bir kibrit kutusu tutuyordu.”

“Demek ki tehlikeyi sezdiğinde ışık yakıp etrafına bakınmış. Bu önemli bir ayrıntı. Peki, yargıç nasıl bir karar verdi?..”

“Bu olayı tüm derinliğiyle inceledi. Dr. Roylott’un hareketleri kasabada zaten uzun zamandır tedirginlik yaratıyordu. Fakat mahkeme ölüm sebebine dair tatmin edici bir ipucu bulamadı. Ben ifademde, kapının içeriden kilitlenmiş olduğunu ve pencerelerin, demir parmaklıklarının ve eski panjurların her gece örtüldüğünü belirttim. Odanın duvarlarını incelediler, çekiçle her yerine vurdular, her tarafı sağlamdı ve yapılan araştırmalarda tabanın da sağlam olduğu ortaya çıktı. Bacamız geniştir ama girişi dört büyük çubukla kapatılmıştı. Bütün bunları göz önüne aldığımızda, kardeşimin bu felaketle karşılaştığında odasında yalnız olduğu ortada. Ayrıca üzerinde herhangi bir darp izine rastlanmadı.”

“Zehirlenmiş olabilir mi?”

“Doktorlar birtakım tahliller yaptılar ama bir şey bulamadılar.”

"Peki, sizce talihsiz kardeşiniz neden öldü?"

"Bence kardeşim korkudan öldü. Ama onu bu korkutacak şeyin ne olduğunu kesinlikle bilemiyorum."

"O sırada civarda Çingeneler var mıydı?"

"Evet, her zaman birkaç tane vardır zaten."

"Peki, kardeşinizin son sözü olan benekli kordon ile ilgili ne düşünüyorsunuz?"

"Bu olayı hiç unutamadım ve sürekli düşünüyorum da, bunları söylediği zaman bilinci yerinde değildi galiba. Bazen de topraklarımızda yaşayan Çingeneleri kastetmiş olabilir diyorum. Bilemiyorum ama belki de Çingenelerin birçoğunun kafalarına sardığı benekli yemeniyi kastederek böyle söyledi, kim bilir."

Holmes'un bu açıklamayla tatmin olmadığı belliydi. "Henüz bir karara varabilmek için çok erken. Lütfen hikâyenizi anlatmaya devam edin."

"O olayın üzerinden geçen iki yıl boyunca her zamankinden daha yalnızdım. Son zamanlara kadar tabii. Bir ay kadar önce, yıllardır tanıdığım ve sevdiğim bir arkadaşım bana evlilik teklifinde bulundu. Adı Armitage, Percy Armitage ve kendisi Cranewater'lı Bay Armitage'ın ikinci oğludur. Üvey babam, evliliğimize karşı çıkmayınca düğünü ilkbaharda yapmaya karar verdik.

İki gün önce, evimizin batı kanadında bir tamirata başlandığı için yatak odamın duvarını delmek zorunda kaldılar. Bu nedenle kız kardeşimin hayatını kaybettiği odaya taşındım ve onun yatağında yatıyorum. Dün gece, uyanık bir halde kardeşimin korkunç kaderini düşünerek uzanıyordum ki, birden kısık sesli bir ıslık duydum. Nasıl korktuğumu tahmin bile edemezsiniz, düşünebiliyor musunuz, kardeşimde ölmeden hemen önce bu sesten bahsetmişti... Yataktan fırladığım gibi lambayı yaktım ama görünürde hiçbir şey yoktu. O kadar sarsılmıştım ki tekrar yatağa giremedim. Giyindim ve sabahın ilk ışıklarıyla birlikte evden dışarı fırladım. Bir arabaya atladım ve Leatherhard tren istasyonuna vardım. İlk trene yetişebildim; yardımınızı istemek için buraya geldim."

"Çok akıllıca bir davranışta bulunmuşsunuz," dedi dostum. "Ama bana gerçekten olan biten her şeyi anlattınız mı acaba?"

"Evet, her şeyi."

"İnanmıyorum buna, Bayan Roylott. Üvey babanızı korumaya çalışıyorsunuz."

"Neden, ne demek istiyorsunuz?"

Holmes cevap vermeden önce, misafirimizin elini örten siyah ipek mendili kaldırdı. Bembeyaz bileğinde bir elin parmak izleri vardı.

"Size kötü davranmış," dedi Holmes.

Misafirimiz kıpkırmızı oldu ve bileğini tekrar örttü.

"Doktor sert bir adamdır," dedi. "Bazen gücünün farkında olmuyor."

Uzun bir sessizlik hüküm sürdü odada. Holmes, çenesini ellerine dayamış, çıtırdayan şömineye bakıyordu.

"Oldukça karmaşık bir işe benziyor," dedi sonunda. "Nasıl hareket edeceğimize karar vermeden önce bilmek istediğim daha bir sürü şey olacak. Ama kaybedecek zamanımız yok. Hemen bugün Stoke Moran'a gitsek, üvey babanızın haberi olmadan evinizin batıya düşen bölümünü görebilir miyiz acaba?"

"Ne tesadüf, bugün olur çünkü Dr. Roylott önemli birkaç işini halletmek için şehre indi. Büyük ihtimalle eve geç döner. Sizi rahatsız edecek hiçbir şey olmaz. Evde şu anda bir hizmetçimiz var, ama kadın çok yaşlı ve kafası pek çalışmaz. Onu rahatlıkla yolumuzdan uzak tutabilirim."

"Harika! Watson, sen de geliyorsun, değil mi?"

"Kesinlikle."

"Öyleyse birlikte gidelim. Peki, siz ne yapmayı düşünüyorsunuz bu arada?"

"Hazır şehre inmişken yapmam gereken bir iki işim var onları halleder daha sonra sizi karşılayabilmek için saat on iki trenine binerim."

"Öğleden sonra oraya varırız. Benim de halledilecek bir iki ufak işim var. Kahvaltıya kalmaz mıydınız?"

"Hayır, gitmem gerekiyor. Bunları size anlattığım için kendimi şimdiden rahatlamış hissediyorum. Öğleden sonra gelmenizi dört gözle bekleyeceğim."

Yüzünü siyah peçesiyle kapattıktan sonra odadan sessizce çıktı.

"Anlatılanlarla ilgili ne düşünüyorsun Watson?" diye sordu Holmes koltuğuna yaslanarak.

"Bence son derece karanlık ve karışık bir iş gibi görünüyor."

"Oldukça karanlık ve karışık."

"Fakat şu var, eğer hanımefendi yerin ve duvarların sağlam; kapının, pencerenin ve bacanın kapalı olduğu konusunda haklıysa, o zaman hiç şüphe yok ki zavallı kız kardeşi bu garip sonuyla karşı karşıya geldiğinde odasında yalnızdı."

"Peki, o zaman şu tuhaf ıslık neyin nesi; ya ölen kadının son sözlerine ne demeli?"

"Bilemiyorum."

"Öncelikle gece duyulan ıslıkları, evin arazisinde konaklayan bir grup çingeneyi, üvey kızının evliliğini engellemek isteyen yaşlı doktoru ve ölen kardeşin son sözlerini dikkate almalıyız. Ayrıca, Bayan Helen Stoner'in duyduğu madeni ses de var; bu ses, kepenkleri yerinde tutan demirin yerine oturmasıyla da çıkmış olabilir. Neyse ben bu karmaşık meseleyi çözebileceğimize inanıyorum."

"Peki, bu durumda sence çingenelerin bu işte parmağı ne?"

"En ufak bir fikrim yok."

"Onlarla ilgili söylenenlere bazı itirazlarım var."

"Benim de. Zaten bugün Stoke Moran'a gitmemizin nedeni de bu. Etrafı bir kolaçan edelim... Ama Tanrı aşkına, bu da ne?"

Birden kapı ardına kadar şiddetle açılmış ve eşikte iriyarı, boyu kapı kadar bir adam belirmişti. Giyimi ne şık, ne de zevksizdi. Silindir şapkası, uzun frakı, çizmeleri ve elinde salladığı kısa kamçısıyla aykırı bir görüntüsü vardı. Boyu o kadar uzundu ki, şapkası kapının tepesine değiyordu. Gövdesi ise, kapıyı enlemesine kaplayacak kadar genişti. Birbirine yakın gözleri kan çanağına dönmüştü. Ona vahşi, tehlikeli ve yaşlı bir kuş havası veren sivri, ince kemikli, dümdüz bir burnu vardı. Güneşte yanmış, kırış kırış kocaman suratı önce bana, sonra da dostuma çevrildi.

"İçinizden hanginiz Holmes?" diye sordu kaba bir sesle.

"Benim, bayım," dedi dostum sessizce.

"Ben Dr. Grimesby Roylott.

"Memnun oldum," dedi Holmes soğukça. "Buyurun, oturmaz mısınız?"

"Boş ver. Üvey kızım az önce buradaydı, biliyorum. Onu takip ettim. Size ne söylediğini bilmek istiyorum?"

"Yılın bu zamanı için havalar biraz serin, öyle değil mi!" dedi Holmes.

"Size neler anlattı?" diye bağırdı yaşlı adam öfkeyle.

"Ama duyduğuma göre bademler çiçek açmış," diye devam etti dostum, adamı umursamayarak.

"Hah! Benimle dalga geçiyorsunuz öyle mi?" dedi ziyaretçimiz, kamçısını sallayıp bir adım ileri atarak. "Seni tanıyorum sahtekâr. Adını daha önce de duymuştum. Her şeye burnunu sokan Sherlock Holmes sensin!"

Dostum olanca sakinliğiyle gülümsedi.

"Meraklı Holmes," diye devam etti adam. Dostumun gülümsemesi bütün yüzüne yayıldı.

"Scotland Yard'ın kuklası Holmes."

Holmes neşeyle kıkırdamaya başladı. "Çok hoş sohbet birisiniz doğrusu," dedi.

"Giderken arkanızdan kapıyı kapatmayı unutmayın, cereyan yapıyor."

"Söyleyeceklerimi söylemeden şuradan şuraya gitmem. İşime burnunu sokmaya kalkma! Bayan Stoner'in buraya geldiğini biliyorum. Onu takip etmiştim. Bana numara çevirmek tehlikelidir, bilmiş olasın!"

Hızla odaya dalıp şömineye yaklaştı. Dökme demirden yapılmış maşayı alıp kocaman esmer elleriyle büküverdi.

"Benden uzak dursanız iyi olur! Bir dahaki sefere seni elime geçirirsem..." diye homurdanarak maşayı şöminenin içine fırlattı, sonra da kapıyı şiddetle çarparak odadan çıkıp gitti.

"Oldukça sevimli bir adama benziyor," dedi Holmes gülerek. "Onun kadar kaba değilim ama gitmeseydi, benim gücümün de ondan aşağı kalır yanının olmadığını gösterebilirdim."

Bunları söyledikten sonra demir maşayı aldı ve onu tek bir hareketle eski haline getirdi.

"Beni polisle bir tutması ne büyük küstahlık! Bam telime bastı. Neyse, bu olay araştırmamıza hız katabilir ama umarım Bayan Stoner tedbirsizliğinin cezasını çekmez. Şimdi Watson, kahvaltımızı edelim sonra da Tabipler Birliği'ne bir uğrayayım; işimize yarayacak bazı bilgiler bulabilirim orada."

Sherlock Holmes, elinde yazılar ve şekillerle dolu mavi bir kâğıtla döndüğünde saat neredeyse birdi.

"Bayan Roylott'un vasiyetnamesini inceledim," dedi.

"Değerini bulmak için vasiyetnamede yer alan malların bugünkü fiyatlarını hesapladım. Kadın öldüğünde 1100 sterlin civarında olan vasiyetin toplam değeri, arsa fiyatlarındaki düşmeden dolayı artık yalnızca 750 sterlin ediyor. Evlendikleri takdirde her bir kıza yılda 250 sterlin düşüyor. Buradan şu sonucu çıkartıyoruz: her ikisinin de evlenmesi halinde üvey babalarına pek az bir para kalacak hatta birinin bile evlenmesi doktorun mali durumunu sarsmaya yeterli olacaktı. Sabah yaptığım çalışmalar boşuna değilmiş. Demek ki adam bu evliliği engellemek için elinden geleni yapacak. Şimdi Watson, boşa zaman harcamayalım; üstelik adam, işleriyle ilgilendiğimizi öğrendikten sonra. Demem o ki hazırsan bir araba çağırtıp Waterloo'ya doğru yola çıkalım. En iyisi sen tabancanı yanına al. Demir maşaları lastik gibi bükebilen adamlar ancak bir tabancanın dilinden anlar. Sanırım bir tabanca, bir de diş fırçasından başka bir şeye ihtiyacımız olmayacak."

Şansımız yolunda gitmişti, Waterloo'ya vardığımızda Leatherhead'e giden treni son anda yakaladık. Leatherhead'e varınca bir fayton kiraladık ve Stoke Moran'a doğru yola çıktık. Mükemmel bir manzaranın içinden dört beş mil yol aldık. Güneşli, yer yer bulutlu, harika bir gündü. Ağaçların ve yol kenarındaki çalıların yeşil tomurcukları henüz patlamıştı ve hava, nemli toprağın mis gibi kokusuyla dolup taşıyordu. Yaklaşan baharın güzelliği ile takip ettiğimiz uğursuz iş arasında garip bir çelişki vardı; en azından bana göre. Dostum, kollarını kavuşturmuş, şapkasını iyice yüzüne indirmiş bir halde önde oturuyordu. Çenesi göğsüne düşmüştü; derin düşüncelere dalmış olduğu belliydi. Ama birdenbire yerinden sıçradı, omzuma dokundu ve pencereden önümüzdeki çayırları işaret ederek, "Şuraya bak!" dedi.

Holmes, "Stoke Moran mı burası?" diye sordu arabacıya.

"Evet, bayım, Dr. Grimesby Roylott'un evinin ta kendisidir."

Arabacı, parkları süsleyen ağaçların ardında, kırmızı kiremitli damı görünen koskoca bir binayı gösterdi.

"Tamirat hâlâ sürüyor," dedi Holmes. "Demek ki doğru yere gelmişiz."

Arabacı daha uzakta solda bulunan bir grup çatıyı işaret ederek, "Şurası da köy," dedi. "Ama o malikâneye gitmek istiyorsanız, en kısa yol kırların arasından geçenidir. Tarlaların üzerindeki patikaları geçerek de oraya ulaşabilirsiniz. Şurası işte, şu görünen kadının olduğu yer."

"Hanımefendi de Bayan Stoner olmalı," dedi Holmes gözlerini kısarak. "Evet, sanırım önerinize uysak daha iyi olacak."

Arabacıya parasını ödedik ve faytondan indik. Fayton tekrar ana caddeye çıktı ve Leatherhead'e dönüş yoluna koyuldu.

"Adam bizi mimar ya da müteahhit sanmıştır. Çenesini tutar herhalde," dedi Holmes, biz yola koyulurken...

"İyi günler Bayan Stoner. Gördüğünüz gibi sözümüzde durduk."

Sabah gelen müşterimiz neşeyle bize doğru koştu. Ellerimizi sevecenlikle sıkarak, "Gelişinizi sabırsızlıkla bekledim," dedi. "Her şey yolunda gidiyor; Doktor Roylott şehre inmiş ve akşamdan önce gelmesi beklenmiyor."

"Biz doktorla tanışma şerefine eriştik," dedi Holmes ve olanları kısaca anlattı.

Bayan Stoner dinledikçe beti benzi atıyordu. "Aman Tanrım!" diye bağırdı sonunda. "Beni takip etmiş!"

"Öyle görünüyor."

"O kadar sinsi ki kendimi onun yanında hiçbir zaman güvende hissetmiyorum. Döndüğünde kim bilir ne diyecek!"

"Kendisini koruması gerekecek çünkü peşinde kendisinden daha kurnaz birilerini bulabilir. Kendinizi bu gece odanıza kilitlemelisiniz. Yine de dövmeye kalkacak olursa, sizi Harrow'daki halanızın yanına götürürüz. Şimdi zamanımızı iyi kullanmalıyız. Öncelikle bizi görmek istediğimiz odalara götürme nezaketinde bulunursanız sevinirim."

Bina gri taşlardan yapılmıştı. Bir yengecin iki yana uzatılmış kıskaçlarına benzeyen kıvrık iki kanat ve yüksek, merkezi bir binadan oluşuyordu. Kanatlardan birinde camlar kırılmış, tahtalarla örtülmüştü ve çatının da bir tarafı çökmüştü; tam bir harabeyi andırıyordu. Merkez bina biraz daha iyi durumdaydı. Sağ kanat ise pencerelerindeki perdeler ve bacalarından tüten mavi dumanıyla ailenin oturduğu yerin burası olduğunu belli ediyordu. En ucundaki duvara bir yapı iskelesi kurulmuş ve taş duvar kırdırılmıştı. Ama etrafta inşaat işçilerinden eser yoktu. Holmes, biçilmemiş çimler üzerinde ağır ağır bir aşağıya bir yukarı yürüyüp pencerelerin dış taraflarını dikkatlice inceledi.

"Anladığım kadarıyla bu pencere sizin yatak odanızın penceresi; ortadaki kardeşinizin ve ana binanın yanındaki de Dr. Roylott'un odası, doğru mu?"

"Evet. Ama ben artık ortadakinde yatıyorum."

"Tamirat yüzünden, değil mi? Sırası gelmişken söyleyeyim, yıkılan duvarda acil tamirat gerektirecek bir şey göremiyorum doğrusu."

"Yoktu zaten. Bana kalırsa bu sadece beni odamdan çıkartmak için öne sürülen bir bahane."

"Bence de. Bu dar kanadın öbür yanında, üç yatak odasının açıldığı koridor var herhalde. Koridordan dışarıya açılan pencere falan var mı?"

"Evet, ama çok küçük bir pencere. İçinden geçebilmek için çok zorlanmak gerek."

"İkiniz de geceleri kapılarınızı kilitlediğinize göre odalarınıza o taraftan ulaşılamazdı. Peki, şimdi odanıza gidip pencerenizi içerden kapatır mısınız lütfen?"

Bayan Stoner söyleneni yaptı. Panjurlarını indirdi. Holmes, pencerenin kilidini dikkatlice inceledikten sonra panjurları açmak için her yolu denediyse de başarılı olamadı. Panjurları bir arada tutan çubuğu yerinden kaldırmak için araya bıçak sokacak bir boşluk bile yoktu. Büyüteciyle menteşeleri inceledi. Saf demirden yapılmış olup gayet sağlam bir şekilde ahşap çerçeveye oturtulmuşlardı, açılmaları imkânsızdı.

"Hıımm..." diye söylendi Holmes yanağını kaşıyarak. "Teorim bazı noktalarda yetersiz kalıyor. Panjurlar kapalı haldeyken pencerelerden içeri kimse girmiş olamaz. Neyse, gidip içeride olayı aydınlatacak ipuçları var mı, bir bakalım, Watson."

Küçük bir yan kapıdan geçip, yatak odalarının kapılarının açıldığı beyaz badanalı bir koridora girdik. Holmes üçüncü odayı incelemeye gerek duymadığı için hemen şimdi Bayan Stoner'in kullandığı, kız kardeşinin öldüğü ortadaki odaya geçtik.

Eski usul köy evlerindeki odalara benzeyen şöminesi ve alçak tavanıyla küçük ama hoş bir odaydı. Bir köşede çekmeceli, kahverengi bir komodin, başka bir köşede beyaz örtülü dar bir yatak ve pencerenin sol tarafında da bir tuvalet masası duruyordu. Ortada iki adet hasır iskemle, yerde bir halı. Odadaki eşyaların hepsi buydu. Süpürgelikler ve duvarın panelleri kahverengi meşedendi. Ama o kadar eskimiş ve solmuşlar ki büyük ihtimalle evin ilk yapıldığı zamandan kalmışlardı. Holmes iskemlelerden birini çekip oturdu. Ses çıkarmadan bakışlarını odanın duvarlarında gezdirdi; odanın her bir yanını dikkatle inceledi.

Yatağın başucunda sarkmakta olan çok sağlam görünen bir kordonu göstererek, "Şuradaki zil nereye bağlı?" diye sordu.

"Hizmetçinin odasına."

"Diğer eşyalardan daha yeni görünüyor."

"Evet, oraya topu topu birkaç yıl önce bağlandı."

"Kız kardeşinizin isteği üzerine herhalde?"

"Hayır, onu kullandığını hiç görmedim. Bir şey gerektiğinde hep kendimiz gider alırdık."

"Çok ilginç, bu kadar güzel bir zili oraya koymanın hiçbir faydası yokmuş gibi görünüyor. Şimdi yer döşemesini incelemem için bana birkaç dakika verin lütfen."

Büyüteciyle büyük bir sabırla döşemeyi incelemeye başladı. İleri geri sürünerek tahtaların arsındaki en ufak çatlakları bile gözden geçirdi. Peşinden duvar kâğıtlarına da aynı dikkatle baktıktan sonra yatağın yanına gitti. Hiç ses çıkarmadan ona bir an baktı. Kordonun asılı olduğu duvara göz gezdirdi. Kordonu eline alıp sertçe aşağı çekti. "Ama bu sadece süsmüş," dedi. "Ucu bir tele bile bağlanmamış. Bakın bu çok ilginç işte! Gördüğünüz gibi ufak vantilatörün üzerindeki bir çengele takılmış."

"Ne garip; bunu daha önce hiç fark etmemiştim."

"Çok garip!" diye mırıldandı Holmes ipi çekiştirerek. "Bu odayla ilgili bir iki acayip şey daha var. Örneğin, hangi akıllı mimar vantilatörü dış duvara takacağına iki oda arasına yerleştirir ki!"

"O da oldukça yeni," dedi Bayan Stoner.

"Kordon takıldığı zaman mı monte edildi?" diye sordu Holmes.

"Evet, o aralar ufak tefek bir sürü değişiklik yapılmıştı."

"Hepsi de son derece ilginç değişiklikler galiba; sözüm ona zil sistemi ve temiz havasız bir vantilatör. Bayan Stoner, izninizle araştırmamıza yandaki odada devam etmek istiyorum."

Doktor Grimesby Roylott'un odası üvey kızının odasından daha büyüktü ama aynı sadelikle döşenmişti. Göze çarpan eşyalar şunlardı: bir kamp yatağı, çoğu teknik konulu kitaplarla dolu küçük tahta bir raf, sallanan bir sandalye, duvara dayalı ahşap başka bir sandalye, yuvarlak bir masa ve kocaman çelik bir kasa. Holmes yavaşça dolaşıp hepsini büyük bir ilgiyle inceledi.

"Bunun içinde ne var?" diye sordu kasaya vurarak.

"Üvey babamın iş evrakları."

"Demek ki siz kasanın içini gördünüz."

"Sadece bir kez gördüm, birkaç yıl önce. O zaman içinin evraklarla dolu olduğunu hatırlıyorum."

"İçinde bir kedi yoktur herhalde."

"Hayır, bunu da nereden çıkardınız?"

"Peki, şuna bir bakın!" dedi Holmes ve kasanın üzerinde duran küçük bir süt kâsesini havaya kaldırarak gösterdi.

"Hayır, kedimiz yok bizim. Ama leopar..."

"Ah, evet tabii! Ne de olsa leopar da büyük bir kedi sayılır, ama böyle koskoca bir hayvan bir kâse sütle yetinir mi? Neyse, özellikle incelemek istediğim son bir yer daha var."

Tahta sandalyenin önünde eğildi ve oturulacak yerini büyük bir özenle inceledi.

"Teşekkür ederim. Bu iş de tamam sayılır," dedi ve büyütecini cebine koyarak ayağa kalktı. "Bak sen! Burada ilginç bir şey daha var."

Dikkatini çeken eşya, yatağın bir köşesine asılmış, köpekleri eğitmeye yarayan küçük bir kamçıydı. Kamçının ucu, kabzasına öyle bir bağlanmış ki bir ilmek oluşmuştu.

"Buna ne dersin Watson?"

"Oldukça sıradan bir kamçı, ama ucu niye bağlı?"

"Normalde böyle olmaması lazım, değil mi? Ah, ah kötü bir dünyada yaşıyoruz. Ve zeki bir insanın aklı suça çalıştığında, kötünün de kötüsü oluyor. Görmek istediklerimi gördüm. Bayan Stoner; avluya çıkalım mı?"

O güne kadar dostumu hiç bu denli ciddi ve düşüncelerine bu kadar yoğunlaşmış olarak görmemiştim. Avluda bir yukarı bir aşağıya yürüyüp durduk. Ne ben ne de Bayan Stoner, Holmes'u rahatsız etmeye cesaret edemiyorduk. Sonunda derin düşüncelerinden sıyrılıp bize baktı.

"Bayan Stoner, tavsiyelerime harfi harfine uymanız gerekiyor."

"Bunu yapacağıma emin olabilirsiniz."

"Bu konu gün gibi aşikâr. Hayatınız, işbirliğimize bağlı."

"Sizi temin ederim ki ne söylerseniz yapacağım."

"İlk iş olarak, arkadaşım ve ben geceyi odanızda geçirmek zorundayız."

Bayan Stoner'le ben Holmes'a büyük bir şaşkınlıkla baktık.

"Evet, bunu yapmak zorundayız. Bakın açıklayayım. Yanılmıyorsam şu istikamette bir köy oteli olmalı?"

"Evet, Taç Oteli."

"Güzel. Oradan sizin yatak odanızın penceresi görülür mü?"

"Evet."

"Akşam üvey babanız döndüğünde odanızda olun. Bir bahane bulun. Ne bileyim ben, başım ağrıyor, hastayım falan deyin. Baktınız ki kendi odasına çekiliyor, o zaman pencerenizin panjurunu açıp çengeli kaldırın ve lambayı yakarak bize işaret verin. Ondan sonra sessizce eski yatak odanıza gidin ve geceyi orada geçirin. Tamirata rağmen bu geceliğine buna katlanabilirsiniz sanırım?"

"Ah evet, elbette!"

"O halde gerisini bize bırakın."

"Peki, siz ne yapacaksınız?"

"Biz geceyi sizin odanızda, daha doğrusu kız kardeşinizin yatak odasında geçireceğiz. Şu sizin işittiğiniz gürültüler neymiş, görelim."

Bayan Stoner elini dostumun koluna koyarak, "Bana öyle geliyor ki Bay Holmes, siz sesin kaynağı konusunda kararınızı zaten vermişsiniz," dedi.

"Belki."

"Öyleyse söyleyin bana Allah aşkına, kız kardeşim nasıl öldü?"

"Bu konuda konuşmadan önce elimde kesin kanıtların olmasını tercih ederim."

"Hiç değilse bana düşüncemin doğru olup olmadığını söyleyin. Ani bir korku muydu bütün bunlara sebep olan?"

"Hayır, sanmıyorum. Bana kalırsa biraz daha elle tutulabilir bir sebebi vardı. Neyse, Bayan Stoner, artık yanınızdan ayrılmalıyız, Dr. Roylott döndüğünde bizi burada görecek olursa bütün planlarımız suya düşer. Hoşça kalın ve cesur olun. Söylediklerimi yaparsanız sizi tehdit eden her neyse onu çok yakında gün ışığına çıkarabiliriz. Onun için rahat uyuyabilirsiniz."

Taç Oteli'nde bir oda tuttuk. Oda üst katta olduğu için pencereden baktığımızda malikânenin giriş kapısı ve salonunu görebiliyorduk. Alacakaranlık çökerken Dr. Grimesby Roylott'un geri döndüğünü gördük. Arabayı süren küçük siluetin yanında tehditkâr kocaman bir gölge gibi duruyordu. Çocuk kocaman demir kapıları açmakta biraz zorlanınca doktorun hakaretler yağdıran sesini duyduk ve ona doğru salladığı yumruktaki öfkeyi gördük. Araba yoluna devam etti ve birkaç dakika sonra, oturma odalarından birindeki ışığın yanmasıyla birlikte dışarıdaki ağaçlar aydınlandı.

Holmes, ağır ağır çöken karanlıkta pencere yanında otururken bana, "Biliyor musun Watson?" dedi, "seni bu gece oraya götürmekle doğru mu ediyorum diye düşünüyorum. Bu iş çok tehlikeli."

"Sana bir yardımım olabilecek mi?"

"Olmaz olur mu? Senin varlığın yeter."

"O halde oraya seninle kesinlikle geleceğim."

"Bu gerçekten çok nazik bir davranış olur."

"Tehlikeden bahsettiğine göre o odalarda benim gördüğümden fazlasını görmüşsün."

"Hayır. Şöyle söyleyeyim: Belki de benim, ayrıntılardan sonuç çıkarma yeteneğim senden biraz daha fazla. Yoksa benim görebildiklerimi sen de görüyorsun."

"Anormal bir şey gördüğümü söyleyemem, şu zil kordonunun dışında. Onun da nasıl bir anlamı olduğunu çözmek, ne yazık ki benim harcım değil."

"Vantilatöre dikkat etmedin mi?"

"Ettim ama onda da bir gariplik yok ki! Bana kalırsa iki odanın arasında küçük bir deliğin olması o kadar garip bir şey değil. Ayrıca o kadar küçük bir deliğin içinden bir fare bile geçemez."

"Daha Stoke Moran'a gelmeden, burada bir vantilatör bulacağımızı biliyordum."

"Ciddi misin Holmes!"

"Evet, ciddiyim. Hatırlıyor musun, Bayan Stoner bize olanları anlatırken, kız kardeşinin Dr. Roylott'un odasında içtiği purosunun kokusundan rahatsız olduğunu söylemişti. Bu elbette odaların arasında bir bağlantı olduğunu gösteriyordu. Bağlantı küçük olmalıydı, yoksa polisin raporunda yer alırdı. Ben de olsa olsa bir vantilatördür diye düşünmüştüm."

"Tamam da, ne olmuş yani orada bir vantilatör varsa?"

"En azından tarihleri ile ilgili bir rastlantı yok mu sence? Bir vantilatör takılıyor, derken bir kordon çekiliyor, arkasından da genç bir kadın odasında birdenbire ölüveriyor. Sana da garip gelmiyor mu bu durum?"

"Ben hâlâ aralarında bir bağlantı kuramadım."

"Peki, yatakla ilgili ilginç bir şey fark etmedin mi?"

"Hayır."

"Ayakucundan döşemeye vidalanmıştı. Sen hiç o şekilde vidalanmış bir yatak gördün mü?"

"Gördüm dersem yalan olur."

"Genç kadın istese de yatağını başka bir yere çekemezdi. Vantilatörle uzun ipin yataktan daima belirli bir mesafede olmaları gerekiyordu."

"Holmes!" diye haykırdım. "Ne demek istediğini yavàş yavaş anlamaya başlıyorum galiba. İkinci bir cinayeti önlemek için tam zamanında yetişmişiz."

"Çok zekice ve şeytanca planlanmış bir cinayet. Bir doktor, yolundan saptığında suçluların en beteri olur çıkar. Böyleleri soğukkanlı ve bilgili oldukları için yapamayacakları şey yoktur. Palmer ve Pritehard'ı hatırlarsan, meslektaşlarının en önde gelenleriydi. Bu adam daha da kurnaz; ama Watson, bizim de öyle boş olmadığımızı ona göstereceğiz galiba. Bu akşam dehşetten ürpermeye hazırlanalım. Neyse, Tanrı aşkına pipolarımızı tüttürelim ve birkaç saat boyunca daha neşeli şeyler düşünelim."

Saat dokuz sularında ağaçların arasından sızan ışıklar söndü ve Manor Malikâne'si karanlığa gömüldü. İki saat boyunca çıt çıkmadı ama tam saat on birde, önümüzdeki karanlıkta birdenbire küçük bir ışık yanıp söndü.

"İşte beklediğimiz işaret veriliyor," dedi Holmes ayağa fırlayarak. "Orta pencereden geliyor."

Dışarı çıkmadan hemen önce Holmes, otelin sahibi ile konuştu. Bir tanıdığımıza ziyarete gideceğimizi ve geceyi orada geçirme ihtimalimizin olduğunu söyledi. Birkaç saniye sonra soğuk bir rüzgârın eşliğinde kapkaranlık yola girmiştik bile. Önümüzdeki karanlıkta, bizi bekleyen tehlikeli görevimize giden yolu göstermek için tek bir sarı ışık parıldıyordu. Malikânenin bahçesine girmekte hiç zorlanmadık, çünkü eski duvarlarda tamir edilmemiş gedikler vardı. Ağaçların arasından ilerleyip avluya ulaştık. Tam pencereden içeriye girmeye hazırlanıyorduk ki arkamızdaki çalıların arasından bir gölge fırladı. Çarpık çurpuk vücutlu, topal, korkunç bir yaratıktı bu; kendini çimenlerin üzerine attı ve hızla avluyu geçip karanlıkta kayboldu.

"Aman Tanrım!" diye fısıldadım. "Onu gördün mü?"

Holmes da o an için en az benim kadar şaşkındı. Korkudan eliyle, bileğimi sımsıkı kavradı. Derken sessizce gülmeye başladı ve kulağıma fısıldadı.

"Ev halkı çok hoş doğrusu. Nihayet şebekle karşılaştık."

Doktorun evinde barındırdığı garip hayvanları unutmuştum. Bir de leopar vardı sahi; şansımıza yolunda gitmez de birden üstümüze sıçrarsa? Holmes'la beraber ayakkabılarımızı çıkartıp yatak odasına girdiğimizde rahat bir nefes aldığımı itiraf etmeliyim. Dostum ne olur ne olmaz diye hiç ses çıkarmadan pencereyle panjurları kapattı, lambayı masanın üzerine koydu ve odayı şöyle bir süzdü. Gündüze göre değişen hiçbir şey yoktu.

Holmes bana sokuldu ve elini ağzına siper yaparak kulağıma fısıldadı. O kadar kısık sesle konuşuyordu ki dediğini zar zor duyabiliyordum.

"En ufak bir gürültü planımızı mahvedebilir..."

Başımı haklısın dercesine salladım.

"Işığı söndürmek zorundayız. Vantilatörün içinden görülebilir."

Anladım manasında başımı tekrar salladım.

"Sakın uyuyakalma! Bu, hayatına mal olur sonra. Tabancan hazır dursun, belki ihtiyacımız olabilir ona. Ben şimdi yatağın kenarında uzanacağım, sen de bir iskemle al."

Tabancamı çıkartıp masaya koydum. Holmes, yanında getirdiği ince uzun demirden çubuğu yatağın üzerine koydu; yanına da bir mumla bir kutu kibrit. Ardından lambayı söndürdü. Böylece ortalık tamamen karanlığa gömüldü. O korkunç gece nöbetini asla unutamam. Ortalıkta ses seda yoktu. Buna rağmen dostumun az ileride, gözleri açık bir halde oturduğunu ve benim kadar tedirgin ve heyecanlı olduğunu biliyordum. Panjurlar en ufak bir ışığı bile geçirmiyordu ve zifiri karanlıkta bekleyişimizi sürdürüyorduk. Arada bir, dışarıdan bir kuş ötüşü duyuluyordu. Bir defasında da tam penceremizin altından bir kedi sesine benzer uzun bir miyavlama sesi duyduk. Şebek gerçekten dilediği gibi dolaşabiliyordu. Çok uzaktan, her çeyrekte bir çalan çanın sesini duyabiliyorduk. Ne kadar uzun sürüyordu o çeyrekler! Saat on iki oldu; gece yarısı... Derken saat biri vurdu. Sonra ikiyi ve üçü; biz olacakları hâlâ sessizce bekliyorduk.

Aniden, vantilatörün olduğu yerden bir ışık sızdı, sonra hemen sönüverdi. Onu, yanan yağın ve ısınmış metalin yoğun kokusu takip etti. Yandaki odada birisi bir fener yakmıştı. Her şey tekrar sessizliğe gömülmeden, yan odada birinin kımıldadığını duydum. Koku yoğunlaşarak artıyordu. Aradan yarım saat geçti; can kulağıyla etrafı dinliyordum. Derken aniden hafif bir hışırtı duyuldu. Sanki suyu kaynayan bir çaydanlıktan çıkan buharın sesiydi bu; zayıf ve sakinleştirici. Aynı anda Holmes yataktan fırlayıp bir kibrit çaktı ve elindeki demir çubukla sarkmakta olan kordona tüm gücüyle vurmaya başladı.

"Gördün mü Watson?" diye bağırdı, "Gördün mü?"

Ama nedense ben hiçbir şey göremiyordum. Holmes, kibritini çaktığı anda, belli belirsiz bir ıslık sesi duymuştum ama yorgun gözlerimi kamaştıran ani ışık yüzünden dostumun dehşet içinde havaya kaldırdığı şeyin ne olduğunu görememiştim. Dostumun bembeyaz kesilmiş yüzü, çarpılmış gibiydi.

Bir an için elindeki demiri sakin bir şekilde öylece havada tuttu ve bakışlarını vantilatöre çevirdi; o anda hayatımda hiç duymadığım kadar korkunç bir çığlık duydum. Gecenin sessizliğinde birden patlak veren bir feryat; acı, korku ve öfkeyle dolu, tüyler ürpertici bir feryat. Felce uğramış gibiydim. Daha sonradan, bu çığlığın köydeki hatta daha uzaktaki insanları bile uykularından uyandırmış olduğunu öğrendik. Bakışlarımı Holmes'a çevirdim. Derken o çığlık karanlıkta kayboldu. Gecenin sessizliği ortama hâkim oldu.

"Bu da neydi böyle acaba?" diye fısıldadım.

"Her şeyin artık bittiğini işaret ediyor," dedi Holmes. "Ve belki de böylesi daha iyidir. Silahını al, Doktor Roylott'un odasına gidiyoruz."

Karamsar bir yüzle lambayı yaktı ve koridordan aşağıya yürümeye başladı. Doktorun odasının kapısına iki defa vurduysa da cevap gelmedi. Kapı tokmağını aşağı indirerek kapıyı açıp içeri girdi. Ben de elimde ateşlenmeye hazır tabancamla onu takip ettim.

İçerideki manzara korkunç görünüyordu. Masada yanan denizci fenerinin ışığı, kapısı açılmış çelik kasanın üstüne yansıyordu. Masanın yanındaki sandalyede, üzerinde uzun gri pijamasıyla Dr. Grimesby Roylott oturuyordu. Ayaklarında, kırmızı topuksuz terlikleri vardı. Kucağında ise köpekleri eğitmeye yarayan kamçı vardı.

Çenesi yukarı dönmüştü. Korkudan yuvalarından fırlamış gözleri donuk bir şekilde tavanın bir köşesine bakıyordu. Bazının çevresinde kahverengimsi benekli, garip sarı bir kordon dolanmıştı. Biz odaya girdikten sonra bile hiç kımıldamadı.

"Kordon! Benekli kordon!" diye fısıldadı Holmes.

Bir adım öne attım. Aynı anda Roylott'un başını süsleyen o tuhaf kordon kımıldayıverdi ve doktorun saçlarının arasından, küçük elmas şeklindeki başı ve şişkin boynu ile iğrenç bir yılan çıktı.

"Bu bir bataklık engereği," diye bağırdı Holmes. "Hindistan'ın en zehirli yılanı. Bir kez soktu mu, adamı kesinlikle öldürür. Kötülük yapan gerçekten de kötülük buluyormuş. İnsan, kendi kazdığı kuyuya kendi düşer. Seninle şu yaratığı yuvasına geri sokalım, sonra da Bayan Stoner'i güvenilir bir yere götürür ve olanları polise anlatırız. "

Ani bir hareketle, ölü adamın kucağındaki kamçıyı çekip aldı, halkayı yılanın boynundan geçirdikten sonra kollarını ileriye uzatarak hayvanı, kasanın içine fırlattı. Kapağını da hemen kapattı.

İşte Dr. Grimesby Roylott'un ölümü böyle oldu. Ertesi gün sinirleri tamamen bozulmuş olan Bayan Stoner'e üzücü haberi verip, onu trene bindirerek Harrow'daki halasına gönderdik. Yerel polis, doktorun, evinde barındırdığı tehlikeli hayvanlardan biriyle oynarken öldüğü sonucuna vardı. Ertesi gün Londra'ya dönerken yolda Holmes dava ile ilgili benim bilmediğim ayrıntıları anlattı.

"Bayan Stoner olanları ilk anlattığında, tamamıyla yanlış bir sonuca varmıştım, Watson. Bu da elde yeterli delil olmaksızın bir çözüme varmanın ne denli sakıncalı olduğunu açık seçik gösteriyor. Çevrede dolaşan Çingeneler, zavallı kızın dudaklarından dökülen kelimeler... 'Benekli kordon'... Hiç şüphesiz titrek mum ışığında görebildiği o melun hayvanı anlatmaya çalışıyordu. Bütün bunlar beni yanlış bir yöne saptırdı: Çingenelerden şüphelenmiştim. Odada bulunan birini tehdit eden şey her neyse, ne pencereden ne de kapıdan girmiş olamayacağını anladığımda fikirlerim tamamıyla değişti.

"Tüm dikkatimi artık odadaki vantilatöre ve zil kordonuna vermiştim. Yatağın üzerine sarkan bu kordonun sadece süsten ibaret oluşu, yatağın döşemeye vidalanmış olması bende hemen bir şüphe uyandırdı; bu kordon olsa olsa vantilatörden çıkıp yatağa gelen bir şey için köprü görevi görebilirdi. Aklıma hemen yılan geldi. Sonra doktorun Hindistan'dan gelen vahşi hayvanlara olan ilgisini de bu düşününce doğru yolda olduğumu hissettim. Görüyorsun ya, Watson! Kimyasal testlerde ortaya çıkmayacak bir zehirle cinayet işleme fikri, ancak uzun yıllar Doğu'da yaşamış, zeki ve acımasız birinin aklına gelebilirdi. Onun için önemli olan husus, böyle bir zehrin en kısa zamanda tesir etmesiydi. O zehirli sivri dişlerin bırakacağı koyu renkli iki küçük noktayı görebilmesi için polisin gerçekten çok keskin gözlü olması gerekirdi.

Ardından şu ıslık sesini düşündüm. Dr. Roylott'un, yılanı sabah olmadan geriye çağırması gerekiyordu. Herhalde onu eğitmişti; doktor ıslık çaldığında, yılan odada gördüğümüz süt kokusuna geliyordu. Yılanı vantilatör deliğinden geçirtti. Yılan ancak yatağın başucundaki kordona sarılarak aşağıya süzülebiliyordu; başka yolu olamazdı. Ama yılan odadaki kişiyi ilk seferde mi ısıracaktı, onu pek bilemezdi; belki de bir hafta boyunca her gece denemesi gerekecekti, ama bir kez ısırdı mı, kurbanı kurtulamazdı.

Doktorun odasına girdiğim zaman bu sonuca varmıştım. Sandalyesini incelediğim zaman anladım ki doktor sık sık onun üstüne basmış. Eh, ne de olsa başka türlü vantilatöre ulaşamazdı. Çelik kasa, bir kâse süt ve ucu ilmiklenmiş kamçı... Bütün bu ipuçları şüphelerimi silmeye yetti. Bayan Stoner'in duyduğu o boğuk gürültü, besbelli ki üvey babasının zehirli hayvanı içeri attıktan sonra çelik kasanın kapağını çarparak kapaması sonucu çıkan sesti. Bir kere kararımı verdikten sonra, tezimi ispatlamak için attığım adımları sen de biliyorsun. Yılanın tıslamasını duyduğum anda hemen ışığı yaktım ve yılana vurdum."

"Böylece onun vantilatör deliğinden yandaki odaya geri dönmesini sağladın."

"Evet ve sonuçta diğer tarafta duran sahibine saldırdı. Değneğimin darbelerinden bazıları hayvana isabet etmişti; o da kızgınlığının acısını ilk gördüğü insandan çıkardı. Bu durumda Doktor Grimesby Roylott'un ölümünden bir bakıma ben sorumluyum; ama itiraf edeyim ki Watson, bu suç vicdanımı hiç de rahatsız etmiyor..."

Priory Okulu

Baker Caddesi'ndeki küçük, dağınık ve mütevazı evimize birçok etkileyici tipler gelip gitmiştir ama hiçbiri Doktor Thorneycroft Huxtable'in bıraktığı ilk izlenim kadar ani ve ilgi çekici olmamıştır. Akademik açıdan yeterliliğini ve donanımını anlatma konusunda küçük kalan kartviziti, ondan birkaç saniye önce geldi, sonra kendisi içeri girdi, öyle alımlı, öyle ağırbaşlı ve kendinden emin bir giriş yaptı ki, bu adam tam anlamıyla soğukkanlılığın ve kararlılığın örneği kabul edilebilirdi. Ama kapıyı kapatır kapatmaz masaya doğru sendeledi ve ardından yere yığıldı. Şöminenin önünde yatarken artık güçsüz, yenilmiş bir kişilik örneği vardı.

Şaşkınlık ve kararsızlık içinde bir süre sessizce ayaklarımızın dibinde perişan halde yatan doktoru izledik. Hayatın getirdiği fırtınalardan yorgun düşmüş olduğu her halinden belli oluyordu. İlk şaşkınlığımızın ardından Holmes, adamın başının altına aceleyle bir yastık getirirken, ben de bir yudum konyak içirdim. Kireç gibi bembeyaz olan yüzünde çektiği sıkıntıları apaçık belli eden kırışıklıklar, gözlerinin altında derin halkalar ve torbacıklar vardı. Gergin dudakları, kederli olduğunu ortaya seriyordu. Gömleği ve yakası kir içindeydi, bu adamın uzun bir yoldan geldiği anlaşılıyordu. Saçları da kıyafetinden farksız, darmadağınıktı. Önümüzde boylu boyunca yatan bu adam berduş, sefil bir görünüm içindeydi.

"Bu nedir şimdi Watson?" dedi Holmes.

"Yorgunluk, büyük ihtimal açlık ve uykusuzluktandır," dedim ciddiyetle, bir yandan da parmağımla adamın hissedilmesi zor, düşük nabzını ölçmeye çalışıyordum.

"İngiltere'nin kuzeyinde bulunan Mackleton'dan dönüş bileti," dedi Holmes, dikkatle. "Saat henüz on iki değil. Demek ki yola daha erken çıkmış."

Dadamın buruşuk gözkapakları titremeye başlamıştı ve şimdi boş bir ifadeyle iki gri göz bize bakıyordu. Kısa bir donukluktan sonra adam doğruldu, yüzünde utanç vardı.

"Bu olanlar için beni affedin Bay Holmes. Sinirlerim çok bozuk. Bana bir bardak süt ve bisküvi verirseniz kendimi daha iyi hisseder ve size minnettar kalırım. Buraya geldim ve sizinle birlikte döneceğimden emin olmak istiyorum. Buraya kadar geldim, çünkü hiçbir telgraf, durumun aciliyetini size açıklamaya yetemezdi."

"Kendinizi iyice toparladığınızda..."

"Şu an gayet iyiyim. Nasıl böyle güçsüz düştüğümü aklım almıyor. Benimle bir sonraki trenle Mackleton'a gelmenizi rica ediyorum Bay Holmes."

Arkadaşım olumsuz anlamda başını salladı.

"Şu an ne kadar meşgul olduğumu meslektaşım Doktor Watson söylesin. Ferrers Dosyaları ile yakından ilgilenmekteyim ve öte yandan Abergavenny cinayetinin mahkemesi yaklaşıyor. Şu an sadece tek bir önemli konu beni Londra'dan çıkarabilir."

"Önemli, çok önemli!" diyerek başını kaldırdı ziyaretçimiz. "Holdernesse Dükü'nün tek oğlunun kaçırılması hakkında hiçbir şey duymadınız mı?"

"Ne! Son bakan mı?"

"Kesinlikle!.. Bu haberi gazetelerden gizlemeye çalıştık, ama geçen akşam Globe'da bu konu hakkında birkaç söylentiye yer verilmiş. Kulağınıza gelmiş olabileceğini düşünmüştüm."

Holmes hızla ayağa kalktı ve dolabındaki ansiklopedinin 'H' harfiyle başlayan cildini aldı.

"Holdernesse, 6th Duke, K.G., P.C Alfabenin yarısı! 'Baron Beverley, Carston Kontu'... Tanrım! 1900'den beri Hallamshire vekili. Edith'le evli, Bay Charles Appledore'un kızı, 1888 doğumlu. Lord Saltire'nin tek çocuğu ve vârisi. 250.000 metrekarelik arazinin sahibi. Lancashire ve Galler'de madenleri var. Adres: Carlton Terası, Holdernesse Sarayı, Hallamshire; Carston Kalesi, Galler. Deniz Kuvvetleri Lordu, 1872...' Tamam, pekâlâ bu kadar yeterli. Anlaşılan o ki, bu adam krallığın en büyük konularından biri!"

"Belki de en büyük ve en zengini. Bay Holmes, bu konuya ne kadar uzman çizgisinden yaklaştığınızın ve bu iş için ne kadar hazırlıklı olduğunuzun farkındayım. Ayrıca çocuğu bulan kişinin 500.000 Poundluk çek ile ödüllendirileceğini bildirmek isterim."

"Gerçekten cömertçe bir teklif," dedi Holmes.

"Watson, bence Doktor Huxtable ile birlikte İngiltere'nin kuzeyine gitmemiz gerekiyor. Ve şimdi siz, Bay Huxtable, sütünüzü bitirdikten sonra bu olayın başından sonuna kadar tam olarak neler olduğunu, ne zaman ve nasıl olduğunu ve Mackleton'a yakın olan Priory Okulu'ndan Doktor Huxtable'ın bu konuyla neden ilgilendiğini, neden olayın üzerinden üç gün geçtikten sonra -bu süreyi çenenizdeki sakalların boyuna bakarak söylüyorum- benden yardım istemeye geldiğini öğrenmek istiyorum."

Misafirimiz bisküvi ve sütünü bitirdi. Gözleri parladı, olayı anlatmak için oldukça istekli ve enerjik görünüyordu.

"Sizi şu okul hakkında bilgilendirmekle başlayacak olursam Bay Holmes, Priory Okulu bir hazırlık okuludur. Ben bu okulun kurucusu ve yöneticisiyim. Bu okul tartışmasız İngiltere'nin en iyi ve en seçkin hazırlık okuludur. Lord Leverstoke, Blackwater kontu, Bay Cathart Soames, hepsi çocuklarını güvenerek bana emanet etmiş insanlardır. Ama bence, 3 hafta önce Holdernesse Dükü'nün sekreter, Bay James Wilder'ı, 10 yaşındaki tek vârisi ve tek oğlu olan Lord Saltire için konuşmaya gönderdiğinde okulum zirveye ulaştı. Bunun, hayatımın en büyük talihsiz olayının başlangıcı olacağını hiç düşünmemiştim.

"Yaz döneminin başladığı gündü yani 1 Mayıs'ta çocuk okula geldi. Gerçekten ilgi çekici bir gençti. Geveze, boş konuşan biri olmadığımı düşünüyorum ama çocuk hakkında birkaç izlenim edindim, garip gelen bazı şeyler vardı. Evinde hiç mutlu olmadığını biliyorduk. Dük'ün mutlu ve huzurlu bir evliliği olmadığı, bilinen bir gerçekti ve bu evlilik çift taraflı anlaşma ile sonlandırıldıktan sonra Düşes, Fransa'nın güneyine taşınmıştı. Bu çok kısa süre önce olmuştu ve çocuğun sevgisinin şiddetle annesinden yana olduğu biliniyordu. Ve annesinin Holdernesse'den ayrılmasıyla çocuk derin hüzne boğulmuş. İşte Dük'ün, oğlunu benim okuluma göndermeyi istemesinin asıl nedeni budur. Gelişinin ikinci haftasında çocuk kendini evinde gibi hissetmeye başladı, oldukça mutlu görünüyordu. En son 13 Mayıs gecesi görüldü, yani geçen pazartesi gecesi. Odası ikinci kattaydı ve iki çocuğun uyuduğu diğer büyük odaya ulaşılıyordu. Bu çocuklar hiçbir şey duymadıklarını, görmediklerini söylediler. Yani oradan kaçma ihtimali olamaz. Pencere açıktı, yerde hiçbir ayak izine denk gelmedik ama başka kaçış seçeneği olmadığından eminim. Yokluğu, salı sabahı saat 7'de fark edildi. Yatağın içinde yatıyor gibi görünüyordu. Siyah ceketini ve koyu gri pantolonunu giymiş. Odaya giren biri olduğuna dair bir ize rastlamadık, herhangi bir çığlık, herhangi bir ses çıkmamış. Bundan eminiz çünkü iç odada yatan en büyük çocuk Caunter'ın uykusu çok hafiftir. Eğer bir ses çıkmış olsa, o mutlaka duyardı. Lord Saltire'nin kaybolduğunun fark edildiğini öğrendiğim an, hemen tüm binayı arattırdım, tüm öğrencilere, çalışanlara tek tek sordurdum. Ve o zaman Lord Saltire'nin kendi başına ortadan kaybolamayacağı kararına vardık. Almanca öğretmeni Heidegger de kayıp. Onun odası ikinci katta ve binanın en uç kısmında, Lord Saltire'nin odasıyla aynı istikamette. O da aynı şekilde yatakta yatıyor gibi görünüyordu ama kısmen giyinmiş olmalı, çünkü gömleği ve çorapları yerdeydi. Kendini sarmaşıktan aşağıya bırakmış olmalı, çünkü yerdeki çimenlerde ayak izleri var. Çimenlerin dibinde, köşede bisikleti vardı, o da yok. Çok iyi referanslarla gelmişti, 2 yıldır yanımda çalışıyordu. Ama oldukça sessiz ve asık suratlı bir adamdı, hocalar ve öğrenciler arasında pek popüler, sevilen biri değildi. Kaçaklar hakkında bir iz bulamadık. Ve şimdi tıpkı salı sabahında olduğu gibi, bu perşembe sabahında da ihmalkârız. Araştırma elbette ki ilk önce Holdernesse Sarayı'nda başladı.

Orası bizden sadece birkaç mil uzaklıkta ve Lord Saltire, babasını, evini özleyerek buradan gitmiş olabilir diye düşündük ama onun hakkında Holdernesse'ta hiçbir şey bilinmiyor, hiçbir şey duyulmamış. Dük gerçekten çok telaşlıydı ve bana göre siz de şu an ne demek istediğimi anlamışsınızdır Bay Holmes. Bu konuyla tüm gücünüzle ilgilenirseniz ki bunun için size yalvarıyorum, hayatınızda bunun için pişman olmazsınız. Yapacağınız tüm işler içinde en çok değeni ve ilgilenmeye layık olanı bence bu konudur."

Sherlock Holmes adamın anlattıklarını tüm dikkatiyle dinledi, çatık kaşlarından bu konuyla kafasının meşgul olduğu belliydi. Cebinden küçük not defterini çıkarıp bir şeyler karaladı.

"Bayım ama benim yanıma gelmekte geç kalmışsınız. Ve bu yüzden ben de bu göreve çok zorlu ve ciddi bir yerden başlamak zorundayım. Bu akıl almaz bir durum. Ayrıca çimler ve sarmaşık, uzman bir gözlemci için pek bir anlam ifade etmiyor."

"Benim bir suçum yok Bay Holmes. Lord Saltier gerçekten şanına yakışır bir şekilde, olay çıkmadan kaçmış. Bir skandal oluşmasını önlemek için sessizce kaybolmuş. Ortaya çıkarsa ailesi mutsuz olur diye çekiniyor olabilir. Bu tür bir korkusu olduğunu düşünüyorum."

"Ama orada resmi bir araştırma sürüyor değil mi?"

"Evet efendim. Ve araştırma sonuçları tamamen fiyasko. Bir ipucuna rastlanmıştı, genç bir adam ve bir çocuğun erken saatte bir trenle buradan ayrıldıkları rapor edilince hemen dün akşam, onların Liverpool'da yakalandığı haberine ulaştık. Bu işle hiçbir bağlantıları olmadığını kanıtlamışlar. Ve bu bende büyük bir hayal kırıklığı ile üzüntü yarattı. Uykusuz bir gecenin ardından da ilk trene atlayıp hemen yanınıza geldim."

"Bu yanıltıcı ipucundan sonra yerel araştırma durduruldu değil mi?"

"Evet, tamamen bitirildi."

"Yani üç gün boşa harcandı. Konuyla çok vahim ve acınacak halde ilgilenilmiş."

"Bunu ben de hissediyor ve buna katılıyorum."

"Ama hâlâ bu sorunun acil bir çözüme ihtiyacı var. Ve ben bu sorunun çözümü ile çok yakından ilgileneceğim. Peki, kaybolan Almanca öğretmeni ile çocuk arasında herhangi bir bağ kurdunuz ya da ipucu buldunuz mu?"

"Hayır."

"Çocuk, öğretmenler odasına sık sık gider miydi?"

"Hayır. Bildiğim kadarıyla o öğretmenin hiçbir şekilde çocukla bir iletişimi yoktu."

"Pekâlâ. Çocuğun bisikleti var mıydı?"

"Hayır."

"Başka bisiklet kayıp mı?"

"Hayır."

"Emin misiniz?"

"Kesinlikle."

"Peki, öğretmenin gece geç saatlerde çocuğu sırtlayarak, bisikletle kaybolmuş olabilme ihtimali aklınıza geliyor mu?"

"Hayır, kesinlikle hayır."

"Peki, öyleyse sizin tahmininizi öğrenebilir miyim?"

"Bisikleti bir yerlere saklayıp, yürüyerek kaçmış olabilirler."

"Bu mümkün ama biraz saçma gelmiyor mu?"

"Çalılıkların orada başka bisikletler de var mı?"

"Evet fazlasıyla."

"Peki, bir çiftini saklayarak sanki bisikletlerle kaçmış olma izlenimi vermek istemiş olamaz mı?"

"Tabii ki de öyle yapmış olabilir."

"Bana kalırsa, bu şekilde oldu. Asıl araştırma bu ilginç başlangıç noktasından başlıyor. Bisiklet denen şey öyle kolayca gizlenecek veya yok edilebilecek bir nesne değil. Diğer bir soru. Kaybolmadan önceki gün onu görmek için kimse aradı mı?"

"Hayır."

"Mektup geldi mi?"

"Evet, bir tane."

"Kimden?"

"Babasından."

"Çocuğun mektuplarını açıyor musunuz?"

"Hayır."

"Peki, babasından geldiğini nerden biliyorsunuz?"

"Mektubun üzerinde hanedan arması vardı. Ve bu, Dük'ü simgeliyor. Ayrıca Dük bu mektubu hatırlıyor."

"Bu mektup ne zaman çocuğun eline ulaştı?"

"Pek fazla bir zaman olmadı."

"Fransa'dan gelen oldu mu?"

"Hayır."

"Sorularımın ne anlama geldiğini şüphesiz anlıyorsunuz. Bu çocuk, ya kendi isteğiyle kaçtı, ya da başka bir güç tarafından buna itildi. Siz de bilirsiniz ki, bu yaşta bir genç böyle bir şeyi kendi başına yapamaz. Kesinlikle bir dış güç tarafından planlanmış olmalı. Kimse gelmediğine göre bu kışkırtma, mektup yoluyla yapıldı. Bu yüzden şimdi cevap mektubunun kime gönderildiğini bulmaya çalışacağım."

"Korkarım ki size çok fazla yardım edemeyeceğim. Bildiğim kadarıyla mektuplaştığı tek kişi babasıydı."

"Kayboluşuna çok yakın bir zamanda ona kim mektup göndermiş olabilir? Baba-oğul arasındaki bağ arkadaşça mıydı?"

"Pek de öyle değildi sanırım. Çünkü ekselansları hiçbir zaman kimseyle samimi olmazdı, hep soğuktu. Sıradan tepkilere bile kapalı biriydi. Ama hiçbir zaman çevresindeki diğer çocuklara karşı kibar davranmaktan vazgeçmedi."

"Diğer yakın olduğu kişi annesi miydi?"

"Evet."

"Peki, bunu çocuğun ağzından hiç duydunuz mu?"

"Hayır."

"Dük de söylemedi mi?"

"Ah, hayır!"

"Peki, siz böyle olduğunu nerden biliyorsunuz?"

"Dük'ün sekreteri Bay James Wilder ile gizli görüşmelerim oldu. Lord Saltire'ın hisleri hakkında bilgi aldığım kişi o."

"Anladım. Bu arada Dük'ün son mektubu, çocuk kaybolduğunda odada bulundu mu?"

"Hayır, mektubu yanına almış. Bay Holmes, bence artık Euston'a gitme zamanı."

"Bir araç ayarlayacağım. Yarım saat içinde hizmetinize hazır oluruz. Bay Huxtable, eğer eve telgraf çekerseniz, komşuların Liverpool'daki araştırmanın hâlâ sürdüğünü düşünmeleri için çok iyi olur. Ya da gerçeklerden uzaklaştıracak ve ilgiyi başka yöne çekecek herhangi bir yerde olduğunu söyleyebilirsiniz. Hedefi şaşırtmak işimizi kolaylaştırır. Ben de bu arada şu iş üzerinde ufak bir çalışma yapayım. Belki iki yaşlı köpek, Doktor Watson ve ben, bu işin kokusunu alabiliriz."

O akşam, Bay Huxtable'ın okulunun bulunduğu o tepede, soğuk bir atmosfer içindeydik. Oraya vardığımızda hava kararmıştı. Masada bir kart dolaşıyor ve hizmetçi, efendisinin kulağına bir şeyler fısıldıyordu.

"Dük burada," dedi hizmetkâr. "Bay Wilder ile çalışma odasındalar. Buyurun lütfen, size eşlik edeyim."

Elbette ki bu tanınmış devlet adamının resmini görmüştüm ve yüzüne aşinaydım. Ama adamın kendisi, o resimlerinden çok farklıydı. Uzun boylu ve ciddi bir adamdı. Titiz bir şekilde giyinmişti, ince bir yüzü, uzun burnu vardı. Yeleğine kadar gelen uzun ve kırlaşmış kızıl sakalları, o ölü gibi solgun yüzünde şaşırtıcı bir renk kontrastı yaratıyordu. Doktor Huxtable'ın şöminesinin karşısındaki halının tam ortasında, taş kesilmiş bir şekilde duruyordu. Yanında oldukça genç bir adam duruyordu. Tahminimce bu adam onun özel sekreteri Wilder'dı. Kısa boylu, endişeli görünen ama oldukça uyanık biriydi. Açık mavi gözlerinden zekâ fışkırıyordu. İçten ve samimi bir sesle konuşmayı ilk başlatan o oldu.

"Sizi bu sabah aradım Doktor Huxtable, ama sizin Londra'ya gidişinizi engellemek için çok geçti. Amacınızın bu davayla ilgilenmek için Bay Holmes'u davet etmek olduğunu öğrendim. Ekselanslarına danışmadan önce bu şekilde kararlar alıp ilerlemeniz onu şaşırttı Doktor Huxtable."

"Ben, polisin başarısız olduğunu öğrenince..."

"Ekselansları, polisin başarısızlığına kanaat getirmedi."

"Ama tabii ki Bay Wilder..."

"Eminim siz de fazlasıyla farkındasınız ki Bay Huxtable, ekselansları her şeyin gizli kalmasını istiyor ve skandal yaratılmasından kaçınıyor. Mümkün olduğunca az kişiye güvenmeyi tercih ediyor."

"Bu kolayca düzeltilebilir," dedi sinik, gözü korkutulmuş olan Huxtable. "Bay Holmes sabah treniyle Londra'ya dönebilir."

"Maalesef doktor, maalesef..." dedi Holmes, kibar bir sesle. "Kuzeyin havası canlandırıcı ve motive edici, işte bu yüzden birkaç gün buralarda kalmayı planlıyorum. Bana bir sığınak ya da bir çatı katı ayarlamanız sizin inisiyatifinize kalmış tabii."

Talihsiz doktorun yüzünden ne kadar kararsız olduğunu çok rahat anlayabiliyordum. Bu kararsızlığının sebebi de kızıl sakallı, gür sesli Dük yüzündendi.

"Bay Wilder'a katılıyorum Doktor Huxtable. Karar vermeden önce bana danışabilirdiniz. Ama madem Bay Holmes size güvenip buraya kadar gelmiş, bu saatten sonra onun hizmetinden yararlanmamak gerçekten ahmaklık olur. Araştırmaya başlamadan önce benimle Holdernesse Malikânesi'ne gelirseniz sevinirim Bay Holmes."

"Teşekkür ederim Ekselansları. Yapacağım araştırmalar için gizemin ortasında bulunmak bence daha iyi olacaktır."

"Nasıl isterseniz Bay Holmes. İstediğiniz her türlü bilgiyi hem benden, hem de Bay Wilder'dan alabilirsiniz."

"Sizi orada görmek belki gerekli olabilir," dedi Holmes. "Bunu size ilk ve son kez soruyorum efendim, oğlunuzun kaybolmasıyla ilgili aklınızda herhangi bir şey canlanıyor mu? Nasıl kaybolduğu hakkında herhangi bir fikriniz var mı?"

"Hayır, yok."

"Bunun çok acı verici olduğunu belirtmek zorunda olduğum için üzgünüm ama başka bir seçeneğim yok. Düşes'in bu olayla bir bağlantısı olabileceğini düşünüyor musunuz?"

Dük büyük bir tedirginliğe kapıldı. "Zannetmiyorum," diyebildi sonunda.

"Diğer yüksek ihtimal de çocuğun fidye amaçlı olarak kaçırılması olabilir. Bu tür bir istekte bulunan var mıydı efendim?"

"Hayır, kesinlikle böyle bir şey söz konusu değil."

"Bir soru daha, Ekselansları. Bu olayın meydana geldiği gün oğlunuza mektup yazmışsınız..."

"Hayır, ben o mektubu bir gün önce yazmıştım."

"Pekâlâ. Ama o gün eline ulaştı öyle mi?"

"Evet."

"Mektubunuzda onun kafasını karıştıracak ya da bunu yapmasına sebep olacak bir şey yazıyor muydu?"

"Hayır efendim, kesinlikle hayır."

"Bu mektubu kendiniz mi postaladınız?"

Dük tam cevap verecekken konuşması sekreteri tarafından bölündü:

"Ekselanslarının mektuplarını kendi postalaması gibi bir alışkanlığı yoktur," dedi. "Mektuplar masaya bırakılmıştı ve onu alıp posta kutusuna bıraktım."

"Onların içinden birinin o mektup olduğundan emin misiniz?"

"Evet, gözlemledim."

"Ekselansları o gün kaç tane mektup yazdı?"

"Yirmi ya da otuz. Buraya kadar anlatılanlar tuhaf mı?"

"Tam olarak değil," dedi Holmes.

Dük tekrar sözü başladı. "Ben polise, dikkatini Güney Fransa'ya vermesini önerdim. Düşes'in böyle riskli bir işe girişecek kadar cesareti olduğunu düşünmüyorum, ama yine de bu ihtimal aklımdan geçiyor. Belki de oğlum onun yanına gitti ve bunu yaparken de Alman'dan yardım almış ve kışkırtılmış olabilir. Doktor Huxtable, bence salona dönelim."

Holmes'un aklında daha birçok soru olduğunu tahmin ediyordum ama asilzadenin ani çıkışı, bu görüşmenin bittiğini gösterdi. Yabancı biriyle böyle, ailevi konuları konuşmanın, aristokrat doğası olan bu adama tiksindirici geldiği belliydi. Ve bazı soruların sorulmasından korkuyor gibi görünüyordu. Her fırsatta kaçıyor, Düşesle ilgili geçmişinin ortaya çıkmasından çekiniyordu. Her boşanmada olduğu gibi ortaya çıkmamış, gölgede kalan bazı şeyler olmalıydı.

Asilzade ve sekreteri yanımızdan ayrıldığında arkadaşım büyük bir dikkatle kendini araştırmaya verdi.

Çocuğun kaldığı oda büyük bir titizlikle kontrol edildi ve camdan kaçma ihtimali dışında, kesin ve sağlıklı bir sonuç bulunamadı. Almanca hocasının odası da başka bir ipucu sunmadı. Lambanın ışığı, çocuğun ayak bastığı çimlerin ezildiğini net gösteriyordu. Çimdeki tek bir iz bile bizim için büyük bir kanıttı.

Sherlock Holmes evden ayrıldı ve ancak saat on bir civarında döndü. O civarın büyük bir haritasını bulmuştu. Haritayı benim odama getirdi ve masanın üstüne bıraktı. Bir yandan haritayı incelerken bir yandan da piposunu tüttürüyordu.

"Bu olay kafamı çok kurcalıyor Watson," dedi Holmes. "Bu haritayla bağlantılı birkaç ilgi çekici nokta var. Öncelikle senden bu bölgenin coğrafi özelliklerinin bize nasıl yardım edebileceği konusunda biraz düşünmeni isterim. Şu krokiye bir bak. Koyu renkli kare Priory Okulu.Buraya bir işaret koyacağım. Şimdi şu yol da anayol. Bu yol okulun doğusuna ve batısına doğru gidiyor. Ve bir mil boyunca hiç yan yol yok. Bu iki kişinin gidebileceği tek yol burası."

"Aynen öyle."

"En azından şu yoldan gitmiş olabileceklerini biliyoruz ve araştırma gecesi boyunca ne geçtiğini de kontrol edebiliyoruz. Bir şehir polisi 12 ile 6 arasında görev yapıyor. Burası, senin de gördüğün gibi, doğuya giden tek yol. Ve bu adam, çocuğun kaybolmasında mektubun etkisi olmadığını belirtiyor. Ne adam, ne de çocuk bu şekilde görülmez bir yolla gitmiş olamayacağı konusunda kendinden emin. Bu polis memuruyla bu akşam konuştum, bana güvenilebilecek bir insanmış gibi geldi. Bu taraf böylece dursun. Şimdi diğerleriyle ilgilenelim. Burada Red Bull isminde bir han var, sahibi kadın da hasta. Mackleton'u doktor bulması için göndermiş ve adam sabaha kadar gelmemiş, anlayacağın bu kayıp da ilgi çekici. Handaki tüm insanlar bütün gece alarm halinde onun gelişini beklemişler. Herkesin gözü yollarda kalmış. Yani yol bütün bir gece izlenmiş. Bu yoldan kimsenin geçmediğini söylüyorlar. Eğer onların dedikleri doğruysa bizim batı yolunu gözden çıkarmamız için elimizde bir ihtimal olacak ve aynı zamanda kaçakların bu yolu kullanmadıklarını rahatlıkla söyleyebileceğiz."

"Ya peki bisiklet?" diyerek söze atıldım.

"Elbette ki o olasılığı yok saymıyoruz. Şimdi bisikleti bulmaya gideceğiz. Sorgulamaya devam ediyoruz: Eğer bu insanlar bu yolu kullanmamışlarsa, evin kuzey ya da güneyinden geçerek diğer uca gitmiş olmalılar. Bu kesin. Bunları bir araştıralım. Evin güney yamacında, senin de bildiğin gibi, ekilebilir, büyük bir tarla var. Aralarında bölmeler var ve bu bölümler küçük duvarlarla belirlenmiş. Eminim ki orada bisiklet yok, imkânsız. Bu fikri eleyebiliriz. Kuzeye dönelim. Orada bir koru var, 'Dağınık Shaw' olarak tanımlanmış. Daha ilerisinde ise büyük bir çorak tarla var. Burası da 'Lower Gill Tarlası' olarak adlandırılıyor, 10 mil kadar ilerliyor ve yukarı doğru bir eğim veriyor. Bu vahşi doğanın bir tarafı da Holdernesse Sarayı'na çıkıyor. Yola 10 mil, çayıra da 6 mil uzaklıkta. Orası oldukça ıssız bir yer. Birkaç köylünün küçük evleri var. Kümesler var, hayvancılık yapıyorlar. Bunlar dışında Chesterfield yoluna gelene kadar yağmur kuşları ve kervançulluğu dışında canlı yok. Bir kilise, birkaç kulübe ve bir han var. Bunun ötesinde tepeler dik. Araştırmamıza kuzeyden devam etmeliyiz."

"Peki ya bisiklet?" diye üsteledim.

"Tamam tamam!" dedi Holmes, sabırsızlıkla. "İyi bir bisiklet sürücüsünün anayola ihtiyacı olmaz. Tarla, patikayla kesişiyor. Ve dolunay vardı. Hayda! Bu ne?"

Kapı hızla vuruluyordu ve sonra Dr. Huxtable içeri girdi. Elinde mavi bir kriket şapkası vardı.

"Sonunda bir ipucumuz var!" diye bağırdı. "Çok şükür! Sonunda çocuğun peşindeyiz! Bu onun şapkası."

"Bu, nerede bulundu?"

"Tarlaya giden Çingenelerin kamyonetinde. Bunu salı günü bırakmışlar. Bugün de polis araştırmaya gitti, Çingenelerin peşine düştü ve karavanı aradı. Bu bulundu."

"Bunun açıklamasını Çingeneler nasıl yaptı?"

"Tabii ki önce yalan söylediler, onu salı sabahı tarlada bulduklarını söylediler. Hergeleler onun yerini biliyor! Tanrı'ya şükür, hepsi kontrol altında, tutuklandı ve hücreye konuldu. Kanun korkusu veya Dük'ün gücünün korkusuyla bence ne biliyorlarsa her şeyi söyleyecekler."

"Buraya kadar her şey çok iyi," dedi Holmes, sonunda doktor odadan ayrılırken. "En azından sonuca ulaşmayı umduğumuz kuzey tarafından gelen bilgiler var. Polis tam anlamıyla bölgesel olarak pek de bir şey yapmadı, Çingeneleri içeri atmak ve etkisiz hale getirmek dışında. Şuna bak Watson! Tarlanın öteki tarafında bir suyolu var. Haritada belirtilmiş. Bazı kısımlar bataklığın içine doğru genişliyor. Ve bu bataklık daha çok Holdernesse Sarayı ile okul arasında görülüyor. Böyle kuru havada iz aramak saçma. Ama şu noktada bazı kalıntılara rastlama şansımız olabilir. Yarın sabah seni erkenden uyandıracağım ve beraberce yeni izler, yeni kanıtlar peşine düşeceğiz."

Sabah gözümü açtığımda Holmes'un o zayıf ve uzun bedeninin, yatağımın başında dikildiğini gördüm. Hazırlanmıştı ve beni bekliyor gibi bir hali vardı.

"Bisikleti ve çimenliği araştırdım," dedi Holmes. "Aynı zamanda Dağınık Shaw'a doğru bir yürüyüşe de çıktım. Şimdi Watson, yan odada sıcak çikolata var. Senden çabuk olmanı rica ediyorum. Güzel bir gün olacak, vakit harcamayalım."

Gözleri parlıyordu, bu ilginç konu için oldukça hazır ve güçlü görünüyordu. Holmes bu davayla çok değişti. Baker Caddesi'nin o soluk benizli hayalperest, iç gözlemci adamı birden uyanık, canlı ve aktif bir dedektife dönüştü.

Karşımda böyle enerjik duran arkadaşıma bakınca, ağır ve yorucu bir günün bizi beklediğini anladım.

Ve yola çıktık. İlk hayal kırıklığımızla karşılaştık. Büyük umutlarla turbalı, keçiyoluyla kesişen o bataklığa ulaştık. Açık yeşil bir çizgi, bulunduğumuz yer ile Holdernesse'i ayırmıştı.

Eğer çocuk eve gitmek için okuldan kaçmışsa, kesinlikle bu yoldan geçmiştir. Ve buradan geçişinde bir iz bırakmamış olması kesinlikle imkânsızdı. Ama biz baktığımızda, ne onun hakkında ne de Alman adam hakkında bir ize ulaşamadık. Hırslı arkadaşım Holmes, umutsuzluk ve yorgunluk içinde çevreye baktı, keçilerin geçiş izleri bir kanıt olarak sayılamazdı elbette. Yolun ilerisinde ineklerin izleri vardı. Ve kesinlikle bu hayvanların ayak izleri dışında başka hiçbir şey yoktu.

"Bir numarayı kontrol et," dedi Holmes, derin bir moral bozukluğu ile bu bataklığa bakarken. "İleride bir bataklık daha var. Tanrım! Hayda! Bizim burada ne işimiz var? Elde edebildiğimiz ne var burada?"

Patikanın karanlık tarafına gelmiştik. Ve bu yolun ortasında, çamurun içinde nihayet bir ize rastladık. Bu bisikletin iziydi!

"İşte bu! Aradığımız, sahip olduğumuz şey işte bu Watson!" diye bağırdı Holmes.

Holmes başını sallıyordu. Yüzünde mutluluktan ziyade karmaşıklık ve beklenti ifadesi vardı.

"Bir bisiklet izi, evet bu kesin, ama o bisikletin izi değil!" dedi Holmes, "Bisiklet lastiğinin bırakabileceği 42 farklı iz biliyorum. Bu senin de anlayacağın gibi bir Dunlop lastiği. Heidegger'in lastikleri ise Palmer'dı, uzunlamasına iz bırakan bir lastik türüdür. Ama buradaki izler böyle değil. Matematik hocası Aveling bu noktada kendinden emin. Anlayacağın Watson, bu, Heidegger'in bisikletinin izi değil."

"Öyleyse çocuğun bisikletinin izi mi?"

"Belki... Eğer o bisikletin ona ait olduğunu kanıtlarsak olabilir. Ama biz bu konuda oldukça yanılmıştık. Ve bu iz, Watson, senin de gördüğün gibi okul yolundan gelen bir sürücünün bıraktığı izler."

"Ya da okula doğru giden biri olabilir mi?"

"Hayır Watson, hayır. Kesinlikle öyle olamaz. İzlere dikkatle bak. Anlayacaksın sen de. Ön taraflarda daha fazla iz var. Ve belli ki okul yolundan başlanmış. Hiç şüphesiz, bu bisiklet okula gitmiş olamaz. Bunun bizim araştırmamızla bir ilgisi olabilir veya hiçbir bağlantısı olmayabilir. Ama daha fazla ilerlemeden önce bu izlerin gerisini takip edeceğiz."

Bataklık kısmın sonuna geldiğimizde, birkaç yüz metre yol gitmiş olduk ve izler burada son buldu. Bataklığın gerisini takip ederek başka bir kalıntıya daha rastladık. Burada, bir kez daha bisiklet lastiği izi vardı. Ama bu iz, bir sığırın toynak izi gibi de görünüyordu. Ve bundan sonra başka bir işaret yoktu. Patika, Dağınık Shaw'a çıkıyordu. Bisiklet bu korudan geçmiş, ortaya çıkmış olabilir. Holmes büyük bir kayanın üstüne oturdu ve elini çenesine dayayarak düşünmeye başladı. Ben de cebimden iki sigara çıkarıp birini Holmes'a uzattım.

"Pekâlâ, pekâlâ" dedi Holmes, sonunda, "Uyanık bir adamın, bilinmeyen bir lastik izi bırakmak için lastikleri değiştirmiş olma ihtimali de var. Böyle bir şeyi düşünecek kadar zeki bir suçlu ise gerçekten onu takdir ederim. Bunu herkes kolay kolay akıl edemez. Bu olasılığı bir kenara bırakıp bataklık üzerindeki araştırmalarımıza devam edelim. Ardımızda, araştırılmayı ve gün yüzüne çıkarılmayı bekleyen önemli şeyler var."

Sistematik araştırmalarımıza devam etmek üzere bataklık

sınırına geri döndük. Ve kısa sürede bu uğraşlarımızın ödülünü aldık. Bataklığın alçak kısmının sağında ince bir patika gördük. Holmes, bu patikaya vardığında büyük bir sevinç çığlığı attı. Tıpkı bir telgraf teli gibi bir iz vardı. Bu, Palmer lastiklerinin iziydi!

"Bay Heidegger burada, adım kadar eminim!" diye bağırdı Holmes, coşkun bir sesle. "Akıl yürütmelerim işe yaradı sanki Watson."

"Seni kutlarım Holmes."

"Ama hâlâ devam etmemiz gereken çok uzun bir yolumuz var. Şimdi şu patikayı takip edelim. Korkarım ki fazla bir şeye ulaştırmayacak."

Patikayı takip ettik, fazla bir şeye ulaşamadık. Ama zaten biz de bunu bekliyorduk ve elimizde olan bazı izler vardı.

"Görüyor musun Watson?" dedi Holmes, "Sürücü burada pedalları zorlamış, değil mi? Bunda hiçbir şüphe yok. Her iki izi de düşün. İkisi de aynı derinlikte. Bu derinlikten anlıyoruz ki, kullanan kişi gidona tüm gücünü vermiş, belli ki hızlı gidiyormuş ve baskı uygulamış. Vay canına! Düşmüş."

O sırada bazı lekeler fark ettim. Lastik izlerinin yerine ayak izlerini gördük ama sonra ilerleyince yine lastik izleri başladı.

Holmes karaçalıların ve çiçeklerin olduğu yere yöneldi. Sarı çiçeklerin hepsi kızıla boyanmıştı. Ve süpürge otlarının arasında koyu, pıhtılaşmış kan lekeleri gördük.

"Bu korkunç! Çok kötü bir şey bu Watson! Bu ayak izleri gereksiz bir iz değil! Bunlardan ne sonuca varabilirim? Adam bisikletten düştü ve yaralandı, sonra ayağa kalktı ve ilerlemeye devam etti. Ama başka bir şey bilmiyoruz. Patikanın diğer tarafına bir bak. Bir boğa tarafından boynuzlanmış olamaz değil mi? Tabii ki de olamaz, imkânsız! Başka kimsenin olduğuna dair bir iz de yok. İlerlemeliyiz Watson. Bu izler eğer bize gerçek bir rehber ise, aradığımız şeye çok yaklaştık. Şu andan sonra kaçma ihtimali olamaz."

Çok uzun süren bir arama olmadı. Islak ve parlak patika üzerinde lastik izleri kavislenmeye başladı. Birden, ileriye doğru baktığımda çalıların arasında bir metal parçasının parladığını gördüm. Hemen oraya ilerledik ve çalıların içinden bisikleti çıkardık. Palmer lastikler vardı. Bir pedal bükülmüş, ön tarafı dehşet verici şekilde kana bulanmıştı. Bisikletin öteki tarafına baktığımızda bir ayak gördük ve hızla koştuk. Yerde uzun boylu, sakallı ve gözlüklü bir adam yatıyordu. Ölümünün sebebi muhtemelen kafatasına aldığı darbeydi. Bilgilere kavuşup daha sonra böyle bir yola çıkıp ve sonra bu yolda ölmüş olma olasılığı da bu adamın cesaretini bir bakıma gösteriyordu. Ayakkabı giymiş ama çorap giymemişti, açılan ceketinin içinden geceliği görünüyordu. Hiç şüphesiz ki bu adam, aradığımız Almanca öğretmeniydi.

Holmes bu cansız bedeni yavaşça çevirdi ve dikkatle incelemeye başladı. Ve sonra duraksadı, yere çöktü ve derin düşüncelere daldı. Ve ben onun o çatık kaşlarından, bu acı keşfin bizim araştırmamıza pek de bir katkısı olmadığını düşündüğünü anladım.

"Ne yapacağımızı bilmek biraz güç, Watson." dedi Holmes, sonunda. "İçgüdülerim, bu ceset üzerinde fazla vakit harcamadan, kaldığımız yerden araştırmamıza devam etmemiz gerektiğini söylüyor. Bir saatimizi böyle harcadık ama diğer bir saatimizi de böyle harcayamayız. Öte yandan bu ceset hakkında polisi bilgilendirmemiz gerekiyor, onlar da ne yapacaklarsa yapsınlar."

"Bir not bırakabilirim."

"Ama aynı zamanda senin desteğin ve varlığına ihtiyacım var. Bekle biraz! Şu ileride bataklıkla uğraşan bir adam var. Onu buraya getir ve o da bu iş için polise rehberlik etsin."

İşçiyi getirdim, Holmes onun eline Dr. Huxtable'a ulaştırılması gereken bir not tutuşturdu ve adamı gönderdi.

"Evet Watson, şimdi," dedi Holmes, "Bu sabah iki adet ipucuna ulaştık. Birincisi, Palmer lastikli bir bisiklet ve şu an bu bisikletin bizi ulaştırdığı şeyi görüyoruz. Diğeri de, Dunlop marka lastikli bisiklet. Bunun üzerindeki araştırmalarımıza başlamadan önce, bu konu hakkında tam olarak ne bildiğimizi konuşalım. Ardından gerçekten faydalı olan ile rastlantısal olan bilgiyi ayırmayı deneyelim.

Hepsinden önce şunu anlamanı istiyorum, bu çocuk kendi isteği ile kaçtı. Dışarıdan bir baskı veya kışkırtma ile değil. Odasının penceresini açtı ve oradan aşağıya atladı, ya tek başına, ya da başka biriyle birlikte. Bundan eminim."

Bunu onayladım.

"Pekâlâ, şimdi talihsiz Almanca öğretmeninin yanına dönelim. Çocuk kaçarken tam takım giyinmiş. Yani bu yüzden anlıyoruz ki, ne yapacağını daha önceden görmüş ve planlamış. Ama adam ayağına çorap giymeden çıkmış. Bunu da odasında, yere bırakılmış çoraplardan anladık. Kısa bir sürede harekete geçmiş olmalı."

"Şüphesiz."

"Neden gitti? Çünkü odasının camından baktığında çocuğun kendi odasından aşağıya atladığını gördü. Onu yakalayıp geri getirmeyi amaçladı. Bisikletine atladı ve onu bataklıkta takibe koyuldu. Bu takip de onu ölüme götürdü."

"Evet, öyle gibi görünüyor."

"Şimdi iddialarımın en kritik noktasına geliyorum. Bir adam eğer bir çocuğu takip edecekse onun peşinden koşar. Ona yetişeceğini bilir. Ama Alman bunu yapmıyor. Bisikletine yöneliyor. Mükemmel bir bisiklet sürücüsü olduğu söylendi. Eğer çocuk da kaçış anında herhangi bir araç görmemiş olsa kesinlikle bisikletle onun peşine düşmezdi."

"İyi ama diğer bisiklet, yani..."

"Tahminlerimize devam edelim. Okuldan beş mil uzaklıktayken ölümle tanıştı. Kurşun ile ölmemiştir, dikkatini çekerim, bunu bir çocuk bile yapabilir, ama yırtıcı bir hayvan saldırısı sonucu bu kolu bu denli kötü yaralanmış olmalı. Ve kolunun yarasını iyileştirmek için birine ihtiyaç var. Öyleyse hocanın bu yolculuğuna çocuk da eşlik etti. Bu aceleci bir yolculuk olmalı, çünkü ona yetişmek için tam beş mil uzaklaşmış. Hâlâ bu trajedinin asıl konusunu ve noktasını araştırıyoruz. Ne bulduk? Birkaç küçük izden başka hiçbir şey bulamadık. 50 hektar kadar ilerledim. Ama bir şey bulamadım. Anlaşılan diğer bisiklet sürücüsünün bu cinayetle bir işi yok. Ve ayak izi de görmedim."

"Holmes!" diye haykırdım, "Bu imkânsız!"

"Çok güzel!" dedi Holmes. "Çok aydınlatıcı bir söz. Evet bu imkânsız. O halde bazı yerlerde yanlışlar yaptım demektir. Bu yanlışları yaparken yanımda sen de vardın Watson. Herhangi bir önerin var mı?"

"Düşünce kafatasını çatlatmış olabilir mi?"

"Bataklıkta mı Watson?"

"Aklım başımda değil, ne dediğimi bilmiyorum dostum."

"Tüh, biz daha zor sorunları çözmüş insanlarız. En azından elimizde birçok malzeme var, eğer bunları kullanmayı becerebilirsek tabii. Öyleyse gel, şu Palmer lastiklerini bir yana bırakıp Dunlop üzerinde yoğunlaşalım."

İlerledik ve su akıntısını geride bıraktık. Umduğumuz derecede bir kanıta rastlayamadık. Dunlop lastiğinin bıraktığı izler bizi Holdernesse'a götürüyordu. İzler, önümüzde kalan gri köye ve Chesterfield ana yoluna doğru gidiyordu.

Sefil görünümlü o virane ine doğru yaklaştığımızda Holmes garip bir homurdanma sesi çıkararak sendeledi ve düşmemek için omzumu tuttu. Muhtemelen bir insanı hareketsiz bırakan o sert kramplardan birini yaşamıştı. Güçlükle kapıya doğru aksayarak ilerledi. Kapıda tıknaz, esmer, yaşlı bir adam piposunu tüttürüyordu.

"Nasılsınız Bay Reuben Hayes?" dedi Holmes.

"Sen de kimsin? Benim adımı nerden biliyorsun?" diye cevap verdi adam. Şeytani bakışlı gözlerinden şüphe seziliyordu.

"Pekâlâ, başınızın üstündeki tabelaya bakarsanız adınızı nerden bildiğimi öğrenebilirsiniz bayım. Bir yerin sahibini bilmek çok da olağanüstü bir durum olmasa gerek. Sanırım hiçbir zaman böyle zor bir durumda olmadınız."

"Hayır, hiç böyle bir şey yaşamadım."

"Ayağımı yere basmakta zorlanıyorum."

"Yere basma."

"Ama yürüyemiyorum."

"Öyleyse tek ayağının üzerinde sek."

Bay Reuben Hayes'in tavırları hiç de sıcak değildi, ama Holmes yine de iyi mizacını bozmadı.

"Şuraya bakın bayım," dedi Holmes. "Bunu tamir etmek benim için çok zor. Nasıl başa çıkacağımı inanın bilemiyorum."

"Ben de bilmiyorum," dedi suratsız han sahibi.

"Ama konu çok önemli. Bisikleti kullanmanız için sizden yardım istiyorum."

"Nereye gitmek istiyorsun?"

"Holdernesse Sarayı'na."

"Dük'ün huzuruna yani öyle mi?" dedi han sahibi, alaycı bir ifadeyle.

Holmes içten bir kahkaha attı.

"Aynen öyle. Kendisi beni görmekten memnuniyet duyacaktır."

"Neden?"

"Çünkü biz ona kayıp oğlu hakkında yeni haberler götürüyoruz."

Han sahibinin yüzü birden değişti, o umursamaz ifade yerini birden ilgili ve meraklı bir ifadeye bıraktı.

"Nasıl yani, kayıp çocuğun peşinde misiniz?"

"Liverpool'de olduğunu duyduk. Her an onun gelmesini bekliyorlar."

Adamın yüzü gülmeye başlamış, iyice canlanmıştı.

"Dük'ün iyiliğini dilemek için diğer insanlardan çok daha az nedenim var," dedi adam. "Bir zamanlar onun yanında çalıştım ve bana kimseye davranmadığı kadar kötü ve zalim davrandı. Bu beni çok üzmüş olsa da oğlunun Liverpool'de olduğunun duyulmasına sevindim. Ve size bu haberin iletilmesi konusunda yardım edeceğim."

"Teşekkür ederim," dedi Holmes. "Önce bir şeyler yiyelim. Sonra bisikletinizi getirirsiniz ve yola çıkarız."

"Ama benim bisikletim yok. Size söyledim bayım."

"Tamam, pekâlâ, bir şeyler yiyelim de sonra konuşuruz."

Mutfaktan ayrıldığımızda Holmes'un bacağı da şaşırtıcı bir şekilde iyileşmişti. Sabahtan akşama kadar bir şey yememiştik ve bu yüzden yemek yerken oldukça fazla vakit harcadık. Holmes düşünceler içine girdi ve bir süre boş boş etrafa bakındı. Bir-iki kez pencereden dışarı baktı. Oda, bahçeye bakıyordu. Sandalyesine oturdu ve bir şeyler düşünmeye devam etti. Sonra birden heyecanla yerinden fırladı:

"Tanrı aşkına Watson! Onu buldum galiba!" diye bağırdı. "Evet! Bu olmalı. Watson, bugün hiçbir ineğin ayak izini gördüğünü hatırlıyor musun?"

"Evet, çok yerde gördüm."

"Nerede?"

"Aslında her yerde... Bataklıkta, patikada ve zavallı Heidegger'ın öldüğü noktaya yakın bir yerlerde."

"Evet, işte bu... Peki, Watson, kaç tane inek gördüğünü hatırlıyor musun?"

"İnek gördüğümü hatırlamıyorum."

"Watson. O kadar iz görüp bu izleri bırakan inekleri görmememiz sana da tuhaf gelmiyor mu?"

"Evet, oldukça garip!.."

Holmes ekmek parçalarıyla gördüğü izleri canlandırdı.

"Dostum, izler şöyle değil miydi? —: : : : :" ve "—: ' : :':'—" gibi şekiller hatırlıyorum. "—. Ve bu.Sen de hatırlayabildin mi?"

"Hayır, hatırlayamadım."

"Ama ben hatırlıyorum. Yemin edebilirim. Haydi Watson, kalk, gidip bir kez daha bakalım. Nasıl olur da bundan bir sonuç çıkaramam!"

"Vardığın sonuç nedir Holmes?"

"Bu izleri bırakan belirli bir inek. O bölge boş ve temiz görünüyor, çocuğun demirhanede saklanabilmesi için uygun bir yer. Haydi gidelim ve ne göreceksek görelim."

Yıkık dökük ahıra girdiğimizde iki tane at gördük. Holmes bir tanesinin sol ayağını kaldırdı ve kahkaha attı.

"Eski nallar fakat yeni toynaklar. Bu mevzu bir klasik olmayı hak ediyor. Neyse, demirhaneye doğru ilerleyelim."

Çocuk bizim varlığımızın farkında olmadan çalışmaya devam ediyordu. Holmes gözlerini hızlıca sağa sola döndürdü, yerdeki parçalanmış oduna dikkat çekti. O anda arkamızda bir ayak sesi duyduk, bu han sahibiydi, çatık kaşlarıyla bize bakıyordu. Elinde metal bir sopa tutuyordu, ama bu benim için bir şey ifade etmedi. O anda ben de cebimdeki silahımı hissettim.

"Sizi iğrenç casuslar!" diye bağırdı adam. "Orada ne yapıyorsunuz?"

"Bay Reuben Hayes" dedi Holmes sakince, "Neden böyle davrandığınızı anlayamıyorum. Sizi tanımayan biri, bir şeyler bulunmasından korktuğunuzu kolaylıkla düşünebilir."

Bu cümle adamın surat ifadesini değiştirdi.

"Demirhaneme gelip burada bir şeyler keşfetmeniz bana memnuniyet verir," dedi, hafifçe gülümseyerek. "Lütfen şuna bir bakın, iznim olmadan içeri girilmesine bir şey demiyorum ama herhangi bir hasar verildiyse bunun derhal ödenmesini şiddetle isterim."

"Pekâlâ, Bay Hayes, hiçbir zarar yok," dedi Holmes, ikna edici bir sesle. "Atlarınıza bakıyorduk, sonra yürümeye karar verdik. İnanıyorum ki çok uzak değil."

"Gideceğiniz yer iki milden fazla uzakta değil. Şurada sola dönen yol var." Onun arazisinden ayrılana kadar adam bizi dikkatli gözlerle izledi.

Fazla uzağa gitmedik, çünkü Holmes han sahibinin ne yaptığını izlemek için durmuştu.

"Çocukların da söylediği gibi, biz bu handa oldukça rahatız. Her zorluktan uzaklaşmaya başladık gibi geliyor. Hayır, ayrılamam buradan."

"Bence Reuben Hayes konu hakkında her şeyi biliyor," dedim ciddiyetle. "Bu denli düşman ve haince bakan birini görmedim."

"Oh, o seni bu yolla etkiledi değil mi? Burası bir ahır ve atlar var. Gerçekten ilginç bir yer olduğu kesin. Bence farklı bir bakış açısıyla yaklaşma zamanıdır."

Noktalı gri kireç taşı kayalar ile uzun ve eğimli bir yamaç arkamızda uzanıyordu. Yolumuz dik tepeye doğru çıkıyordu. Holdernesse tarafına baktığımda hızla gelmekte olan bir bisikletli gördüm.

"Yere eğil Watson!" dedi Holmes panikle, elini hızlıca omzuma bastırırken. Adam yoldan geçerken biz, kendimizi kıl payı gizleyebilmiştik. Bisikletin geçmesiyle oluşan toz bulutunun içinden zar zor, solgun ve şaşkın surat ifadesini tanıdım. Bu adam geçen akşam gönderdiğimiz James Wilder'dı.

"Bu Dük'ün sekreteri! Olamaz, Tanrım! Haydi çabuk, peşinden gidip ne yaptığını görelim," dedi Holmes heyecanla.

Kayadan kayaya atlayarak görüş mesafemizi azalttık ve hanın ön kapısını görebileceğimiz bir yere ulaştık. Wilder, bisikleti duvara dayamıştı. Ne eve doğru gitmekte olan biri vardı, ne de pencerelerden bakan bir insan görebildik. Yavaşça karanlık çöktü, güneş kayboldu. Ve sonra o kasvet ortamı içinde, hanın iki tarafında yanan iki lamba gördük. Kısa bir süre sonra bir çıtırdama duyduğumuzda dönüp baktık. Bu ses Chesterfield anayoluna yönelen bir arabadan geliyordu. Oldukça hızlı bir şekilde uzaklaşmaya çalışıyordu.

"Buna ne diyorsun Watson?" dedi Holmes, fısıldayarak.

"Bir firar havası seziyorum."

"İki tekerlekli at arabasında yalnız bir adam vardı, görebildiğim kadarıyla. Pekâlâ, o zaman bu giden adam kesinlikle James Wilder olamaz, çünkü o kapıda."

Kırmızı ışık karanlıkta yayılıyordu. İleride sekreterin karanlık gölgesini gördük. Belli ki orada birini bekliyordu. Ve az bir zaman sonra ikinci gölge belirdi, içeri girdiler ve kapı kapandı. Beş dakika sonra birinci kattaki bir odanın ışığı yandı.

"Fighting Cock Hanı'nda bir toplantı düzenleniyor sanki..." dedi Holmes.

"Bar diğer tarafta."

"Biliyorum. Herhangi biri, bu kişileri özel misafirler olarak görebilir. Ama şimdi şöyle de bir sorun var. James Wilder gecenin bu saatinde neden bir adamla buluştu? Ve onunla görüşmek için buraya gelen kişi kim? Haydi Watson, biraz risk alıp bu işi daha yakından araştırmaya gidelim."

Yolu geçtik ve hanın kapısına doğru ilerledik. Bisiklet hâlâ duvara dayalı bir vaziyette duruyordu. Holmes uzandı ve arka lastiğe erişti. O sırada lastiğin üzerinden bir ışık geldi ve Holmes'un kıkırdadığını duydum. Işık, tepemizdeki pencereden geliyordu.

"Şuna bir bakmalıyım Watson. Eğer sırtını verip duvardan güç alırsan zannediyorum ki başarabilirim."

Çok kısa bir süre sonra ayakları omzumdaydı. Biraz yükseldikten sonra indi.

"Gidelim dostum, bugünkü çalışmamız yeterince uzun ve yorucuydu. Ben, elimizden geldiği kadarını topladığımızı düşünüyorum. Okula kadar çok uzun bir yolumuz var. Ve yakın zamanda daha iyisini yapacağız."

Yorgunluktan ağzını bile kıpırdatamayacak bir halde olan Holmes, okula ulaştığımızda içeri girmek yerine Mackleton İstasyonu'na yöneldi. Göndermesi gereken telgraflar vardı. Gece geç saatte Dr. Huxtable'ı hocasının ölümü için teselli etmeye çalışıyordu. Geç saatte odaya geldi. Tıpkı sabah olduğu gibi gecenin bu saatinde bile oldukça dinç ve heyecanlı görünüyordu.

"Her şey yolunda, gayet iyi ilerliyor dostum," dedi Holmes. "Söz veriyorum yarın akşamdan önce bu sır bir sonuca bağlanmış olacak."

Sabah 11'de, Holdernesse Sarayı'nın porsuk ağaçlarıyla ünlü bahçesinde yürüyorduk. Ekselanslarının çalışma odasına giderken Elizabeth dönemine ait olan girişten geçtik. Odaya ulaştığımızda James Wilder ile karşılaştık. O korkunç geceden sonra gözlerindeki korku ve tedirginlik ifadesi fark edilebiliyordu.

"Ekselanslarını görmeye geldiniz sanırım. Üzgünüm ama Dük pek de iyi değil. Yeni gelen trajik haberden sonra derin üzüntü içine girdi. Dün Doktor Huxtable'dan sizin keşfiniz hakkında bir telgraf aldık."

"Acilen Dük ile görüşmeliyim."

"Ama odasında."

"Tamam, o halde odasına gitmeliyim."

"Yatağında olduğunu düşünmekteyim."

"Onu orada göreceğim."

Holmes'un kararlı tavrı karşısında sekreter daha fazla direnmenin anlamsız olduğunu anladı.

"Pekâlâ, Bay Holmes, sizin burada olduğunuzu hemen söyleyeceğim."

Yarım saatlik bir gecikmenin ardından asilzade geldi. Öncekine göre yüzü daha da solgundu, omuzları çöküktü. Dün sabah gördüğümüz kişi sanki o değildi. Bir gün içinde yaşlanmış gibiydi. Ama yine de kibarlığından ödün vermedi. Bizi oldukça nazik bir şekilde selamladı ve yerine oturdu, kızıl sakalı masaya değiyordu.

"Evet, Bay Holmes, sizi dinliyorum" dedi.

Holmes'un gözleri, efendisinin sandalyesinde oturan sekreterinin üzerindeydi.

"Ekselansları, sanırım Bay Wilder'ın bizi dışarıda beklemesi konusunda daha açık konuşmam gerekiyor."

Sekreter başını Holmes'a çevirdi. "Ekselansları umuyor ki..."

"Evet, evet, gitmeniz daha iyi olacak. Şimdi Holmes, ne demek zorundasınız?"

Holmes, sekreterin suratına kapıyı kapatana kadar bekledi.

"Ekselansları, bana ve arkadaşım Dr. Watson'a para ödülü verileceğini Dr. Huxtable söyledi. Bunu sizin ağzınızdan da duyup onaylatmak istedim."

"Kesinlikle şüpheniz olmasın Bay Holmes."

"Miktar konusunda da bir hata olmasın. Oğlunuzun yerini söyleyene 5000 Pound vereceğinizi söylemiştiniz değil mi?"

"Evet."

"Ve her kim kaçıranı yakalarsa ya da onu hapse attırırsa o da ödüllendirilecek değil mi?"

"Evet."

"İkinci bir maddesi de, onun şu anki konumunu koruyan insana da ödül verileceğiydi değil mi?"

"Evet, evet," dedi Dük, sabırsızca, "Eğer işinizi olması gerektiği gibi yaptıysanız, bu ödül için hiçbir bahaneniz olmayacak."

Arkadaşım zayıf ellerini birbirine kenetledi. Bu cümle onu şaşırtmıştı.

"Ekselansları, çek defterinizi masanın üstünde görmek için sabırsızlanıyorum. Bana 6000 Poundluk bir çek yazarsanız sevineceğim. Capital ve Counties Bankası Oxford şubesine yazın."

Majesteleri oldukça sert bir ifadeyle yerinde dimdik oturuyordu.

"Bu bir şaka mı? Eğer bir şakaysa bunun hiç de komik olmadığını bilmenizi isterim."

"Kesinlikle şaka değil efendim. Hayatımda hiç bu kadar dürüst ve içten olmamıştım."

"Öyleyse neyi kastediyorsunuz Bay Holmes?"

"Oğlunuzun nerede olduğunu, kimin sakladığını ve daha birçok şeyi biliyorum. Yani para ödülünü ben kazandım bayım."

Dük'ün yüzü birden gerildi, gözlerini fal taşı gibi açtı.

"Oğlum nerede?" diye fısıldadı.

"Dün gece Fighting Cock Hanı'ndaydı. Şimdi de orada. Sizden iki mil uzaklıkta."

Dük arkasına yaslandı.

"Suçlu olarak kimi görüyorsunuz peki?"

Sherlock Holmes'un cevabı oldukça şaşırtıcıydı. Hızla ilerledi ve Dük'ün omzuna dokundu.

"Sizi," dedi Holmes, "Ve şimdi, Ekselansları, çeki istiyorum."

Dük'ün o surat ifadesini ömrüm boyunca unutamayacağım. Elinden geldiğince, sıfatına yakışır biçimde kendine güveniyormuş gibi göstermeye çalışsa da gerginliği her halinden belli oluyordu. Yerine oturdu ve ellerini yüzüne götürdü. Konuşmaya başlamadan önce birkaç dakika sessiz kaldı.

"Ne kadar bilginiz var?" dedi sonunda, başını yerden kaldırmadan.

"Dün gece sizi beraber gördüm."

"Yanınızda bu konuyu bilen başka biri var mı?"

"Kimseye söylemedim."

Dük, titreyen eliyle çek defterini ve kalemini çıkardı.

"Sözlerim kadar iyi biri olabilirdim Bay Holmes. Her ne kadar bana bunu söyleme şekliniz uygun olmasa da çekinizi yazmak üzereyim. Teklif ilk yapıldığında işlerin buraya döneceğini az da olsa düşünmüştüm. Ama siz ve arkadaşınız ağzı sıkı insanlarsınız değil mi?"

"Ne demek istediğinizi pek anlamadım efendim."

"Daha açık konuşmalıyım Bay Holmes. Siz ikiniz bu olayı biliyor olsanız da bu iş daha ileri gitmemeli. Size borcum 12.000 Pound, değil mi?"

Sherlock Holmes gülerek başını salladı.

"Korkarım ki Ekselansları, bu olay o kadar da kolay halledilmeyecek. Öğretmenin ölümüyle ilgili suçlanmanız söz konusu."

"Ama James bunu bilmiyor. Bunu onunla suçlayamazsınız. Bu sadece iş verme konusunda şanssız olan zalim, gaddar bir insanın işi."

"Eğer biri suçluysa her daim o suçun içinde bulunur ve buna girişir."

"Ahlaken haklı olduğunuza dair hiçbir şüphe yok. Ama hukuken böyle değil. Burada olmayan birini cinayetle suçlayamazsınız. Bunu duyduğu an bana itirafta bulundu, korku içindeydi. Bir saatini bile katille geçirmedi. Bay Holmes, onu kurtarmalısınız. Size onu kurtarmalısınız dedim!"

Ortam oldukça gergindi, Dük o dik duruşunu bir kenara bırakmıştı. Ve tekrar yerine oturdu. "Kimseye anlatmadan hemen buraya gelmeniz beni sevindirdi. En azından şimdi oturup bu büyük skandalın duyulmasını en aza nasıl çekebileceğimizi konuşabiliriz."

"Bence Ekselansları, bu sadece aramızdaki içtenlik ve açık sözlülükten dolayı oldu. Sizin her dediğiniz, Bay Wilder tarafından onaylanmış şeylerdi. Onun katil olmadığı bile."

"Hayır, katil yakalandı."

Holmes mütevazı bir şekilde gülümsedi.

"Ünüm hakkında çok fazla bir şey duymadığınız belli efendim, ya da bu kadar kolay olacağını beklemiyordunuz. Bay Reuben Hayes benim emrimle dün gece saat 11'de Chesterfield'da tutuklandı. Bu sabah okuldan ayrılmadan önce telgraf çektim."

Dük arkasına yaslandı ve hayranlık dolu gözlerle arkadaşıma baktı.

"Bir insanda olması gerekenden daha fazla güce sahip olduğunuz kesin," dedi Dük. "Yani Bay Reuben Hayes içeri alındı öyle mi? Eğer bu James'i etkilemeyecekse gerçekten bunu duyduğuma sevinebilirim."

"Sekreterinizi mi?"

"Hayır oğlumu."

Holmes şaşkınlıkla Dük'e döndü.

"Bu dediğiniz şey gerçekten çok garip efendim. Bunu açıklamanız mümkün mü acaba?"

"Tabii ki... Sizden hiçbir şey saklamayacağım. Bu benim için ne kadar acı verici olursa olsun yine de aramızdaki açık sözlülüğü bozmayacağım. Ben genç bir adamken bir kişiyi, kimseyi sevmediğim kadar çok sevdim Bay Holmes. Ve o kadına evlenme teklif ettim. O da böyle bir şeyin benim kariyerime engel olacağını söyleyerek reddetti. Eğer o yaşasaydı başka hiç kimseyle evlenmezdim. O öldü ve bakmam için geride bir çocuk bıraktı. Ve ben de bu çocuğa gayet iyi anne-babalık yaptım. Eğitimin en iyisini aldırdım, yetişkin olana kadar her daim yanımda gezdirdim. Günün birinde o, bu sırrı öğrendi, dünyası başına yıkıldı. Benden iğrenmeye başladı. Onun varlığı benim evliliğime de kötü etkisi olmuştu tabii. Bunların yanı sıra, benim küçük vârisimden de nefret ediyordu. Bu şartlar altında neden hâlâ James'i bu çatı altında tuttuğumu sorabilirsiniz. Çünkü ona baktığımda annesinin yüzünü görebiliyorum ve annesi için kendi içimde verdiğim bu uzun mücadelenin sonu yok. Onun hakkındaki her güzel an benim hafızamdan hiç çıkmamak üzere kaydedilmiş ve beynimin bir köşesinde saklı duruyor. Onu gönderemem. Ama aynı zamanda da Dr. Huxtable'ın okulunda Arthur'un, bu Lord Saltire ismi, iyi şartlarda olmasını sağlamalıydı. James, benim kiracım Hayes ile iletişime geçti ve bir aracı gibi davrandı. Adam en baştan beri gaddardı, ama bir şekilde James onunla içten bir bağ kurmuştu. Hep düşük kaliteye dönük biriydi. James, Lord Saltire'i kaçırmayı kararlaştırdığında yardımcısı bu adam oldu. Arthur'a son gün mektup yazdığımı hatırlarsınız. James o mektubu açıp içine bir not ekledi. Notta onunla görüşmek istediği ve Dağınık Koruda onu bekleyeceğini yazdı. Düşes'in adını kullandı. Ve çocuk da bu notu görünce derhal görüşmeye geldi. Size onun itiraf ettiği biçimde anlatıyorum. James bisiklete atladı ve annesinin onu görmek için burada çok beklediğini ve bataklığın yolunda onu beklemeye devam ettiğini söyledi. Ve eğer koruya geri gelirse, onu annesine götürebileceği atlı bir adam bulabileceğini söyledi. Zavallı Arthur bu tuzağa düştü. Ve geldiğinde Hayes'i gördü. Midilli ile bekliyordu. Arthur hemen atladı ve beraber yola çıktılar. Takip edildiklerini düşününce Hayes, elindeki sopayı adama doğru atmış ve adam yaralanarak ölmüş. Hayes, Arthur'u o eve, Fighting Cock'a getirdi ve Bayan Hayes'in kontrolüne bıraktı. İşte Bay Holmes, sizi iki gün önce gördüğümdeki gelişmeler bunlardı. Daha başka bir gerçeklik yok. James'in bu iş içindeki yeri nedir diye sorabilirsiniz. Benim vârisim için uğraşılan, mantıksız çok şey olduğunu söyleyebilirim. Ve vârisimi değiştirme gibi bir şansım hukuken yok. Bu saltanat zincirini kırmam gerektiğini biliyordu ve bu da benim gücümdeydi. Benimle pazarlık yapmaya kalktı. Eğer ben o saltanat zincirini ve aktarımı kaldırırsam, o zaman güçler ona geçebilirdi. Ama benim hiçbir zaman böyle bir şeye kalkışmayacağımı da biliyordu. Bunun için bir plan yaptığı belliydi ama olaylar çok hızlı gelişti, bunun için hazırlık yapmaya dahi zamanı olmadı. Bu olayları yıkıma getiren şey, sizin Heidegger'in ölü bedenini bulmanızla başladı. James bu haberle oldukça tedirgin oldu. Doktor Huxtable bir telgraf göndermişti. James benim şüphelerim ve suçlamalarımla oldukça eziliyor ve gerginleşiyordu. Neredeyse itiraf edecekti. Ve sonra bana vereceği sırrı üç gün boyunca tutmam için bana baskı yaptı. Onun da bu üç gün içinde suçlu hayatını kurtarma şansı olacaktı. Yandaşları ona firar için yardımcı olacaklardı. Onunla iddialaşmak yerine zavallı Arthur'umu görmek için acele ettim. Yanına gittiğimde güvende ve oldukça iyiydi. Ama şahit olduğu olaylar karşısında şoktaydı. Bayan Hayes'in gözetiminde oradan üç günlüğüne ayrılmasına izin verdim. Çünkü bunu yapmazsa nerede olduğunu ve katilin kim olduğunu da söylemesi imkânsızdı. Ve James'e zarar vermeden nasıl cezalandırılırdı, onu bilmiyordum. İşte durum bu şekilde Bay Holmes. Ben size açık sözlülükle anlattım. Sizin de bana karşı böyle davranmanızı isterim."

"Efendim, siz kendinizi kanun önünde en kritik noktaya koydunuz. Bir cinayete göz yumdunuz ve katilin kaçışına yardım ettiniz. James Wilder, sizin para yardımınız olmadan hiçbir yere gidemez, bundan eminim."

Dük başını eğdi.

"En ciddi mesele de bu aslında. Küçük oğlunuza tavrınız, en kabahatli hareketiniz. Üç günlüğüne onu o sığınakta yalnız bıraktınız."

"Verilen sözler..."

"Bu tür insanlara verilen sözler ne? Bir daha bu güçte olabileceğinizin garantisi var mı? Masum oğlunuzu ne tür tehlikelere attığınızın farkında olmanızı rica ediyorum. Bu kesinlikle affedilemez bir eylem."

Dük böyle konuşmalara hiç hazırlıklı değildi, o yüzden donuklaşmıştı. Alnı kıpkırmızı olmuştu.

"Size yardım edeceğim, ama bir şartla. Hizmetkârınızı çağıracaksınız ve istediklerimi yaptıracaksınız."

Dük hiç cevap vermeden zile bastı. Hizmetkâr odaya girdi.

"Genç çocuğun bulunduğu haberini size vermekten mutluluk duyuyorum. Önce Fighting Cock'a ve sonra Lord Saltire'ın evine götürülmesini Dük arzu ediyor," dedi Holmes.

"Şimdi, geleceği kontrol altına aldıktan sonra geçmişle daha yakından ilgilenebiliriz. Resmi bir konumda değilim ve böyle bir amacım da yok. Konu Hayes'e gelecek olursa diyecek bir şeyim yok. Darağacı onu bekliyor ve ben onu kurtarmak için bir şey yapmam. Neyi açıklayacağını söyleyemem ama bu konuda sessiz kalınması gerektiğini bilmelisiniz. Polise göre çocuk fidye için kaçırılmış olacak. Eğer açığa çıkaramazlarsa onları kışkırtmaktan ve doğruyu görmelerini sağlamaktan başka bir şey yapmam. Sizi uyarıyorum Ekselansları, James Wilder'ın bu çatı altında bulunması size sadece zarar verir."

"Sizi anlıyorum bayım. James Avustralya'ya gitmeye ve beni sonsuza dek bırakmaya karar vermiş."

"Sonuç olarak Ekselansları, sizin de dediğiniz gibi, onun varlığı eşinizin mutsuzluğuna sebep olmuş. Bana kalırsa Düşes ile bunu konuşup bu evliliğin mutsuzlukla bölünmesinin sebebini anlatıp derhal evliliğinizi kurtarmalısınız."

"Bunu zaten ben de düşündüm ve ayarladım Bay Holmes. Bu sabah Düşes'e yazdım."

"O zaman bu şartlardayken bile Kuzey'e gelmemizin her türlü kötü olaya rağmen iyi bir şeyle sonuçlanmasına sebep olduk. Yalnız aklımı kurcalayan bir konu daha var, Hayes'in atının izlerinden farklı izler görmüştük. Bu izler özel bir araç tarafından mı bırakıldı? Bay Wilder'ın düzenlediği bir şey miydi?"

Dük, yüzündeki şaşkınlığı gizleyemedi, bir süre sessizce düşündü. Ve sonra müze gibi döşenmiş bir odanın kapısını açıp bize gösterdi. Köşede cam bir kâse vardı ve bu kâse tam da yerdeki izlerin şeklindeydi!

"Bu nallar Holdernesse Sarayı'nda duruyor. Bunlar atlarda kullanılmak üzere alınmıştı, izleri yok edici özelliği var. Ortaçağdan kalma şeyler. Muhtemelen bir Baron kullanmış."

Holmes kutuyu açtı, parmağını içeri sokup nallara dokundu. Tüylerinin ürperdiğini görebiliyordum.

"Teşekkürler," dedi Holmes, "Kuzey'de gördüğüm en ilginç ikinci şey bu."

"Birincisi nedir?"

Holmes çeki dikkatle cebinden çıkarıp not defterinin arasına koydu. "Ben fakir bir adamım," dedi ve not defterini heyecanla ceketinin iç cebine koydu.

Dans Eden Adamlar

Sherlock Holmes saatlerdir ağzını açmadan berbat kokulu bir eriyikle uğraşıp duruyordu. Deney tüplerinin üzerine eğilmekten neredeyse kamburu çıkmıştı. Başını göğsüne doğru iyice eğmiş, ince ve uzun gövdesiyle yaptığı işe kendini kaptırmıştı. Onu bu halde gören biri, siyah ibikli, tüyleri yolunmuş tuhaf bir kuşa benzetirdi.

"Ee, Watson," diye konuştu birden, "demek Güney Afrika hisselerinde fazla kâr yok diyorsun, öyle mi?"

Şaşkınlıktan öylece kalakaldım. Holmes'un yeteneklerini bilmeme rağmen, kimseye söylemediğim bu düşüncelerimi nasıl bildiğini düşündükçe hayret etmekten kendimi alamadım.

"Tanrı aşkına, bunu nereden anladın?" diye sordum.

Elinde buharları tüten bir tüple doğruldu; derinlere dalmış gözlerinde neşeli bir pırıltı vardı.

"Bunu hiç beklemediğini itiraf et, Watson?" dedi.

"Hem de hiç."

"Ama bu itirafını bana yazılı olarak vermeni istemeliydim senden."

"Nedenmiş?"

"Çünkü beş dakika sonra, 'Aa, ne kolaymış; çocuk oyuncağı...' diyeceksin."

"Böyle bir şey söylemeyeceğime eminim."

"Görüyorsun ya sevgili Watson," diyerek elindeki tüpü rafına yerleştirdi; sınıfa hitap eden bir profesör tavrıyla konuşmaya başladı; "Aslında kendi başına basit bir düşünceden bir başkasını çıkararak bunları bir düşünce zinciri haline sokmak hiç de zor değil. Tabii eğer ortadaki süreci atlayıp sadece başlangıç ve bitiş noktalarını insanlara anlatırsan gereksiz yere abartılı bir tepkiyle karşılaşman da doğaldır. Az önceki tahminime gelince, sol elinin işaretparmağıyla başparmağının hareketine bakarak, birikimlerini şu altın madenine yatırım için kullanmaktan vazgeçtiğini anlamak hiç zor olmadı."

"Ben hâlâ bir bağlantı göremiyorum."

"Ben de öyle tahmin etmiştim, ama hemen şimdi yakın bir bağlantı göstereceğim sana. Öncelikle bu basit zincirin kayıp halkalarını anlatayım; 1: Dün gece Şehir Kulübü'nden eve döndüğünde sol elinin işaretparmağıyla başparmağı arasında tebeşir izi vardı. 2: Bilardo oynarken istekanı düzgün tutabilmek için tebeşiri tam oraya sürersin. 3: Thurston'dan başka kimseyle bilardo oynamazsın. 4: Dört hafta önce bana sen anlatmıştın; Thurston'a Güney Afrika'da toprak satın alması teklifinde bulunmuşlar, o da bir aylık kaparo vermiş, bu arada parası çıkışmadığı için sana ortaklık teklif etmiş. 5: Senin çek defterin yazıhanemin çekmecesinde kilitli durur ve bugüne kadar benden anahtarı istemedin. 6: Demek ki paranı bu projeye yatırmak istemiyorsun."

"Gerçekten de son derece basitmiş!" diye atıldım.

"Şöyle ki, yetişkinler için çocuk oyuncağı," dedi, biraz da imayla. "Bir kez çözüldükten sonra her sorun sana çocuk oyuncağı gibi geliyor. Ama bir de şu çözülmeyen sorunu dinle. Bakalım, bundan ne çıkaracaksın dostum Watson."

Masanın üzerine bir tabaka kâğıt fırlattı ve kimya deneylerine geri döndü.

Kâğıdın üzerindeki garip şekillere şaşkın şaşkın baktım.

"İyi ama bunlar bir çocuğun çizimlerinden başka bir şey olamaz Holmes," diye atıldım.

"Sen böyle düşünüyorsun!"

"Başka ne olabilir ki?"

"Evet, soru bu, başka ne olabilir? Bu sorunun cevabını, Norfolk'taki Riding Thorpe Malikânesi'nin sahibi Bay Hilton Cubitt de çok merak ediyor. Şu resimli bilmece bu sabahki postadan çıktı. Beyefendi trenle gelecekti. Anlaşılan treni rötar yaptı. İşte kapı da çalıyor Watson. Bu gelen o ise hiç şaşırmam."

Merdivenlerde ağır ayak sesleri duyuldu ve biraz sonra da içeri uzun boylu, iri yapılı, sinekkaydı tıraş olmuş bir adam girdi. Parlak gözlerine ve kırmızı yanaklarına bakılırsa, Baker Sokağı'nın sisli havasından uzaklarda bir yaşam sürdüğü kesindi. İçeri girerken yanında doğu sahillerinin sert ve taze havasını da getirmiş gibiydi. Tokalaştıktan sonra tam oturuyordu ki gözü az önce incelediğim ve masanın üzerinde bıraktığım o garip çizimlerin olduğu kâğıda takıldı.

"Ee, Bay Holmes, bunlardan ne çıkardınız?" diye sordu.

"Bana esrarengiz vakaları çözmekten hoşlandığınızı söylemişlerdi. Bence bundan daha esrarlı bir mesele bulamazsınız. İncelemeye vaktiniz olsun diye gelmeden önce gönderdim."

"Evet, gerçekten de son derece ilginç." dedi Holmes. "İlk bakışta bir çocuğun elinden çıkmış gibi görünüyor. Çizildikleri sayfa boyunca dans eden bir dizi çöp adam. Ama bütün bunların bir anlamı olduğunu nereden çıkarıyorsunuz?"

"Aslında benim aklıma hiçbir şey gelmedi Bay Holmes ama bunları gören karımın tepkisi bambaşka oldu. Müthiş korktu. Bir şey söylemiyor ama gözlerindeki dehşeti görebiliyorum. Bu yüzden meseleyi enine boyuna bilmek istiyorum."

Holmes kâğıdı havaya kaldırıp güneşe tuttu. Bir defterden koparılmış bir sayfaydı bu. Çizimler kurşunkalemle yapılmıştı. Holmes çizimleri bir süre inceledikten sonra kâğıdı özenle katlayarak not defterinin arasına sıkıştırdı.

"Bu son derece ilginç ve sıra dışı bir vaka olacağa benzer," dedi. "Mektubunuzda bazı şeylerden bahsetmişsiniz Bay Hilton Cubitt, ama bütün olanları lütfen başından anlatır mısınız? Böylece dostum Dr. Watson da bu mesele hakkında bir fikir sahibi olur."

"Ne yazık ki ben bir şey anlatmasını pek beceremem," dedi ziyaretçimiz; kocaman, güçlü ellerini sinirli bir şekilde kavuşturarak sözlerine devam etti: "Eğer takıldığınız bir nokta olursa sormaya çekinmeyin. En iyisi, hikâyeme geçen yıl evlendiğim zamandan başlayayım; ama öncelikle şunu söylemek istiyorum ki zengin bir adam sayılmasam da ailem, Norfolk'un en ileri gelenlerindendir. Yaklaşık beş yüz yıldır Riding Thorpe'da yaşamaktayız. Geçen yıl resmi bayram nedeniyle Londra'ya geldim ve Russel Meydanı'ndaki pansiyonda mobilyalı bir oda kiraladım. Bizim kilisenin rahibi Bay Parker da orada konaklıyordu. Ayrıca pansiyonda Amerikalı genç bir bayan da vardı. Adı Patrick'ti, Elsie Patrick. Bir şekilde tanışıp arkadaş olduk. Bir aya kalmadan ona deliler gibi âşık olmuştum ve bu seferki, benim için geçici bir heves değildi. Uzun süre beklemedik, Londra'da sessizce nikâhlanıp Norfolk'a döndük.

Benim gibi iyi bir aileden gelen bir adamın, geçmişini ve ailesini tanımadan bir bayanla evlenmesi size çılgınca gelebilir Bay Holmes, ama onu görüp tanımış olsaydınız bana hak verirdiniz. Evet, doğrusunu isterseniz kendisi bana çok dürüst davrandı. İstediğim anda nikâhtan vazgeçme şansını verdi bana. Başımın belaya girmemesi için her türlü skandaldan kaçmak amacıyla her türlü özgürlüğü tanıdı bana. 'Geçmişimde hoş olmayan bazı şeyler yaşadım,' dedi bana; 'Bütün bunları tamamen unutmak istiyorum. Ama her şeyden önce bu hususta benimle konuşmamanı rica edeceğim; çünkü geçmişim hakkında konuşmak bana acı veriyor. Benimle evlenirsen Hilton, özel hayatı seni hiçbir zaman lekelemeyecek bir kadına sahip olacaksın. Bu durum seni memnun etmeli ve bana inanmalısın; geçmişim hakkında hiçbir şey sormamalısın bana. Senin eşin olduktan sonra benim için mazi ölmüş demektir. İşte benim şartım bu; eğer bu durum canını sıkarsa Norfolk'a dön ve beni, içinde bulunduğum yalnız yaşamımla baş başa bırak.' Bu sözleri evleneceğimiz günün arifesinde söylemişti. Ben kendisine her türlü şartı kabul ettiğimi ve evlenmek istediğimi bildirdim. Sözüme güvenebileceğini ifade ettim ve şimdiye kadar da hep sözümde durdum.

"Neyse, evleneli bir yıl oldu ve çok da mutlu olduğumuzu söyleyebilirim. Fakat bir ay önce, haziranın sonlarına doğru sıkıntılar başladı. Karıma bir gün Amerika'dan bir mektup geldi. Zarfın üzerindeki Amerikan pulunu kendi gözlerimle gördüm. Bir ölü timsali mektubu okudu ve sonra şöminede yaktı. Bir daha da bu konudan hiç söz etmedi. Ben de sözümde durarak hiçbir şey sormadım ama inanın bana, karım o andan itibaren huzurunu yitirdi. Yüzünde her zaman bir korku ifadesi vardı; sanki hep kötü bir şeylerin olmasını bekliyormuş gibi bir bakış. Keşke bana güvenip anlatsaydı! Onun en iyi dostu olduğumu anlamasını istiyordum, ama yine de kendisi istemeden bu işe burnumu sokamazdım. İnanın bana, çok temiz ve namuslu bir kadın, Bay Holmes. Geçmiş yaşamında başına nasıl bir bela geldi bilmiyorum ama bunun onun hatası olmadığına eminim. Bana gelince, Norfolklu basit bir malikâne ve toprak sahibi olmama rağmen, bütün İngiltere'de ailesinin onuruna benim kadar önem veren bir başka adam daha yoktur. Bunu karım da iyi biliyor ve evlenmeden önce de farkındaydı. Onuruma en ufak bir leke sürmeyeceğine eminim.

"Neyse, şimdi hikâyemin en tuhaf bölümüne geliyorum. Yaklaşık bir hafta önce salı günüydü. Pencerelerin birinin pervazında bir sıra dizilmiş küçük, tuhaf, dans eden adam şekilleri buldum; işte şu kâğıda aynen geçirdim. Tebeşirle çizilmişlerdi. Önce bu çocukça çizimleri seyis yamağının yaptığını sandım ama çocuk hiçbir şeyden haberi olmadığına yemin etti. Herhalde gece çizilmişlerdi. Her neyse, ben o şekilleri silip temizledim. Ancak birkaç gün sonra olanlardan karıma söz ettim. Şaşırarak gördüm ki eşim bunu çok ciddiye almıştı. Tekrar buna benzer şekiller görecek olursam onları kendisine göstermemi rica etti.

Sonraki hafta boyunca hiçbir şey olmadı; ama dün sabah bu kâğıdı bahçedeki güneş saatinin altında buldum. Onu Elsie'ye gösterdim ve o anda bayılıp düştü. O andan itibaren rüyalar âleminde yaşayan bir kadın gibi, hep yarı şaşkın ve korku dolu gözlerle dolaşıyor. Bunun üzerine ben de böylece kâğıdı size göndermeye karar verdim Bay Holmes. Polise götüremezdim, buna gülüp geçerlerdi herhalde. Ama en azından umuyorum ki siz ne yapmam gerektiğini söylersiniz! Dediğim gibi, zengin bir adam değilsem de, sevgili karımı tehdit eden bir şeyler varsa onu korumak için son meteliğime kadar her şeyimi feda etmeye hazırım."

Karşımızda oturan bu İngiliz beyefendisi kaliteli ve dürüst bir insandı. İçtenlikle dolu mavi gözlerinin süslediği geniş, biçimli yüzüyle, açık kalpli, alçakgönüllü ve dostane bir kişiliği vardı. Karısına duyduğu sevgi ve güven yüzünden okunuyordu.

Holmes adamın hikâyesini büyük bir dikkatle dinledi, bitince de bir süre sessizce oturup düşündü.

"Bay Cubitt," dedi sonunda, "eşinize doğrudan ne olup bittiğini sorsanız daha iyi olmaz mı sizce?"

Hilton Cubitt koca kafasını iki yana salladı.

"Size söylemiştim ya, Bay Holmes. Sözüm sözdür. Eğer Elsie anlatmak isteseydi anlatırdı zaten. İstemiyorsa kendisini zorlayamam. Ama olanları bilmek benim de hakkım ve öğreneceğim de."

"O halde sizin için elimden geleni yapacağım. Öncelikle şunu sormak istiyorum: Çevrede herhangi bir yabancıya rastladınız mı?"

"Hayır."

"Yaşadığınız yer oldukça sakin ve tenha bir yöre olmalı. Yeni bir yüz olsa hemen duyulurdu, değil mi?"

"Evin hemen civarında görülürse, evet. Ama civarımızda kaplıcalar var, orada kiralık oda tutan çok."

"Bu şekillerin bir anlamı olsa gerek. Eğer başlı başına bir anlamları varsa mesajı çözmemiz neredeyse imkânsız. Ama şekillerin her birinin arasında sistematik bir bağlantı varsa çözebileceğimize hiç şüphem yok. Fakat bana vermiş olduğunuz tek bir kâğıt parçasıyla işin içinden çıkamam.

Tüm anlattıklarınızsa resmi bir soruşturmanın başlatılması için yeterli değil. Şu anda yapabileceğiniz en iyi şey Norfolk'a dönmek, olan biteni dikkatle takip etmek. Her şeyden önce şu 'Dans Eden Adamlar'ın tam bir kopyasını isterim; pencere pervazına tebeşirle çizilenlerin bir kopyasının olmaması büyük şanssızlık. Bu arada, adamlarınıza bir şey belli etmeden soruverin, son zamanlarda çevrede bir yabancı görmüşler mi? Yeni kanıtlar bulursanız hemen bana gelin. Evet, şu an için size verebileceğim en iyi tavsiye bunlardır Bay Hilton Cubitt. Hesapta olmayan acil gelişmeler olursa her zaman Norfolk'taki evinize gelip olanları yakından incelemeye de hazırım."

Bu konuşmadan sonraki günlerde Sherlock Holmes'u çok düşünceli görüyordum. Ara sıra not defterinin arasındaki kâğıdı çıkarıp "Dans Eden Adamlar"ı dikkatle inceliyor sonra yine bırakıyordu. Ne var ki olay hakkında hiç laf etmiyordu. İki üç hafta sonra, bir akşamüstü tam evden çıkıyordum ki bana seslendi:

"Burada kalsan iyi olur Watson."

"Neden?"

"Bay Cubitt'i hatırlıyorsun değil mi? Bu sabah Hilton Cubitt'ten bir telgraf aldım. Hani şu 'Dans Eden Adamlar'ı getiren adam. Saat biri yirmi geçe Liverpool Sokağı'nda olacakmış. Her an buraya gelebilir. Telgrafından anladığım kadarıyla önemli bazı gelişmeler olmuş."

Çok geçmeden Norfolk'lu müşterimiz çıkageldi. Vakit kaybetmemek için istasyondan faytonla gelmişti. Kıpkırmızı gözleri ve kırışmış alnıyla endişeli ve üzgün görünüyordu.

"Bu iş sinirlerimi bozmaya başladı Bay Holmes," dedi, bitkin halde bir koltuğa çöktükten sonra. "Sizinle ilgili planları olan görünmez insanların çevrenizde dolaştığını bilmek yetmezmiş gibi, karınızın günden güne eriyip bittiğini izlemek de dayanılacak gibi değil. Size tekrar söylüyorum karım, günbegün gözlerimin önünde ölüyor."

"Bu arada kendisi size herhangi bir şey söylemedi mi?"

"Hayır Bay Holmes, tek kelime söylemedi. Zavallıcığın konuşmak istediği zamanlar oldu ama gerekli cesareti toplayamadı sanırım. Ona yardım etmeye çalıştıysam da galiba biraz beceriksizce davranarak korkuttum onu. Yine köklü ailemi, bölgede sahip olduğumuz ünü ve leke sürülmemiş onurumuzu anlatıp durdu ama bütün umutlarıma rağmen sonunda lafı bir yere bağlamaktan vazgeçti."

"Siz kendi gayretinizle bir şeyler buldunuz mu?"

"Epeyce Bay Holmes. Önce şu 'Dans Eden Adamlar'dan birkaç resim gördüm ama daha önemlisi bunları çizen adamı gördüm."

"Kimi? Şu şekilleri çizen adamı mı?"

"Evet bu şekilleri çizerken gördüm onu. İzin verin de her şeyi sırasıyla anlatayım. İlk kez sizi ziyaret ettiğim sabah, eve döner dönmez yeni resimlerle karşılaştım. Ön pencerelere bakan samanlığın ahşap kapısına tebeşirle çizilmişlerdi. Bunların bir kopyasını çıkardım, işte buyurun."

Bir kâğıdı açarak masaya yaydı.

"Mükemmel," dedi Holmes. "Gerçekten tam çizmişsiniz. Lütfen devam edin."

"Kopyasını çıkardıktan sonra kapıdaki şekilleri sildim ama ertesi sabah yeni şekiller gördüm. Onların da kopyasını çıkardım."

Holmes ellerini ovuşturarak keyifle kıkırdadı.

"İpuçları artıyor; ilerliyoruz, Bay Cubitt; epey ilerliyoruz," dedi.

"Aradan üç gün geçti; güneş saatinin üstünde, rüzgârdan uçmasın diye bir taşın altına sıkıştırılmış şu kâğıdı buldum. İşte o da burada. Gördüğünüz gibi karakterler öncekilerle aynı. Neyse, ondan sonra pusu kurmaya karar verdim. Tabancamı çıkardım ve hem bahçeyi hem de bahçeyi çeviren parmaklığı görebilen çalışma odamda beklemeye koyuldum. Sabah saat iki civarında pencereden, ay ışığıyla aydınlanmış bahçeyi izliyordum ki arkamda ayak sesleri duydum. Dönüp baktığımda geceliğiyle karımı gördüm. Yatağa gelmem için yalvarıp yakardı. Bunun üzerine ben bu anlamsız oyuna son vermek amacıyla bu saçma resimleri çizenin kim olduğunu öğrenmek niyetinde olduğumu söyledim ona. Karım bunun aptalca bir eşek şakası olduğunu ve üzerinde durmaya değmeyeceğini ileri sürdü.

'Ama eğer bu iş seni rahatsız ediyorsa Hilton, bundan kurtulmak için bir süreliğine uzaklara gidebiliriz,' dedi.

'Ne?' diye bağırdım. 'Bir eşek şakası için evimizden mi ayrılalım yani? Olacak şey değil, bütün kasaba arkamızdan güler.'

'Nasıl istersen, ama şimdi artık yatağa gel,' dedi usulca. 'Bunları yarın sabah konuşuruz.'"

Birdenbire, o konuşurken ay ışığında, zaten beyaz olan yüzünün bembeyaz kesildiğini gördüm; omzumdaki eli de kasılmıştı. Bahçedeki samanlığın önünde bir gölge kımıldamıştı. İri cüsseli karanlık bir siluetin köşeyi dönerek samanlığın kapısının önünde durduğunu gördüm. Tam silahıma sarılmış dışarı atılıyordum ki karım kollarıyla boynuma sarılarak kendinden beklenmeyen bir güçle bana engel oldu. Ondan kurtulmak için çabalamama rağmen beni vargücüyle kendine çekti. Sonunda bu mengeneden sıyrılmayı başardım ama kapıyı açıp dışarı çıkana kadar o herif de sıvışıvermişti. Ama arkasında izini yine bırakmıştı tabii. Kapının üstünde, daha önce de iki kez gördüğüm 'Dans Eden Adamlar'ı görebiliyordum. Her yere bakmama rağmen adamdan eser yoktu. İşin ilginç yanı, bütün bu zaman boyunca yakın bir yerde saklanmış olmalıydı çünkü ertesi sabah yine samanlığa gittiğimde kapıya bazı yeni şekilleri daha çizmiş olduğunu fark ettim."

"Onların da kopyasını çıkardınız mı?"

"Evet, bu defaki çok kısaydı. İşte burada."

Bir kâğıt daha çıkardı. Yeni şekilleri gösterdi.

"Söyleyin bana," dedi Holmes, gözlerinden ne kadar heyecanlandığı anlaşılıyordu. "Bu, ilk çizilen resimlerin devamı mıydı, yoksa ayrı bir yazı gibi mi gözüküyordu?"

"Düşüneyim biraz... Bu işaretlerin aynısının öbür kapıda da olduğundan eminim."

"Mükemmel! Sanırım şimdiye kadar edindiğimiz en önemli bilgi bu. Şimdi umutlanmaya başladım işte. Pekâlâ Bay Hilton Cubitt, lütfen bu ilginç hikâyenize devam edin."

"Söyleyeceğim başka bir şey yok Bay Holmes. Yani gece o alçağı yakalamama engel olduğu için karıma ne kadar sinirlendiğimi saymazsak. Başıma bir şey gelmesinden korktuğunu söyledi. Ama ben bir an için bana değil de o adama zarar gelmesinden korktuğunu düşündüm. Herhalde bu adamın kim olduğunu ve bu garip 'Dans Eden Adamlar'ın ne anlama geldiğini biliyordu. Ne var ki, karımın ses tonuyla gözlerindeki bakış bütün şüphelerimi alıp götürdü Bay Holmes. Asıl düşündüğünün benim güvenliğim olduğuna eminim şimdi. İşte hepsi bu. Şimdi ne yapmalıyım? Bana kalırsa, çalılıklara bir sürü adamımı yerleştirip o alçak geldiğinde dersini vermelerini isteyebilirim. Sonra sonsuza kadar huzura kavuşmak en iyisi olacak."

"Korkarım, öyle basit çarelere başvurulmayacak kadar ciddi bir vaka bu," dedi Holmes. "Londra'da daha ne kadar kalabilirsiniz?"

"Bugün dönmem gerekiyor. Karımı gece asla yalnız bırakamam. Sinirleri çok bozuk ve hemen geri gelmem için yalvardı."

"Sanırım haklısınız. Biraz bekleyebilseydiniz bir iki gün içinde birlikte de dönebilirdik. Neyse, bu kâğıtları burada bırakın; sanırım çok geçmeden ziyaretinize gelip şu üzücü meseleyi açıklığa kavuşturabilirim."

Sherlock Holmes ziyaretçimiz gidene kadar meslek icabı sessizliğini korudu ama onu çok iyi tanıdığım için ne kadar heyecanlı olduğunu görebiliyordum. Hilton Cubitt, iri yarı gövdesiyle kapıdan çıkar çıkmaz Holmes masaya koştu, dans eden adamların olduğu bütün kâğıtları önüne dizdi ve kendince hararetli bir incelemeye girişti.

İki saat boyunca sayfalar dolusu şekiller ve harfler çizip durdu. Kendini o kadar kaptırmıştı ki benim odadaki varlığımı tamamıyla unuttuğundan eminim. Arada bir fırsat buldu mu, ya keyifle ıslık çalıyor ya bir şarkı mırıldanıyor ya da alnını kırıştırıp kaşlarını çatarak, boş gözlerle uzun düşüncelere dalıp gidiyordu. Sonunda bir zafer çığlığıyla sandalyeden fırladı ve ellerini ovuşturarak odada bir ileri bir geri yürümeye başladı. Bir telgraf yazmaya koyuldu.

"Eğer beklediğim cevap gelirse koleksiyonuna güzel bir vaka daha ekleyebilirsin Watson," dedi. "Sanırım yarın Norfolk'a gidip birkaç kesin delil sunabiliriz dostumuza."

Açıkçası meraktan çatlamaya başlamıştım ama Holmes'u iyi tanıdığım için şimdi soracağım soruların canını sıkacağını biliyordum; ayrıca bir meselenin akıl almaz çözümünü açıklamak için beklemesini severdi. Bu yüzden sabrını taşırmamaya karar verdim.

Ne var ki cevabın gelmesi gecikti ve sabırsızlıkla dolu iki gün geçti. Holmes bu süre zarfında kapının her çalışına kulak kabarttı. Nihayet ikinci günün akşamı Hilton Cubitt'ten bir mektup geldi. O sabah, her şey sakin geçmiş, sadece güneş saatinin dibine tebeşirle yeni figürler çizilmiş. Holmes şekillerin kopyasını içeren kâğıdı açtı ve bu tuhaf çizimleri birkaç dakika dikkatle inceledi. Derken şaşkınlık ve telaş ifade eden bir homurtuyla ayağa fırladı. Yüzü endişeyle gerilmişti.

"Bu mesele fazla uzadı," dedi. "Bu gece North Walsham'a giden bir tren var mı?"

Tarifeye baktım. Son tren az önce gitmişti.

"O zaman yarın sabah kahvaltımızı erkenden edip ilk trene atlarız," dedi Holmes. "Acilen orada bulunmamız şart. Ah! İşte beklediğimiz telgraf da geldi. Bir dakika Bayan Hudson; bir cevap gelebilir. Hayır, tam beklediğim gibi. Hilton Cubitt'i bir saat bile yalnız bırakamayız. Artık onun da gerçeği öğrenmesi lazım. Norfolk'lu beyefendi benzersiz ve tehlikeli bir tuzağa düşmüş durumda."

Gerçekten de öyle olduğu ortaya çıkacaktı. Başlangıçta gözüme çocukça ve komik görünen bu hikâyenin karanlık sonunu ne zaman aklımdan geçirsem, hep aynı korku ve heyecanı hissetmişimdir. Keşke okurlarıma mutlu bir son müjdeleyebilseydim, ama ne yazık ki gerçekleri bütün çıplaklığıyla gözler önüne sermek ve sonraki günlerde Riding Thorpe Malikânesi'ni bütün İngiltere'nin diline düşüren bu garip olaylar zincirini ayrıntılarına kadar olduğu gibi anlatmam şart.

North Walsham'a varır varmaz trenden indik, gideceğimiz yeri bir arabacıya sorarken istasyon memuru koşarak yanımıza yaklaştı.

"Londra'dan gelen dedektif sizsiniz değil mi?" diye sordu.

Holmes bu sorudan hoşlanmamışa benziyordu. "Bunu da nereden çıkardınız?"

"Çünkü Norwich'li Müfettiş Martin de az önce buraya geldi. Yoksa siz beklenen adli doktor musunuz? Fakat kadın ölmemiş, yani en son haber aldığımda ölmemişti. Acele ederseniz onu hâlâ kurtarabilirsiniz; sonunda darağacını boylayacak olsa bile."

Holmes endişeyle kaşlarını çatmıştı.

"Biz Riding Thorpe Malikânesi'ne gitmek istiyorduk," dedi, "ama olanlardan haberimiz yok."

"Korkunç bir olay," diye haykırdı görevli. "Vurulmuşlar; hem Bay Hilton Cubitt hem de karısı. Hizmetçilerin söylediğine göre, kadın önce kocasını sonra kendisini vurmuş. Adam ölmüş, kadın da her an ölebilir. Norfolk ilçesinin öyle eski ailelerinden biri... En eski ve en onurlu."

Holmes tek kelime söylemeden hemen bir fayton buldu ve yedi millik uzun yol boyunca ağzını bıçak açmadı. Onu nadiren böylesine çaresiz ve şaşkın görmüşümdür. Yolculuk boyunca huzursuzdu; sabah gazetelerini endişeyle karıştırdıktan sonra en kötü korkularının gerçekleştiğini görerek derin bir hüzne kapılmıştı. Koltuğunda arkasına yaslanıp acı veren düşüncelere daldı. Oysa çevremizde ilgi çekici çok şey vardı; İngiltere'ye özgü sakin ve benzersiz güzellikte bir araziden geçiyorduk. Seyrek olarak etrafa dağılmış birkaç küçük çiftlik evi bölgenin nüfusunu yansıtırken; yemyeşil, düzlük arazide nereye baksan gözüne çarpan kiliselerin sivri kuleleri, Doğu İngiltere'nin bütün görkemini ve refah seviyesini sergilemekteydi. Derken Norfolk sahilinin yeşil ucundan Alman Okyanusu'nun menekşe rengi kıyıları göründü. Sürücü, bir koruluktan yükselen kiremit ve ahşaptan iki eski çatıyı kırbacıyla göstererek, "İşte, burası Riding Thorpe Malikânesi," dedi.

Sütunların desteklediği giriş kapısına vardığımızda, evin önündeki çimlerin hemen yanında duran samanlığın siyah kapısını ve kaideye oturtulmuş güneş saatini gördüm. O an yeniden üzüntüye kapıldım.

Tek atlı bir faytondan ufak tefek bir adam hızla atlayarak yanımıza geldi; hareketleri canlı ve çevikti, bakışları cin gibiydi. Kendini Norfolk Emniyeti'nden Müfettiş Martin olarak tanıttı. Dostumun ismini duyduğunda hayretle irkildi.

"Akıl almaz bir şey, Bay Holmes, cinayet daha bu sabah saat üçte işlendi. Nasıl oluyor da siz Londra'dayken bunu duyup benimle aynı zamanda buraya geldiniz?"

"Böyle bir şeyin olacağını tahmin etmiştim ve bunu önleme umuduyla geldim."

"O halde bu vakada bizim bilmediğimiz önemli kanıtlarınız olmalı, zira herkes birbirlerine çok bağlı bir çift olduklarını söylüyor."

"Benim tek bildiğim 'Dans Eden Adamlar' olayı," dedi Holmes. "Fakat meseleyi size sonra anlatırım. Bu arada bu trajediyi önlemek için çok geç kaldığımıza göre, hiç değilse şu meseleyi çözmek için elimden geleni yapmak istiyorum. Soruşturmanıza beni de dahil ediyor musunuz, yoksa kendi başıma mı çalışayım?"

"Sizinle birlikte çalışmak benim için gurur kaynağı olur Bay Holmes," dedi müfettiş samimiyetle.

"O halde önce ifade almak, ardından da daha fazla vakit kaybetmeden olay yerini incelemek isterim."

Müfettiş Martin, dostumun kendi yöntemleriyle çalışmasına izin vermekle akıllılık etmişti; bu, Holmes için yeterliydi; tüm yapacağı, o ana kadar kanıtlanmış ipuçlarını not etmek olacaktı. Bu arada köy doktoru da çıkageldi; kır saçlı ihtiyar doktor, Bayan Hilton Cubitt'in yaralarının ağır olduğunu ama şimdilik hayati bir tehlikenin bulunmadığını belirtti. Kurşun beyninin ön kısmından geçmiş; kadının bilinci yerine gelinceye kadar uzun bir süre geçmesi gerekirmiş. Doktor, kadının kendi tarafından mı yoksa başkası tarafından mı vurulmuş olduğu sorusunu cevaplayamadı. Fakat merminin çok yakından ateşlendiğinin kesin olduğunu söyledi. Odada tek bir tabanca bulunmuştu ve onun da iki mermisi ateşlenmişti. Bay Hilton Cubitt kalbinden vurulmuştu. Silah yerde tam aralarında bulunmuştu ve şu ana kadar açıklanamayan bir nokta vardı: Adam karısını yaraladıktan sonra mı kendini vurmuştu yoksa kadın kocasını ölü bulduktan sonra mı intihara teşebbüs etmişti?

"Bay Cubitt yerinden oynatıldı mı?" diye sordu Holmes.

"Hanımefendi dışında hiçbir şeye dokunmadık. Kan kaybederken yerde yatmasına izin veremezdik."

"Ne kadar zaman beri buradasınız, doktor?"

"Sabahın dördünden beri."

"Sizden başka gelen oldu mu?"

"Evet, Müfettiş bey geldi."

"Herhangi bir şeye dokundunuz mu?"

"Hayır."

"Akıllıca hareket etmişsiniz. Peki, sizi kim çağırdı?"

"Hizmetçi kız Saunders."

"İmdat isteyen sadece o muydu?"

"O ve aşçı Bayan King."

"Onlar nerede şimdi?"

"Yanılmıyorsam mutfaktalar."

"O halde onların ifadelerini dinleyelim hemen."

Duvarları antika meşeyle kaplı, yüksek pencereli eski salon, bir soruşturma odasına dönüştürülmüştü. Holmes eski ve ağır koltuklardan birine oturdu; ince yüzünde tarif edilmez ifadelerle dolu gözleri alev alev yanıyordu. Gözlerinden, hayatını kurtaramadığı müşterisinin intikamını almak için her şeyini ortaya koymaya hazır olduğu okunuyordu. Müfettiş Martin, yaşlı köy doktoru, ben ve asık suratlı polis memuru, Holmes'un etrafında garip bir topluluk oluşturuyorduk.

İki kadın hizmetçi ifadelerini açıkça anlattı. Bir patlama sesiyle uyanmışlar, hemen ardından bir patlama sesi daha duymuşlardı. Odaları yan yana olduğu için Bayan King hemen Saunders'in yanına koşmuştu. Birlikte merdivenden aşağı koştuklarında çalışma odasının kapısının açık olduğunu ve içeride bir mumun yandığını görmüşler. Efendileri odanın ortasında yerde yüzükoyun yatıyormuş ölü olarak. Karısı ise başını duvara dayamış, pencerenin yanında yığılıp kalmış. Ağır yaralıymış ve yüzünün bir yanı kan içindeymiş. Hırıltılı nefes alıyormuş, fakat hiçbir şey söyleyemeyecek durumdaymış. Koridorla odada duman ve barut kokusu varmış. Tabii pencere içerden sürgülü olduğu için kapalıymış. Her iki kadın da bu noktada hemfikirdi. Hemen gidip doktor çağırıp polise haber vermişler, ardından da seyis ve yamağın yardımıyla yaralı hanımefendiyi odasına taşımışlar.

Karıkoca o akşam her zamanki gibi yataklarındaymış; hanımın üzerinde bir sabahlık, kocasında da pijamasının üzerine giymiş olduğu robdöşambrı varmış. Çalışma odasında hiçbir şeye dokunmamışlar. Bildikleri kadarıyla karıkoca arasında o güne kadar bir kez bile ne bir anlaşmazlık ne de kavga yaşanmış. Her zaman birbirlerine son derece bağlı bir çift olarak tanınırlarmış.

Hizmetçilerin ifadeleri ana hatlarıyla böyleydi. Müfettiş Martin'in sorusu üzerine, bütün kapıların içeriden kilitlenmiş olduğunu, dolayısıyla evden hiç kimsenin çıkamayacağını belirttiler. Holmes'un sorusuna karşılık olarak da üst kattaki odalarından çıktıkları anda keskin bir barut kokusu aldıklarını söylediler.

"Bu noktaya dikkatinizi çekmek istiyorum," dedi Holmes meslektaşına dönerek. "Şimdi sanırım odayı iyice bir gözden geçirmenin zamanı geldi."

Çalışma odası oldukça küçüktü, üç duvarı kitap dolu raflarla kaplıydı; dışarıdaki bahçeye bakan tek pencerenin önüne bir yazı masası konulmuştu. İçeri girer girmez gözümüze çarpan şey, iri cüssesiyle odanın ortasında yatmakta olan talihsiz ev sahibi oldu. Dağınık kıyafetlerinden, yataktan aceleyle fırlamış olduğu anlaşılıyordu. Kurşun önden ateşlenmiş ve kalbine girdikten sonra da içeride kalmıştı. En azından acı çekmeden anında ölüvermişti. Ne robdöşambrında, ne de ellerinde barut izine rastlandı. Doktorun ifadesine göre hanımefendinin yüzünde barut izi varmış ama ellerinde bir şey görememiş.

"İzler tam olmuş olsaydı iyiydi ama eksik oluşu da fazla bir şeyi değiştirmez," dedi Holmes. "Kurşun tabancaya iyi sürülmemiş ve ateş esnasında barut geriye doğru püskürmemişse, böyle bir silahla birden fazla ateş etseniz de hiçbirinin ardında barut izi kalmaz. Bay Cubitt'in cesedini artık kaldırabilirsiniz. Doktor, yanılmıyorsam Bayan Cubitt'i yaralayan kurşunu çıkarmadınız, öyle değil mi?"

"Hayır, bunun için ciddi bir ameliyat gerekiyor. Ama bakın, silahın yuvasında dört kurşun daha var. Demek ki ikisi ateşlenmiş ve iki yara açmış. Yani her kurşunun bir adresi var gibi görünüyor."

"Evet, öyle görünüyor," dedi Holmes. "Peki, şu pencerenin kenarına isabet eden kurşuna ne dersiniz?"

Holmes aniden donuverdi ve uzun, ince parmağıyla sürmeli pencerenin alt pervazındaki bit deliğini işaret etti.

"İnanılmaz bir şey!" diye atıldı müfettiş. "Nasıl oldu da o küçücük şeyi gördünüz?"

"Çünkü onu arıyordum."

"Harika!" dedi doktor. "Çok haklısınız bayım. O zaman üçüncü bir el ateş edilmiş olmalı; demek ki üçüncü bir kişi işin içindeydi. İyi ama kimdi bu ve nereye sıvıştı?"

"Çözmeye çalıştığımız mesele de bu." dedi Sherlock Holmes. "Hatırlıyor musunuz, Müfettiş Martin, hizmetçiler odalarından çıkar çıkmaz barut kokusu aldıklarını söylediklerinde, ben de bu noktaya dikkatinizi çekmiştim?"

"Evet, beyefendi, ama itiraf etmeliyim ki hâlâ bir şey anlayamadım."

"Bu, ateş edildiği sırada kapının da pencerenin de açık olduğunu getiriyor akla. Aksi takdirde barut kokusu eve o kadar çabuk yayılamazdı. Ancak odada hava akımı olması halinde çabuk yayılma gerçekleşebilir. Fakat şunu da söyleyebilirim ki her ikisi de sadece kısa bir an için açık durmuş."

"Bunu nereden biliyorsunuz?"

"Çünkü mum sönmemişti."

"Bravo!" diye bağırdı müfettiş. "Tek kelimeyle harika!"

"Pencerenin bu talihsiz olay sırasında açık olduğundan emin olduktan sonra o açıklıkta durup ateş eden üçüncü bir kişinin olabileceğini düşündüm. Bu kişi kesinlikle evin dışındaydı ve pencereden ateş etmişti. Odadan atılan bir kurşun varsa o da pencere pervazını zedelemiş olmalıydı. Onun için dikkatle baktım ve işte kurşun izi oradaydı."

"Peki, ama pencerenin daha sonra kapanmış ve içerden sürgülenmiş oluşunu nasıl açıklıyorsunuz?"

"Evin hanımı içgüdüsel olarak pencereyi kapatıp sürgülemiş olabilir. Fakat vay canına, bu da ne böyle?"

Çalışma masasının üstünde bir kadın çantası duruyordu; timsah derisi ve gümüşle işlenmiş zarif bir kadın çantası. Holmes çantayı hemen açıp içindekileri boşalttı. Kırmızı lastik bantla sarılı yirmi adet İngiliz banknotu.

"Bunun iyi saklanması gerekiyor çünkü mahkemede delil olarak kullanılacak," dedi Holmes, çantayı içindekilerle birlikte müfettişe teslim ederken. "Şimdi bakalım, ahşap odanın içinden atıldığı anlaşılan üçüncü kurşun hakkında neler öğrenebileceğiz! Aşçı Bayan King'le bir kere daha konuşmak istiyorum. Bayan King, demin büyük bir patlamayla uyandığınızı söylemiştiniz. Yani sizce bu, ikinciden daha mı gürültülü bir patlamaydı?"

"Evet, efendim. Aslında ben o gürültüyle uyandım ama tam kestiremeyeceğim. Bana daha gürültülü gibi geldi."

"Peki, aynı anda iki el ateş edilmiş olabilir mi sizce?"

"Emin olun, bu konuda hiçbir şey söyleyemem bayım."

"Ama bence aynı anda oldu. Neyse, bu olayla yeterince uğraştık. Burada daha fazla bir şey bulamayacağız. Bahçeyi görmek istiyorum, bakalım orada işimize yarayacak bir ipucu bulabilecek miyiz? İsterseniz siz de benimle gelin Müfettiş Bey."

Çalışma odasının pencere altında uzanan çiçek tarhını görünce hepimiz hayrete düştük: Çiçekler ezilmişti ve ıslak toprak ayak izleriyle doluydu. Sivri burunlu, büyük bir erkek ayakkabısına ait izler... Holmes çimenlerin ve yaprakların arasında, yaralı bir kuşu arayan bir av köpeği gibi dolanıp durdu. Sonra sevinçle haykırdı ve yerde bulduğu içi boş, pirinçten yapılmış bir kılıfı elinde tutarak bize gösterdi.

"Tam tahmin ettiğim gibi," diye mırıldandı, "üçüncü boş kovan da burada. Müfettiş Martin, sanırım araştırmamız sona erdi."

Holmes'un bu kadar seri ve ustaca yürüttüğü araştırma karşısında müfettiş hayret içindeydi. Başlarda konumu gereği otoritesini kaybetmemek için ciddi bir çehre takındıysa da, artık içinden gelen hayranlığa yenik düşmüş, Holmes'un gösterdiği her yere itiraz etmeden gitmeye hazırdı.

"Kimden şüpheleniyorsunuz?" diye sordu.

"Bu meseleye sonra gireceğim. Henüz size açıklayamadığım birkaç nokta daha var bu olayda. Bu kadar ilerlemişken yine kendi bildiğim gibi devam edeyim de sonra meseleyi bütün ayrıntılarıyla size anlatayım."

"Nasıl isterseniz Bay Holmes. Suçluyu enseleyelim de..."

"Hiçbir zaman esrara bürünmeyi sevmem, ama şu aşamada

uzun ve karmaşık açıklamalara girişmem imkânsız. Bütün ipuçları elimde. Hanımefendi hiçbir zaman kendine gelemese bile bu gece olanları açıklayıp adaletin yerine getirilmesini sağlayabileceğiz. Önce bir sorum var: Bu çevrede 'Elrige' adında bir pansiyon var mı?"

Hizmetçilere sorduk, ama kimse bu isimde bir yer duymuşa benzemiyordu. Olayı aydınlatan kişi seyis yamağı oldu, böyle bir adamdan bahsedildiğini duymuş. East Ruston tarafında, birkaç mil ötede bu isimde bir çiftçinin yaşadığını hatırladı.

"Issız bir yer midir bu çiftlik?"

"Kesinlikle, efendim."

"Belki de gece burada olanlardan haberleri olmamıştır daha, ne dersin?"

"Haklı olabilirsiniz, efendim."

Holmes bir süre düşündükten sonra yüzünde gizemli bir gülümseme belirdi.

"Bir at hazırla evlat," dedi. "Elrige çiftliğine bir haber götürmeni istiyorum."

Cebinden "Dans Eden Adamlar"ın çizildiği kâğıtları çıkardı ve hepsini önüne yayarak çalışma masasında bir süre uğraştı durdu. Sonunda bir mektup hazırlayarak çocuğa verdi. Yamağa, bu mektubu sadece üzerinde ismi yazılı kişiye ulaştırmasını ve kesinlikle hiçbir soruyu da cevaplandırmamasını sıkı sıkı tembih etti. Zarfın üstüne baktım; Holmes'un okunaklı el yazısına hiç benzemeyen düzensiz, kargacık burgacık harfler gördüm. Adres şöyleydi: "Bay, Abe Slaney, Elrige Çiftliği, East Ruston, Norfolk."

"Düşündüklerim doğru çıkarsa, bana kalırsa Müfettiş," diye söze girdi Holmes, "hemen bir telgraf çekerek, destek için birkaç polis memuru isteseniz iyi olur, bugün çok tehlikeli bir adamı hapse tıkacağız demektir.

Eminim ki mektubu götüren çocuk yolda telgrafınızı da çekebilir. Öğleden sonra saat ikide tren varsa ona bineriz, Watson. Biliyorsun, bitirmek istediğim çok ilginç bir kimya deneyim var. Bu soruşturma da çok geçmeden çözüme kavuşmuş olacak."

Çocuk mektupla birlikte gider gitmez Sherlock Holmes hizmetçilere bazı talimatlar verdi. Bayan Hilton Cubitt için bir ziyaretçi gelecek olursa, hanımefendinin sağlık durumu hakkında bilgi verilmeden ziyaretçiyi hemen oturma odasına alacaklardı. Holmes bunları son derece ciddi bir şekilde, üzerine basarak söylemişti. Sonunda bizi oturma odasında topladı ve artık beklemekten başka yapabileceğimiz bir şeyin kalmadığını, bu arada zamanımızı en iyi şekilde değerlendirmemiz gerektiğini söyledi. Doktor bizden ayrılıp hastalarına döndü. Holmes'un yanında artık sadece müfettiş ve ben kalmıştık.

"Sanırım şu önümüzdeki bir saati ilginç ve yararlı bir şekilde geçirmemizi sağlayabilirim." dedi Holmes, sandalyesini masaya çekip "Dans Eden Adamlar"ın çizili olduğu kâğıtları masaya yayarak. "Sana gelince Watson, yoğun merakına rağmen bunca zamandır göstermiş olduğun sabırdan dolayı sana teşekkür borçluyum. Sizse Müfettiş Bey, bu cinayet olayı nedeniyle ilginç bir araştırmaya şahit olacaksınız. Neyse, önce size Bay Hilton Cubitt'le Baker Sokağı'ndaki görüşmelerimizden çıkan ilginç sonuçlardan bahsedeyim."

Holmes, Bay Cubitt'le yapmış olduğumuz konuşmaları kısaca özetledikten sonra sözlerine şöyle devam etti.

"Burada yaşanan korkunç trajedinin habercileri oldukları bilinmese, şu anda önümde duran bu garip şekiller insana gülünç gelebilir. Her türlü gizli yazıya aşina olmama, hatta bu tema üzerine yazdığım bir kitapta, yüz altmış ayrı şifreyi analiz etmeme rağmen, bu yazının bana da tamamen yabancı geldiğini itiraf etmeliyim. Bu yazıyı yazan kişinin amacı, karakterlerin bir mesaj gizlediğinin anlaşılmaması ve sadece basit çocuk şekilleri olduğu izleniminin verilmesi olmalı.

"Ne zaman ki bu sembollerin alfabenin çeşitli harflerine karşılık geldiğini anladıktan ve diğer bütün gizli yazı şekillerinde geçerli olan kuralları uyguladıktan sonra çözümün basit olduğu ortaya çıktı. Gözüme ilk çarpan işaret o kadar kısaydı ki sembolünün 'E'ye karşılık geldiğini tespit ettim. Siz de bilirsiniz, 'E' İngiliz alfabesinin en çok kullanan harfidir, bazen kısa bir cümlede bile pek çok kere tekrarlanır. İlk mesajdaki on beş figürden dördü aynı olduğu için bu sembolü E olarak kabul etmek mantıklı görünüyordu. Ama bu E'lerden bazısı bayraklı, bazısı da bayraksızdı; bayrakların dağılımına bakarak bu şekillerin, kelime gruplarının ayrılmasında kullanıldığı sonucuna vardım. Cümleyi kelimelere böldükleri sonucunu çıkarmak mümkündü.

Ama çalışmanın en zor kısmı yeni başlıyordu. Çünkü E'den sonra hangi harfin en sık geçtiğine karar vermek o kadar kolay değildir. Diğer harflerin dağılımı çok düzenli değildir. Bir sayfalık herhangi bir yazıdaki bir düzen, kısa bir cümlede geçerli olmayabilir. Genelde en fazla rastlanan harfler şöyle bir sıra oluşturuyordu: T, A, O, I, N, S, H, R, D, L. Ama T, A, O ve I öyle yakın sıklıkta geçen harflerdi ki anlamlı bir parça bulana kadar her bir kombinasyonu denemek, iğneyle kuyu kazmaya benziyordu. Bu yüzden elime yeni ipuçları geçmesini bekledim. Bay Hilton Cubitt'le ikinci görüşmemizde bana iki kısa kopya ve arada bayrak olmadığı için tek bir kelime olduğunu tahmin ettiğim bir not daha verdi. Şu resimlere bir bakın! Şimdi elimdeki beş harflik kelimede ikinci ve dördüncü harfin E olduğunu kabul edebilirdim. Bu kelime 'SEVER,' 'LEVER,' ya da 'NEVER'[1] olabilirdi. Bu bir uyarı veya tehdit mektubuysa, son ihtimal en akla yatkın geleniydi. Olayların akışına bakılırsa bu, olsa olsa Bayan Cubitt'in verebileceği bir cevaptı. Bunu doğru kabul ettiğimizde, artık şu sembollerin, sırayla N, V ve R harflerine karşılık geldiğini çıkarabilirdik.

Bu noktada bile işimiz hiç kolay değildi tabii, ama aklıma gelen bir fikir sayesinde birkaç harf daha bulabildim. Eğer bu mesajlar, hanımefendinin daha önce tanıdığı birinden gelmişse, o zaman iki E arasına sıkışmış diğer üç harfin 'ELSIE' ismini oluşturabileceğini fark ettim. Kâğıtları dikkatle incelediğimde böyle bir kombinasyonun, üç kez tekrarlanan bir mesajın sonunda yer aldığını gördüm. Mesajda Bayan Elsie'den bir şey istendiği kesindi. Böylece L, S ve I harflerinin karşılığı olan şekilleri ortaya çıkarmıştım. Peki, ama mesajın içeriği neydi? 'Elsie'den önce gelen kelime dört harften oluşuyordu ve son harfi E idi. Bunun da 'COME'[2] olması gerektiğini düşündüm. Sonu E ile biten diğer bütün dört harflik kelimeleri denedim ama hiçbiri vakamıza uymuyordu. Böylece C, O ve M harflerinin şekillerini de bulmuştum. Bunun üzerine ilk mesajı yeniden inceledim. Bayraklı şekillere bakarak kelimeleri birbirinden ayırdıktan sonra, esrarını çözdüğüm figürlere karşılık gelen harfleri yerlerine yerleştirdim. Ortaya şöyle bir sonuç çıktı:

[1] İngilizcede: Sever: ayrılmak; Lever: kaldıraç; Never: asla. (ç.n.)

[2] İngilizcede: Gel. (ç.n.)

'.M.ERE..ESL.NE.'

İlk harf sadece ve sadece A olabilirdi. A harfi kısa cümlede üç kez daha tekrarlandığı için önemli bir buluştu bu.

İkinci kelimenin baş harfinin ise H olduğu belliydi. Böylece mesajın yeni hali şöyle olmuştu:

'AM HERE A. E SLANE .'

Boşlukları doldurduktan sonra karşıma şu cümle çıkıyordu:

'AM HERE ABE SLANEY', yani 'Ben Abe Slaney, buradayım.' Böylece elimde yeteri kadar harf olduğu için ikinci mesajın çözümüne rahatlıkla geçebilirdim. O da son haliyle şöyleydi:

'A. ELRI-ES.'

Burada boşluklara T ve G harflerini yerleştirdiğimde yukarıdaki kelimeden bir anlam çıkarabiliyordum. Bu, mesajı yazan kişinin kaldığı bir pansiyon ya da çiftlik olabilirdi."

Dostumun bu ayrıntılı ve makul açıklamalarını Müfettiş Martin'le beraber son derece dikkatle dinlemiştik. Birçok nokta yavaş yavaş aydınlanıyordu.

"Peki, sonra ne yaptınız efendim?" diye sordu müfettiş.

"Şu Abe Slaney olsa olsa Amerikalıydı. Çünkü Abe Amerika'da çok kullanılan bir isimdir; bütün bu mesele Amerika'dan Bayan Cubitt'e gönderilen ilk mektupla başlamıştı. Ayrıca işin içinde bir bityeniği olduğunu düşünmek için de birçok nedenim vardı. Hanımefendinin, geçmişiyle ilgili dolaylı sözleri ve bunları kocasıyla paylaşmaktan kaçınması hep benim düşüncemi destekliyordu. Bunun üzerine kendisi de zaman zaman benim

Londra'daki yeraltı cinayet şebekesiyle ilgili bilgilerimden yararlanmış olan, New York Emniyet Müdürlüğü'nden dostum Wilson Hargreave'e bir telgraf çektim. Abe Slaney isminin kendisine tanıdık gelip gelmediğini sordum. Şöyle bir cevap gönderdi: 'Chicago'nun en tehlikeli dolandırıcısı.' Bu cevabı aldığım akşam Hilton Cubitt de Slaney'den gelen son mesajı göndermişti bana. Artık bildiğim figürleri yerlerine koyduğumda şöyle bir sonuç çıkıyordu:

" 'ELSİE . RE . ARE TO MEET THY GO .'

"Boş olan yerlere P ve D harflerini koyduğumda o alçak herifin takipten vazgeçip tehdide başladığını anladım: 'Elsie, prepare to meet thy God.' Bunun anlamı şuydu: 'Elsie, Tanrı'nın huzuruna çıkmaya hazır ol.' Ayrıca Chicagolu dolandırıcıları iyi tanıdığım için bu herifin de söylediğini yapacağından korkuyordum. Bunun üzerine dostum ve meslektaşım Dr. Watson'la hemen Norfolk'a geldik ama ne yazık ki geç kalmıştık, korktuğum başıma gelmişti."

"Bu vakada sizinle birlikte çalışma şerefine erdiğim için gerçekten mutluyum," dedi müfettiş samimi bir şekilde. "Fakat yine de sizinle açık konuşmam gerekiyor. Siz kimseye hesap vermek zorunda değilsiniz, ama ben her şeyi amirlerime açıklamakla yükümlüyüm. Eğer katil gerçekten de Elrige çiftliğinde yaşayan bu Abe Slaney ise ve ben burada oyalanırken kaçmayı başarırsa başım büyük derde girer."

"O konuda rahat olabilirsiniz, bir yere gidemez."

"Bunu nereden biliyorsunuz?"

"Kaçarsa suçunu itiraf etmiş olur."

"O zaman gidip kendisini tutuklayalım."

"Zahmete değmez. Biraz sonra kendi ayağıyla çıkıp gelecek."

"İyi ama neden gelsin ki?"

"Çünkü yazıp gelmesini rica ettim."

"Nasıl olur Bay Holmes? Sırf siz istediniz diye neden gelsin ki? Böyle bir istek şüphe uyandırıp kaçmasına neden olmaz mı?"

"Sanırım mesajda bunu belli etmemeyi başardım," dedi Sherlock Holmes istifini bozmadan. "Yanılmıyorsam geldi bile."

Sahiden de dış kapıya doğru bir adam yaklaşıyordu. Uzun boylu, iriyarı, esmer, yakışıklı bir adamdı. Üstünde gri bir takım elbise, kafasında Panama şapkası vardı. Siyah sakalları, kocaman, kıvrık bir burnu ve elinde de bir bastonu vardı. Yürürken bastonu kesik kesik, dairevi hareketler yaptırıyordu. Kendi evindeymiş gibi yürüyordu. Çok geçmeden zili kuvvetle çaldı.

"Baylar, sanırım kapının arkasında saklanmamızın zamanı geldi," dedi Holmes. "Bu tip heriflere karşı çok dikkatli olmak gerekir. Siz kelepçeleri hazırlayın Müfettiş Bey. Konuşma işini ben hallederim."

Bir dakika sessizce bekledik... İnsanın asla unutamayacağı cinsten bir dakika. Sonra kapı açıldı ve adam içeri girdi. Aynı anda Holmes hemen atılarak adamın şakağına silahını dayadı. Müfettiş Martin de kelepçeleri takıverdi. Bütün bunlar o kadar hızlı ve ustaca yapılmıştı ki adam daha ne olduğunu bile anlamadan kıskıvrak yakalanmıştı. Öfke dolu kara gözleriyle hepimizi süzdü. Sonra da acı bir kahkaha patlattı.

"Evet beyler bu sefer beni yakaladınız galiba. Sert kayaya

çarptım. Ama ben buraya Bayan Hilton Cubitt'in mektubuna cevaben gelmiştim. Onun da bu işin içinde olduğunu söylemeyin sakın? Bu tuzağı o hazırlatmış olamaz. Buna inanır mıyım sanıyorsunuz? O kadar enayi değilim."

"Bayan Hilton Cubitt ağır yaralı olarak ölüm döşeğinde yatıyor."

Adam bütün evi kaplayan acı dolu bir çığlık attı.

"Siz delirmişsiniz!" diye bağırdı şiddetle. "Kurşun kocasına rastladı, ona değil. Kim Elsie'ciğe kötü bir şey yapabilir ki? Onu tehdit etmiş olabilirim ama Tanrı şahidimdir, onun kılına bile dokunamam. Sözünüzü geri alın hemen! Bana yaralı olmadığını söyleyin!"

"Ölü kocasının yanında ağır yaralı halde bulduk kendisini."

Adam acı bir inlemeyle koltuğa yığıldı ve yüzünü ellerinin arasına aldı. Beş dakika sessizce oturdu ve sonra yüzünü kaldırarak çaresizlik içinde soğukkanlılıkla konuşmaya başladı.

"Sizden saklayacak hiçbir şeyim yok, beyler," dedi. "Ben adama ateş ettiysem cinayet kastım yoktu; aksine kendimi korudum. Önce o ateş etti. Ama Elsie'ye zarar verdiğimi düşünüyorsanız, o zaman ne onu tanıyorsunuz ne de beni. İnanın bana, dünya üstünde hiç kimse bu kadını benim sevdiğim kadar sevemez. O benim olmalıydı! Kendisini yıllar önce bana sözlemişlerdi. Sonradan ortaya çıkan o İngiliz de kim oluyordu? Dediğim gibi, o kız benim hakkımdı! Ve ben sadece hakkımı arıyordum."

"Ama sonra nasıl biri olduğunuzu öğrenince sizden ayrıldı," dedi Holmes istifini bozmadan. "Sizden kurtulmak için Amerika'dan kaçtı ve İngiltere'de saygın bir beyefendiyle evlendi. Sizse onun peşine düştünüz, nereye gittiyse arkasından geldiniz ve hayatı zindan ettiniz ona. Çılgınca sevdiği ve saygı duyduğu kocasını terk edip size dönmesini istiyordunuz; oysa ki o, sizden korkuyor ve nefret ediyordu. Sonunda soylu ve namuslu bir adamın ölümüne sebep oldunuz, karısını da intihara sürüklediniz. İşte yaptıklarınızın bilançosu Bay Abe Slaney; bunun için kanun önünde hesap vereceksiniz."

"Eğer Elsie ölürse hiçbir şey umurumda olmaz," dedi Amerikalı. Bir elini açarak avucunun içindeki kırışmış kâğıt parçasını gösterdi. "Bakın bayım," diye atıldı, gözlerinde şüphe pırıltısıyla, "Beni kandıramazsınız! Eğer Bayan Cubitt'in durumu dediğiniz kadar kötüyse bu mektubu kim yazdı?" Notu masaya attı.

"Ben yazdım; sizi buraya getirmek için."

"Siz mi yazdınız? Ama dünya üzerinde hiç kimse bilemez 'Dans Eden Adamlar'ın sırrını; 'yeminli kişi'nin dışında. Siz nasıl bilebilirsiniz?"

"Biri bir düğümü nasıl atıyorsa bir diğeri çözebilir," dedi Holmes. "Az sonra araba gelecek ve sizi Norvvich'e götürecek Bay Slaney. Bu arada onu beklerken sebep olduğunuz haksızlığı bir nebze düzeltmeye yetecek kadar zamanınız olacak. Bayan Hilton Cubitt'in, kocasını öldürmekle suçlandığını ve ben burada olup gerekli bilgileri toplama şansını elde edemesem hanımefendinin bu suçlamalardan kurtulamayacağını biliyor musunuz? Sizin şimdi tek yapacağınız şey, Bayan Cubitt'in, kocasının ölümüyle yakından veya uzaktan hiçbir ilgisi olmadığını bütün dünyaya açıklamak."

"Ben de bunu istiyorum zaten," dedi Amerikalı. "Bu durumda en iyisi, yalın gerçeği itiraf etmek."

"Bundan böyle söyleyeceğiniz her kelimenin mahkemede aleyhinize delil olarak kullanılacağını belirtmek zorundayım," diye atıldı Müfettiş, İngiliz adaletinin sadık bir temsilcisi olarak.

Slaney omuzlarını silkti.

"Ne olursa olsun!" dedi. "Öncelikle baylar, bu kadını çocukluğundan beri tanıdığımı söylemek istiyorum. O zamanlar biz Chicago'da yedi kişilik bir çeteydik ve Elsie'nin babası da bizim reisimizdi. Emektar Patrick! Akıllı bir adamdı. İşin sırrını bilmeseniz, bir çocuğun karalamalarına benzeteceğiniz bu şifreli yazıyı bulan da oydu. Neyse, Elsie bizim çevirdiğimiz dalaverelerin farkına vardı; kendisi hiçbir zaman bu işlerle ilgilenmek istemezdi. Tek amacı namusuyla iyi-kötü biraz para biriktirmekti; bu parayla bizi terk edip Londra'ya kaçtı. Oysa benimle nişanlıydı ve belki başka bir işim olsaydı benimle evlenecekti de. Ama yaptıklarımızla en ufak bir alakasının olmasını istemiyordu. Ancak bu İngilizle evlendikten sonra öğrenebildim nerede olduğunu. Ona yazdım ama cevap gelmedi. Sonunda ben de kalkıp buraya geldim. Baktım ki kendisine yazdığım mektuplar işe yaramıyor, diğer yolu seçtim; onun okuyabileceği yerlere dans eden figürlerle mesaj bırakmaya başladım.

"Yaklaşık bir aydır buradayım. O çiftlikte en alt katta bir oda kiraladığım için her gece, kimsenin haberi olmadan dışarı çıkabiliyordum. Elsie'yi benimle birlikte gelmeye ikna etmek için elimden geleni yaptım. Gönderdiğim mesajları okuduğunu biliyordum çünkü bir keresinde o da aynı yazıyla bana cevap verdi. Sonunda sabrım tükendi ve onu tehdit etmeye başladım.

Bunun üzerine bana bir mektup gönderdi; buralardan gitmem için yalvarıyordu. Kocasının adı bir skandala bulaşırsa üzüntüden kahrolacağını söylüyordu. Eğer sonrasında kendisini rahat bırakmayı kabul edersem sabah üçte, kocası uyuduktan sonra, aşağıya inecek, köşedeki pencere önünde benimle buluşup konuşacaktı. Neyse o gece pencerenin altında buluştuk ve gitmem için rüşvet olarak para teklif etti. İşte beni çılgına çeviren de bu oldu. Kolundan tutup pencereden dışarı çekmeye çalıştım. Ama tam o anda kocası, elinde tabancayla çıkageldi. Elsie yere düşünce adamla yüz yüze geldik. Kızgınlıktan titriyordum; kendimi aşağılanmış hissediyordum. Ben de tabancamı üzerine doğrulttum. Niyetim onu korkutup kaçırmaktı. Fakat o ateş etti ama ıskaladı. Ben de aşağı yukarı aynı anda tetiğe bastım ve adam yere düştü. Bahçeden nasıl geldiysem yine öyle sıvıştım. Giderken pencerenin arkamdan kapandığını duydum. İşte gerçek bu baylar, hem de kelimesi kelimesine, yemin ederim! Ondan sonra olan bitenlerden hiçbir haberim yoktu; ta ki şu genç bana bu akşam mektubunuzu getirene kadar. Okur okumaz deliler gibi koşup buraya geldim ve kafesinize girdim."

Amerikalı konuşurken bir araba yaklaşmıştı. İçinde üniformalı iki polis oturuyordu. Müfettiş Martin ayağa kalkarak suçlunun omzuna dokundu.

"Gitme zamanımız geldi."

"Onu bir kez daha görebilir miyim?"

"Üzgünüm ama hanımefendi kendinde değil," diyen müfettiş Holmes'a dönerek vedalaştı. "Bay Sherlock Holmes, bir gün yine böyle ilginç bir cinayette sizinle birlikte çalışma fırsatına sahip olmayı umuyorum."

Pencereye yanaşıp arabanın gidişini izledik. Arkamı dönünce, gözüm, adamın masanın üstüne attığı buruşuk kâğıda takıldı. Bu, Holmes'un, onu ayağına kadar getirmek için yazmış olduğu mektuptu.

"Bakalım okuyabilecek misin Watson?" dedi gülümseyerek. Kâğıtta tek bir kelime yoktu; onun yerine bir sıra "Dans Eden Adamlar".

"Anlattığım anahtarı kullanırsan," dedi Holmes, "yazılan şeyin, COME HERE AT ONCE olduğunu görebilirsin.

Yani 'Çabuk buraya gel!' anlamına geliyor. Adamın bunu okur okumaz bu çağrıyı reddetmeyeceğinden emindim, çünkü bu yazıyı yaza yazsa ancak Bayan Cubitt yazabilirdi. İşte dostum Watson, şimdiye kadar kötü amaçlı kullanılan 'Dans Eden Adamlar'ı ilk kez iyi bir şey için kullandık. Neyse, sanırım koleksiyonuna sıra dışı bir olay ekleme sözümü de tutmuş oldum böylece. Trenimiz üç kırkta kalkıyor. Herhalde akşam yemeğini Baker Sokağı'nda yeriz."

Hikâyeyi bitirmeden söylenecek son bir söz daha var. Amerikalı Abe Slaney, Norvich mahkemelerinde ölüm cezasına çarptırıldı, ama ilk ateş edenin Hilton Cubitt olması gibi hafifletici nedenler sayesinde cezası ömür boyu hapse çevrildi. Bayan Hilton Cubitt hakkında sadece kulağıma gelenleri yazıyorum. Kendisi tamamen iyileşmiş ama bir daha hiç evlenmemiş. Hayatını hayır işlerine ve kocasının malikânesinin idaresine adamış.

Gümüş Şimşek

Bugün ki kahvaltımız henüz bitmişti ki, Holmes, "Sanırım gitmem gerekiyor, Watson," dedi.

"Gitmek mi! Nereye?"

"King's Pyland, Dartmoor'a."

Gerçekte bu cevaba hiç şaşırmamıştım. Çünkü ben de, tüm İngiltere'yi sarsan bu olaya nasıl oldu da Holmes hâlâ dahil olmadı diye içten içe merak ediyordum. Zaten dün, gün boyunca kaşları çatık bir şekilde, ardı ardına yaktığı en sert tütünlerle piposunu ağzından hiç bırakmamış arada bir de odada volta atarak böyle durumlarda hep yaptığı gibi bütün sorularımı ve konuşma çabalarımı görmezden gelmişti. zamanının neredeyse tamamını kendi düşünceleriyle yalnız kalarak geçirmiş. Günlük gazetelereşöyle bir üstün körü baktıktan sonra kenara atmıştı. O, her ne kadar sessizliğini korusa da ben aklından nelerin geçtiğini aslında çok iyi tahmin edebiliyordum. Onun dedektiflikteki şöhretine meydan okuyabilecek tek bir olay vardı; o da Wessex Kupası'nın favori atının kayboluşu ve seyisinin ani ölümüydü. Bu yüzden, olay yerine gitmek istediğini söylediği zaman hiç şaşırmadım.

"Aslına bakarsan ben de seninle gelmeyi çok istiyorum ama buna gerek olup olmadığına karar veremiyorum şu anda," dedim.

"Sevgili Watson, gelmekle bana büyük bir iyilik yapmış

olursun. Ve sanırım zamanını da boşuna harcamış olmayacaksın çünkü bu olayın daha önce yaşanmış eşi benzeri olduğunu hiç sanmıyorum. Acele edersek trene yetişebiliriz. Sana her şeyi yolda anlatırım. Çıkmadan dürbününü de yanına alırsan sevinirim."

Bir saat sonra, Exeter'e giden bir trenin birinci sınıf vagonunda bulduk kendimizi. Sherlock Holmes, bir süre Paddington'daki büfeden aldığı gazeteleri okudu. Okumayı bitirdikten sonra, son gazeteyi de koltuğun altına sıkıştırarak puro kutusunu uzattı bana.

Havalandırma boşluğunda pipo içerken saatine bir baktı ve "Her şey yolunda," dedi. "Şu anda, saatte elli üç buçuk mille gidiyoruz."

"Ben çeyrek mil işaretlerini görmedim," dedim.

"Ben de görmedim. Ama bu telgraf hattı direklerinin altmış metre aralıklarla dikildiğini düşünürsek, bu hesaba ulaşıyoruz. John Straker cinayeti ve Gümüş Şimşek'in kayboluşu hakkında söylenenleri duymuşsundur değil mi? "

"Telegraph ve The Chronicle 'da okuduğum kadarıyla."

"Bu o kadar tuhaf bir dosya ki Watson, yapılması gereken, yeni delil bulmaktan çok zaten ellerinde olan eski delilleri elemek olacak. Cinayetin eşi benzerinin daha önce görülmemesi ve etkilediği insan sayısının hayli çok olması fazla miktarda tahmin ve komplo teorisinin ortaya atılmasına sebep olmuş. Beni düşündüren işin zor kısmı ise gerçeklerle bu teorisyenlerin ve gazetecilerin abartılarını birbirinden nasıl ayıracağımız... Olayı sağlam bir temel üzerine oturttuktan sonra geriye kalan iş, bütün bu gizemin arkasındaki sonuçlara ulaşmak olacaktır.

Ben de yardım etmemi istediklerini yazdıkları dosyayla ilgili, hem atın sahibi Albay Ross'tan, hem de bu vakayla ilgilenen Müfettiş Gregory'den ilk telgrafı salı akşamı aldım."

"Salı akşamı demek!" diye söylendim. "Bugün perşembe. Dün niye hiç ilgilenmedin?"

"Çünkü bir konuda yanıldım, sevgili Watson. Senin hikâyelerini okuyanlar belki buna şaşıracaklardır ama aslında bu hatayı çok sık yaparım. İngiltere'nin en meşhur atının, özellikle Kuzey Dartmoor gibi çok nüfuslu olmayan bir yerleşim yerinde uzun süre saklanamayacağını düşündüm. Dün bütün gün, atın bulunacağı ve kaçıran kişiyle John Straker'in katilinin aynı kişi olduğu haberini bekledim ama bugün genç Fitzroy Simpson'un tutuklanışı dışında hiçbir gelişme olmadığını görünce, artık harekete geçmem gerektiğini anladım. Gerçi yine de dünün boşa geçtiğini söylemek yanlış olur ama maalesef bu yanıldığım gerçeğini değiştirmez."

"Demek kafanda bir teori var."

"En azından bu olayın temelinde yatan gerçekler konusunda biraz bilgi edindiğimi söyleyebilirim. Bunların hepsini sana sonra anlatacağım çünkü birine anlatınca her şeyin yerine oturması daha kolay oluyor. Zaten nereye geldiğimizi anlatmadan, senin yardımını beklemek de anlamsız olur."

Arkama yaslandım ve puromdan bir nefes daha çekerek tüm dikkatimi topladım artık Holmes'u dinlemek için hazırdım; o da ilgisini belirtmek istercesine öne eğildi, uzun ve ince işaret parmağıyla havaya çizgiler çizerek bu yolculuğa çıkmamızın nedenler zincirini anlatmaya koyuldu.

"Gümüş Şimşek, Somomy'nin soyundan gelen bir at. Ünlü ataları gibi, başarılarla dolu bir geçmişi var. Şu anda beş yaşında ve şanslı sahibi Albay Ross onun sayesinde büyük servetler kazandı. Düşün ki, bu talihsiz olaya kadar Wessex Kupası'nın favorisiydi ve bire üç veriyordu. Bahisçiler şu ana kadar onun yüzünden hiç para kaybetmedikleri için, bu oranlara rağmen ortalıkta inanılmaz rakamlar dönüyordu. Bu taraftan bakınca, salı günü çizgiyi ilk geçecek atın Gümüş Şimşek olmaması için elinden geleni yapacak olan bir sürü insan olduğu çok açık."

"Ama Albay'ın ahırı, yani King's Pyland'ın da bu durumun farkında olmaması neredeyse yok denecek kadar az bir ihtimal.

Tahmin edeceğin üzere, favori atın korunması için her türlü önlem mevcuttu. Eğitici John Straker, tartıda ağır gelmeye başlayana kadar, Albay Ross'un atlarına binmekte olan eski bir jokey. Albay için beş yıl jokeylik, yedi yıl da eğiticilik yapmış. Çalışkanlığından ve sadakatinden ödün vermeyen bir adam. King's Pyland, dört atın bulunduğu küçük bir ahırdır, bu yüzden Straker'ın altında yalnızca üç kişi çalışıyormuş. Bir kişi gece nöbet tutuyor, diğerleri de uyuyormuş. Evli olan John Straker ise ahırların iki yüz metre kadar ilerisindeki bir villada kalıyormuş. Çocukları olmadığı için, karısı ve hizmetçi kız dışında evde kalan başkası yokmuş. Ev tam olarak yarım mil kuzeyde, engelli ve yaşlı insanların ferah Dartmoor havasından istifade etmeleri için yapılan villaların bulunduğu birkaç köyün haricinde pek de yerleşimin bulunmadığı bir yerde. Köyün yanındaki fundalık arazinin iki mil ilerisinde de Lord Backwater'a ait, Silas Brown adında birisinin işletmesini yaptığı, Mapleton ahırları var. Bunların dışında bir de köyün fundalığında yaşayan birkaç

Çingene ailesi var. En azından, geçen pazartesi gecesi olan olaya kadar her şey böyleydi."

"O akşama gelecek olursak, atlar her zamanki gibi çalıştırılıp beslenmiş ve ahırların kapısına saat dokuzda kilitleri vurulmuş. Ardından rutin olarak yaptıkları gibi, çıraklardan ikisi yemeklerini yemek için eğiticinin evine gitmiş; üçüncü çırak Ned Hunter, nöbet görevini yapmak için orada kalmış. Saat dokuzu birkaç dakika geçerken, hizmetçi kız Edith Baxter, çocuğa, koyun etinden yapılmış bol baharatlı yemeğini götürmek için yola çıkmış. Ahırda zaten bir çeşme olduğu ve kurallar gereği nöbet tutarken içki içmek yasak olduğu için, yemeğin yanında içecek bir şey getirmiyormuş hizmetçi kız. Ahıra giden yol fundalıktan geçtiğinden ve hava da karanlık olduğu için hizmetçi kızın yanında bir de fener varmış.

"Edith Baxter'in ahıra varmasına yaklaşık 30 metre varken, karanlıkların arasından bir adam çıkıp kıza durmasını söylemiş. Adam biraz daha yaklaştığında, hizmetçi kız adamı fenerin ışığının yardımıyla görmüş. Üstünde gri bir takım elbise, başında kumaştan bir şapka, elinde de tokmaklı ağır bir bastonu olan, gayet beyefendi görünümlü bir adammış bu. Adamın soluk yüzü ve gergin tutumu kızın dikkatini çeken ilk şey olmuş. Kız, adamın otuzlu yaşlarda olduğunu bildirmiş. 'Burası neresi, söyler misiniz?' diye sormuş adam. 'Fundalıkta kalıp kalmama konusunda karar vermeye çalışırken fenerinizin ışığını gördüm.' 'King's Pyland ahırları burası.' diye cevap vermiş kız. 'Sahiden mi? Çok büyük bir tesadüf!' diye bir anda adam heyecanlanmış. 'Sanırım oralarda yaşayan biri vardır. Siz, o kişiye mi yemek götürüyorsunuz? Peki, size yeni bir elbise alacak kadar para kazandırabileceğimi söylesem, ne dersiniz?' dedikten sonra, yeleğinin cebinden katlanmış beyaz bir kâğıt parçası çıkarmış ve 'Eğer çocuğun bunu almasını sağlarsanız, paranın satın alabileceği en güzel elbise sizindir,' demiş."

"Kız, adamın tavırlarından korktuğu için koşarak her zaman yemeği teslim ettiği pencereye doğru kaçmış. Hunter, kızı beklemekte olduğu için içerideki masanın başındaymış. Kız, tam olan biteni anlatacakken, birden o yabancı karşılarına tekrar dikilmiş. 'İyi akşamlar,' diye başlamış söze, pencereden içeri kafasını uzatarak. 'Sizinle bir şey konuşmak istiyordum.' Kız bu sırada adamın elinde küçük bir paket tuttuğunu söylüyor. 'Ne istiyorsunuz?' diye sormuş Hunter. Yabancı, 'Cebinizin para görmesini sağlayacak bir iş var elimde,' demiş. 'Wessex Kupası'nda koşacak olan iki atınızla ilgili. Gümüş Şimşek ve Bayard. Bana onlarla ilgili biraz bilgi verirseniz ikimiz de kazanırız. Koşuda Bayard'ın Gümüş Şimşek'e fark atacağı ve ahırın da onun üzerine para yatırdığı doğru mu?'

Bunun üzerine nöbetçi genç: 'Sen tüyo kopartmaya çalışan sahtekârlardan birisin!' diye bağırmış. 'Senin gibilere King's Pyland'da nasıl davranırız göstereyim...' diyerek ayağa fırlamış ve köpeğini almak için koşmaya başlamış. Kız da o sırada eve doğru kaçmaya başlamış. Koşarken arkasına bakmak için döndüğünde, yabancının pencereden içeri girmek için eğildiğini görmüş. Ama Hunter kısa bir süre içinde köpeğiyle geri döndüğünde, adam yokmuş. Çırak, ahırın etrafını iyice kolaçan etmiş ama adama dair bir iz bulamamış."

"İzninle sözünü kesmek istiyorum, Holmes," dedim. "Çırak çıkarken kapıyı açık mı bırakmış, yoksa kapalı mı?"

"Çok güzel bir soru, Watson, çok güzel!" diye mırıldandı Holmes. "Bu nokta benim de ilgimi çektiği için dün Dartmoor'a özel bir telgraf gönderdim. Cevaba göre, çocuk çıkarken kapıyı da kilitlemiş. Şunu da eklemeliyim ki, pencere, bir adamın geçebileceğinden daha küçükmüş."

"Neyse devam edeyim; Hunter, arkadaşları gelene kadar beklemiş ve sonra da eğiticiye bir mesaj göndererek olanları anlatmış. Bu haber üzerine Straker'in canı o kadar sıkılmış ki, Bayan Straker, gece saat birde uyandığında kocasının giyinirken bulmuş. Karısının sorması üzerine atları merak ettiğini, gidip bir kontrol edeceğini söylemiş. Kadın, dışarıda yağmur olduğunu hatırlatarak daha sonra gitmesini rica etmiş ama Straker ona kulak asmadan paltosunu da alıp çıkmış."

"Bayan Straker, sabah yedide kalktığında kocasının hâlâ dönmediğini görünce endişelenerek Alelacele üstünü giyindikten sonra hizmetçisini çağırmış ve birlikte ahırlara gitmişler. Ahırın kapısı ardına kadar acıkmış. Önce, baygın bir halde içeride yatan Hunter'ı bulmuşlar. Favori at ahırında değilmiş ve eğiticiden de hiçbir iz yokmuş. Bunun üzerine, yukarıdaki samanlıkta uyumakta olan iki çırağı hemen uyandırmışlar. Bu ikisinin uykusu ağır olduğu için gece hiçbir şey duymamışlar maalesef. Hunter da güçlü bir ilacın etkisinde olduğu için tüm uğraşlara rağmen bir türlü uyandırılamamış. Bunun üzerine iki çırak ve kadınlar, onu orada bırakıp kayıpları aramaya koyulmuş. Eğiticinin erken saatlerde atı eğitmeye çıktığını umarak aramaya bir süre daha devam etmişler hatta etraftaki bütün fundalıkları gören bir tepeye bile çıkmışlar ama yine uzunca bir zaman hiçbir şey görememişler.

Derken gözlerine ahırların çeyrek mil ilerisinde bulunan çalılıklarda bir şey çarpmış. John Straker'ın paltosu… Onun yanındaki bir çukurun içinde de, talihsiz bir şekilde can veren eğiticinin cesedini bulmuşlar. Başı ağır bir şeyle vurularak parçalanmış ve bacağı da kesici bir aletle açılmış, Anlaşılan o ki, Straker hayatta kalabilmek için epeyce mücadele etmiş. Sağ elinde, kana bulanmış kısa bir bıçak, sol elindeyse kırmızı ve siyah renkli ipek bir kravat varmış. Hizmetçinin ifadesine göre, bu kravat, önceki akşam ahırlara beklenmedik bir ziyarette bulunan yabancının taktığı kravatın aynısıymış. Hunter da ayıldıktan sonra bu kravatın o adama ait olduğunu teyit etmiş. Emin olduğu başka bir şey daha varmış o da adamın kendisinden kurtulmak için yemeğine ilaç attığı. Kayıp ata gelince; çamurdaki izlere bakılırsa o da boğuşma sırasında oradaymış. Atın bulunması için büyük bir ödül konmasına ve Dartmoor'daki bütün çingenelerin aramaya katılmasına rağmen, halen olumlu bir haber alınamamış. Son olarak, Hunter'ın yemeğinin içeriğinde yapılan inceleme sonucunda içinde toz halinde afyon bulunmuş. O gece herkes aynı yemeği yemiş ama etkilenen kişi, yalnızca Hunter adlı delikanlı."

"Tahminler çıkartıldıktan sonra geriye kalan tüm gerçekler işte böyle, Watson. Şimdi de polisin bu dosyayı nasıl incelediğine bir bakalım."

"Olayı incelemekle sorumlu olan Müfettiş Gregory, oldukça başarılı bir polis. Gerçi hayal gücü biraz daha kuvvetli olsaydı şu anda daha iyi bir konumda olabilirdi. Olay yerine geldiğinde, ilk yaptığı iş, şüpheli adamı tutuklamak olmuş. Bu aslında çok da zor olmamış, zira adam yakınlardaki, sana az önce de bahsettiğim villalardan birisinde yaşamaktaymış. Adamın adı Fitzroy Simpson. İyi bir aileden gelen eğitimli birisi. Ama yarışlardaki kaybettiği servetten sonra, Londra'daki kulüpler için ganyan bültenleri hazırlayarak hayatını idame ettirmeye çalışıyormuş. Bahis kayıtlarına bakılınca, favoriye karşı beş bin sterlin yatırdığı görünüyor. Tutuklandığı gün, King's Pyland atları hakkında tüyo almak için Dartmoor'a geldiğini, hatta ikinci favori Desborough hakkında da bilgi toplamak amacıyla Silas Brown'un işlettiği Mapleton'a da gittiğini itiraf etmiş. Bir önceki gece yaptıklarını da inkâr etmemiş. Kötü bir niyeti olmadığını, sadece birinci ağızdan tüyo almak istediğini söylemiş. Kendisine kravat gösterilince, rengi atmış. Bu kravatın kurbanın elinde ne aradığı kendisine sorulunca cevap verememiş. Islak elbiseleri, önceki gece fırtınada dışarıda bulunduğunun bir kanıtı. Ayrıca, Penang stili kurşun kaplama bastonu, eğiticinin kafasına aldığı darbelerin nedeni olarak gösterilebilecek bir alet. Ama Straker'ın da en azından saldırganın bir yerini bıçakla yaralamış olması beklenirken, Simpson'un vücudunda tek bir yaraya rastlanmamış. İşte özetle böyle her şey, Watson. Eğer bunların açıklanmasında bana yardımcı olabilirsen çok sevinirim."

Holmes'un, her zaman olduğu gibi tüm detaylarıyla anlattığı bu hikâyeyi ilgiyle dinledim. Kanıtlar bana tanıdık geliyordu ama olaydaki önemlerini ve birbirleri arasındaki alakayı bir türlü kuramamıştım.

"Straker'ın boğuşma sırasında kendini yaralamış olması mümkün mü?" diyerek soruyla karışık fikrimi ifade ettim.

"Hatta mümkünden de öte," dedi Holmes. "Böylece şüphelinin lehine olan birkaç nokta da eleniyor doğal olarak."

"Ama yine de polisin bu vakada nasıl bir teori kurarak sonuca ulaşacağını hâlâ çözemedim."

"Korkarım, kurulan bütün teorileri çürütmek için kuvvetli kanıtlar var," dedi Holmes. "Polis, Fitzroy Simpson'un, nöbet tutan çırağı afyonla uyuttuğunu ve bir şekilde anahtarı bulup, ahır kapısını açarak atı kaçırdığını düşünüyor bence. At daha sonra dizginlerinden kurtulmuş olduğuna göre Simpson atı dizginlemiş olmalı, sonra da kapıyı açık bırakıp atı fundalığa doğru götürürken karşısına eğitici çıkıyor. Doğal olarak aralarında bir itişme başlıyor. Simpson, ağır bastonu yardımıyla eğiticinin kafatasını kırıyor ama Straker'ın kendini savunmak için çektiği bıçağından en ufak bir yara bile almıyor. Sonra da atı ya gizli bir yere götürüyor ya da boğuşma sırasında at ürküp kaçıyor. Eğer öyleyse, at hâlâ fundalıkta bir yerlerde dolaşıyor olmalı. Polisin böyle düşündüğünü tahmin ediyorum. Ben buna pek ihtimal vermiyorum ama diğer bütün teoriler de en az bunun kadar işe yaramayan şeyler. Her şeye rağmen, olay yerine vardığımızda, her bir teorinin üzerine teker teker gideceğim. O zamana kadar da değişik bir teori daha üretmenin pek bir anlamı yok."

Dartmoor'un uçsuz bucaksız arazilerinin ortasında kalan bir tepenin üzerindeki Tavistock'a vardığımızda hava kararmak üzereydi. İstasyonda bizi iki bey karşıladı. Uzun boylu olanın aslan yelesi gibi sarı saçları ve delici mavi gözleri vardı; diğeri de frak ceketli, kısa favorileri ve gözlüğü olan, kısa boylu, yerinde duramayan bir adamdı. İlki, İngiliz cinayet masasında ün yapmış olan Müfettiş Gregory, diğeriyse bu meşhur atın sahibi Albay Ross'tu.

"Geldiğiniz için teşekkür ederim Bay Holmes," dedi Albay.

"Gerçi Müfettiş olayı çözdü sayılır ama ben zavallı Straker'ın kanı yerde kalmasın ve atım bir an önce bulunsun diye altına bakılmadık taş kalmasın istiyorum."

"Yeni bir gelişme var mı?" diye sordu Holmes.

Müfettiş: "Ne yazık ki, çok bir ilerleme kaydedemedik," diye yanıtladı Holmes'u. "Hava tam kararmadan olay yerini görmek istersiniz diye bir araba ayarladık. Dilerseniz sohbetimize yolda devam edelim."

Çok geçmeden dördümüz de arabaya binip, bu eski ve gizemli Devonshire sokaklarından geçmeye başladık. Müfettiş Gregory, olayla artık çok ilgisi kalmadığı için birçok boş açıklamada bulunuyor, Holmes ise adamın sözünü kesmeden dikkatle dinliyordu. Albay Ross, arkasına dayanmış, şapkasını gözünün önüne indirerek kollarını kavuşturmuş otururken, ben de iki dedektifin aralarındaki konuşmaları merakla dinlemeye başladım. Gregory'nin teorisi, Holmes'un anlattığının neredeyse aynısıydı.

"Fitzroy Simpson, gittikçe daralan bir çemberin içinde. Bence aradığımız adam o. Elimizdeki deliller tatmin edici olsalar da, yeni bir gelişme olursa olayın seyri tamamen değişebilir, siz de benim gibi düşünüyorsunuz değil mi Holmes?"

"Straker'ın bıçağı hakkında ne öğrendiniz?"

"Kendini yaraladığından neredeyse eminiz."

"Buraya gelirken, dostum Dr. Watson da aynı tahminde bulundu. Öyleyse bu, Simpson denen adamın aleyhine demektir."

"Şüphesiz. Üstünde ne bir bıçak ne de bir yara bulabildik ama aleyhine deliller çok kuvvetli. Bir kere, favori atın kaybolması onun işine geliyordu. Yamağın ilaçla uyutulması konusunda baş şüpheli ve fırtınada kaldığı da kesin. Yanında ağır bir silah vardı ve kravatı maktulün elinde bulundu. Bütün bunlar, bir mahkemenin açılması için yeterli."

Holmes, kafasını salladı. "Biraz zeki bir avukat topladığınız bütün delilleri çok rahat çürütebilir," dedi. "Atı ahırdan neden çıkarsın ki? Amacı onu yaralamak olsaydı orada da yapabilirdi bunu, değil mi? Şüphelinin üzerinden anahtar çıktı mı? Peki, toz afyonu ona kimin sattığını öğrenebildiniz mi? Öncelikle, onun gibi bölgeyi pek tanımayan biri, atı nerede saklayabilir? Kaldı ki bahsettiğimiz at, Gümüş Şimşek. Sanığın kendisi, hizmetçiye verdiği kâğıt hakkında nasıl bir açıklama yaptı?"

"On sterlinlik bir banknot olduğunu söylüyor. Cüzdanında da bir tane bulundu gerçekten. Ama bu ve bahsettiğiniz şüpheleriniz o kadar da gerçeğe yakın değil Bay Holmes. Öncelikle, adam bölgeye yabancı değil. İki yaz boyunca Tavistock'ta kalmış. Afyon, muhtemelen Londra'dan alınmış. Anahtarla işi bittiğinde bir yere atmış olabilir. At da fundalıklardaki kuyuların veya eski madenlerin birinin dibinde olabilir."

"Kravat hakkında ne diyor?"

"Kendisine ait olduğunu kabul etti fakat o akşam kaybettiğini iddia ediyor. Tüm bunların dışında sizin de henüz bilmediğiniz yeni bir gelişme daha yaşandı ve bence bu, atı ahırdan çıkardığına dair bir delil olarak ileri sürülebilir."

Holmes merakla doğruldu.

"Pazartesi gecesine ait, cinayetin işlendiği yerin bir mil

kadar ötesinde, Çingenelerin kamp kurduğuna dair izler var. Salı günü de aynı yerde kamp yapmışlar. Şimdi, Simpson'ın bu Çingenelerle anlaştığını varsayarsak, atı ahırdan çıkardıktan sonra onlara vermiş olabilir, değil mi?"

"Evet, bu mümkün."

"Çingenelerin bu fundalıklarda kamp yapabileceği her taşın altında aranması talimatını verdim. Ayrıca, Tavistock'taki ve on mil çapındaki bölgede bütün ahırlar ve evler aranıyor."

"Yakınlarda bir eğitim ahırı daha var galiba."

"Evet, bunu da ihtimaller arasına katıyoruz. Desborough adındaki atları bahislerde ikinci sırada olduğu için, favori atın kaybolması işine gelenlerden biri de onlar. Eğitici Silas Brown'un yarışa yüklü miktarlarda para yatırdığı ve zavallı Straker'la aralarının çok da iyi olmadığı biliniyor. Ama onların ahırlarını inceledikten sonra, olayla onları bağlayacak bir şey bulamadık."

"Peki, şu Simpson'un Mapleton ahırıyla bir bağlantısı bulundu mu?"

"Hayır."

Holmes arkasına yaslandıktan sonra konuşmaları kesildi. Birkaç dakika sonra da arabamız yol kenarındaki kırmızı kiremitli villalardan birisinin önünde durdu. Biraz ileride, küçük bir otlağın arkasında, gri bir bina vardı. Yalnızca Tavistock'un kuleleri ve Mapleton ahırlarının üzerine oturtulduğu geniş düz arazi ufuk çizgisiyle birleşiyordu. Holmes dışında hepimiz arabadan indik. O ise arabanın içinde kıpırdamadan oturmaya devam ederek gözlerini gökyüzüne dikmiş bir halde, düşüncelere dalmıştı. Ben koluna dokununca irkilip anca kendine geldi de sonunda arabadan indi.

Şaşkın gözlerle bakan Albay Ross'a dönerek: "Çok pardon," dedi. "Hayallere dalmışım." Gözündeki parıltı ve hareketlerindeki kontrol altına almaya çalıştığı canlılıktan anladığım kadarıyla, yeni bir ipucu bulmuştu ama bu ipucuna nasıl ulaştığını ve nasıl bir ipucu olduğu hakkında hiçbir fikrim yoktu.

"Herhalde olay yerine hemen gitmek istersiniz Bay Holmes?" dedi Gregory.

"Ondan önce, birkaç soruyu açıklığa kavuşturmak istiyorum izninizle. Straker geri getirildi, değil mi?"

"Evet, cesedi yukarıda. Yarın otopsi yapılacak."

"Bay Straker uzun bir süredir sizin için çalışıyordu, değil mi Albay Ross?"

"Her zaman çok iyi bir yardımcı olmuştur."

"Cesedi bulduğunuzda, ceplerini aramışsınızdır herhalde Müfettiş Bey."

"Görmek istediğiniz şey oturma odasında duruyor."

"Memnun olurum."

Hepimiz salona girip ortadaki yuvarlak masanın etrafına oturduk. Müfettiş, metal bir kutuyu açarak içindekileri çıkardı: Ufak bir mum, gül ağacından imal bir pipo, fok derisinden imal bir kesenin içinde birazcık Cavendish tütünü, altın zincirli gümüş bir saat, beş altın sterlin, alüminyum bir kalem kutusu, birkaç evrak ve üstünde "Weiss & Co. Londra" yazan fildişi saplı bir bıçak.

"Vay canına bu çok özel bir bıçak," dedi Holmes. Sonrasında da dokunarak dikkatle incelemeye koyuldu.

"Üstündeki kan lekelerinden anladığım kadarıyla kurbanın elinde bulunan bıçak buydu. Sizin kullandığınız bıçaklardan biri mi bu Watson?"

"Katarakt bıçağı dediklerimizden," dedim.

"Ben de öyle düşünmüştüm. İnce işlerde kullanılmak üzere yapıldığı ortada. Birinin peşine düşmeden önce yanına böyle bir şeyi almayı tercih etmiş olması bana ilginç geliyor, üstelik bir de bunun katlanmayan bir bıçak olduğunu göz önünde bulundurursak..."

"Cesedin yanında, bıçağın ucuna takılan bir mantar bulduk," dedi Müfettiş.

"Karısının anlattığına göre, bıçak, yatak odasındaki masanın üzerinde duruyormuş ve Straker, çıkarken onu yanına almış. Çok da etkili bir silah olmamasına rağmen panikle evden çıkarken bulabildiği tek şey sanırım buydu."

"Evet, muhtemelen. Peki ya bu evraklar?"

"Üçü, samancıların kestiği faturalar. Biri, Albay Ross'un talimatlarını bildirdiği bir not. Şu da Bond Sokağı'ndaki Şapkacı Bayan Lesurier tarafından Bay Derbyshire adına kesilmiş otuz yedi sterlinlik bir fatura. Bayan Straker'ın ifadesine göre, Derbyshire kocasının bir arkadaşıymış ve ara sıra fatura adresi olarak onlarınkini kullanıyormuş."

"Bayan Derbyshire'ın pahalı zevkleri varmış belli ki," diye sözü kesti Holmes, faturayı inceledikten sonra. "Tek bir parça için çok yüklü bir miktar bu. Neyse, görmemiz gereken başka bir şey yoksa cinayetin işlendiği yere gidebiliriz."

Oturma odasından tam çıkmıştık ki, birden ortaya kadının biri çıktı ve müfettişi kolundan yakaladı. İnce ve zayıf bir yüzü vardı. Korktuğu her halinden belliydi.

"Yakalayabildiniz mi? Suçluları buldunuz mu?" diye sordu kısık bir sesle.

"Hayır, Bayan Straker. Ama Bay Holmes, bize yardım etmek için Londra'dan kalkıp buralara geldi. Elimizden gelenin en iyisini yapacağımızdan emin olabilirsiniz."

"Sizinle kısa bir süre önce Plymouth'daki bir toplantıda tanışmıştık diye hatırlıyorum, Bayan Straker," dedi Holmes.

"Hayır Bayım, bir yanlışınız olmalı!"

"Öyle mi? Oysa ki ben yanılmadığıma eminim. Hatta üzerinizde de devekuşundan gri ipek bir kıyafet vardı."

"Benim hiç öyle bir elbisem olmadı efendim," diye cevap verdi kadın.

"Peki, madem," dedi Holmes ve daha fazla ısrar etmedi. Daha sonra da özür dileyerek izinlerini isteyip müfettişin arkasından dışarı çıktı.

Boş arazide kısa bir süre ilerledikten sonra cesedin bulunduğu çukura vardık. Hemen yanında da paltonun asılı olarak bulunduğu çalılıklar vardı.

"O gece hiç rüzgâr var mıydı?" diye sordu Holmes.

"Hayır, ama sağanak yağmur vardı."

"Demek ki bu palto buraya uçarak gelmemiş, kasıtlı olarak asılmış."

"Evet, çalılığın üstüne bırakılmış olmalı."

"Demek öyle. Bu çok bir ilgimi çekti doğrusu. Herhalde pazartesi gecesinden beri, buraya gelmeyen kalmamıştır."

"Hayır, çukurun yanına bir örtü örttük ve sadece onun üstüne bastık."

"Mükemmel."

"Bu elimdeki torbada, Straker'in giydiği botların ve Fitzroy Simpson'un ayakkabılarının birer teki ve Gümüş Şimşek'in bir nalı var."

"Sayın müfettiş, beni şaşırtıyorsunuz!" dedikten sonra Holmes torbayı aldı, çukura indi ve örtüyü ortaya çekti. Sonra yüzüstü uzanıp, önündeki izleri dikkatle inceledi. "Bakın, bakın!" diye bağırdı heyecanla elindeki yarısı yanmış bir kibrit çöpünü göstererek. Her tarafı öyle çamurlanmıştı ki, neredeyse odun parçası gösteriyor sanırdınız.

"Ben bunu nasıl gözden kaçırmışım anlayamıyorum," dedi Müfettiş. Sinirlendiği her halinden belliydi.

"Zaten o kadar çok çamura bulanmış ki görmeniz imkânsızdı. Ben zaten onu aradığım için direkt üzerinde odaklandığım için buldum."

"Nasıl yani? Onu aramak için mi indiniz oraya?"

"Evet, iyi ki de inmişim."

Holmes, sonra torbadan çizmeleri çıkararak yerdeki izlerle

karşılaştırdı. Ardından da çukurdan çıkarak çalılıkların arasında sürünmeye başladı.

"Korkarım izler burada bitiyor" dedi Müfettiş. "Yüz metrelik bir alanı didik didik ettik."

"Üzüldüm doğrusu," diye başını salladı Holmes, ayağa kalkarken. "Sizin araştırma yaptığınız yerlerin üzerinden bir kez de ben geçsem size saygısızlık etmiş olmam değil mi? Yanlış anlamazsanız yarın için hazırlıklı olmak amacıyla arazide kısa bir yürüyüş yapmak isterim. Hatta izninizle, nalı da şans getirmesi amacıyla yanıma alayım."

Albay Ross, dostumun sessiz ve sistematik çalışmasını uzun bir süre izledikten sonra saatine bakarak, "Siz benimle geri dönerseniz sevinirim Müfettiş Bey," dedi. "Fikrinizi almak istediğim birkaç konu var. Özellikle de yarıştan çekilmemiz gerekiyor mu, onu sormak istiyorum."

"Buna kesinlikle gerek yok," diye araya girdi Holmes. "Ben olsam çekilmezdim."

Albay saygıyla eğildi. "Bu tavsiyeniz için çok teşekkür ederim beyefendi," dedi. "Yürüyüşünüz bittikten sonra bizi, merhum Bay Straker'in evinde bulabilirsiniz. Oradan da birlikte Tavistock'a geçeriz."

Müfettişle ikisi çalılıkların arasından geri dönerken, biz de ters tarafa doğru yola koyulduk. Güneş, Mapleton ahırının arkasından batıyordu. Önümüzde alabildiğince uzanan bir çayırlıklar batan güneşin etkisiyle altın sarısı renkle kaplanmıştı. Düşüncelere dalmış bir şekilde yürümekte olan dostum elbette bu muhteşem manzaranın farkında değildi.

"Şu taraftan gidelim Watson," dedi. "İlk olarak, John Straker'ı kimin öldürdüğü sorusunu bir kenara koymalı ve atın nerede olduğu üzerine yoğunlaşmalıyız. Şimdi, hayvanın cinayet sırasında veya sonrasında kaçtığı ihtimalini göz önüne alırsak, sormamız gereken soru şu: Bu at nereye kayboldu? Atlar evcil hayvanlardır. Dolayısıyla da kendi başına kaldığında içgüdüleri onu King's Pyland'a ya da Mapleton'a geri döndürmeliydi. Yok eğer halen çayırda dolaşıyor olsaydı onu etraftan mutlaka birisi görürdü. Çingeneler onu neden kaçırsın ki? Bu insanlar belanın kokusunu aldıklarında, altına girecek taş ararlar. Polisle uğraşmak istemezler. Hem bunun gibi bir atı satmalarının imkânı da yok. Çok riskli ve hiçbir getirisi yok onlar için."

"Nerede o zaman?"

"King's Pyland'a veya Mapleton'a gitmiş olması gerektiğini söylemiştim. King's Pyland'de olmadığına göre, Mapleton'da olmalı.

Şöyle bir çıkarsama da bulunsak nasıl bir sonuca varacağımıza bir bakalım: Çayırın bu kısmı, müfettişin de dediği gibi sert ve kuru. Ama ileride görülen şu büyük çukur, pazartesi gecesi suyla dolmuştur. Eğer buraya kadar her şey doğruysa, at oradan geçmiş olmalı. Bu durumda izleri aramamız gereken yer orası."

Bir yandan ilerleyip, bir yandan da konuşmaya devam ettik ve birkaç dakika içinde söz konusu çukura vardık. Holmes burada iki kola ayrılmamızı istedi. Ben sağa, o da sola doğru gitmeye başladık. Daha elli adım atmamıştım ki, Holmes bağırarak beni yanına çağırdı. Önündeki yumuşak toprakta nal izleri vardı ve izler cebindeki nalla da örtüşüyordu.

"İşte hayal gücünün ne kadar mühim olduğunun bir kanıtı," dedi Holmes. "Gregory bu özellikten yoksun. Biz olabilecekleri önce hayal ettik sonra da buna göre hareket ettik ve sonunda haklı olduğumuz ortaya çıktı. Devam edelim."

Çamurlu zemini geçerek, kuru ve sert toprağın bulunduğu çimenlik bir alana geldik. Zemindeki eğimin artmaya başladığı yerde izleri tekrar gördük. Sonraki yarım mil boyunca hiçbir ize rastlamadık ama Mapleton'a yaklaşırken bir daha ortaya çıktılar. Onları ilk Holmes gördü ve büyük bir gururla bana gösterdi. Nal izlerinin yanında bir de ayak izleri vardı.

"Demek at başlangıçta yalnızmış," diye heyecanla atıldım.

"Kesinlikle. Başlangıçta yalnızmış. Şuna bak! Bu da ne?"

İki farklı iz, ters istikamete dönerek King's Pyland'a yöneliyordu. Holmes, keyiften artık ıslık çalarak izleri takip ediyordu. O sırada ben başımı çevirip diğer tarafa baktığımda, aynı izlerin ters yönde geri geldiğini fark edip çok şaşırdım.

"Bravo Watson!" dedi Holmes, ben izleri kendisine gösterdiğimde. "Bizi uzun bir yürüyüş yapmaktan kurtardın. Bu yeni izleri takip etmeye başlayalım şimdi."

Çok uzun bir mesafe gitmemize gerek kalmadı. İzler, Mapleton ahırlarının kapısına giden asfalt yolda bitiyordu. Kapıya iyice yaklaştığımız sırada, içeriden koşarak birisi fırladı. Seyislerden birisiydi.

"Gidin buradan serseriler," diyerek önümüze atladı.

"Çok zamanınızı almayacağız merak etmeyin sadece bir soru sorup gideceğiz," dedi Holmes, elini yeleğinin cebine sokarak.

"Bay Silas Brown'u yarın sabah beşte görmeye gelmek istiyorum sizce çok mu erken olur?"

"Hmm! O saatte uyanık olan tek insan zaten Bay Brown'dur. İlk önce hep o kalkar. Kendisi de geliyor işte, sorularınızı ona sorabilirsiniz. Aman efendim, ne yapıyorsunuz? Paranızı aldığımı görürse benim işim biter! Daha sonra lütfen!"

Sherlock Holmes, cebinden çıkardığı parayı cebine geri sokarken, elinde bir kamçı tutan adam, sert bakışlarıyla yanımıza geldi.

"Ne oluyor Dawson?" diye bağırdı. "Sana herkesle konuşmak yok demedim mi? Hadi, işine bak! Ya siz? Ne arıyorsunuz burada?"

"Size sadece birkaç soru sormak istiyorduk Beyefendi," dedi Holmes, en nazik ses tonuyla.

"Benim serserilere ayıracak vaktim yok. Burada yabancıları sevmeyiz. Ya basın gidin, ya da köpeğim sizi kovalarken dönüş yolunu öğrenirsiniz."

Holmes öne eğilerek eğiticinin kulağına bir şeyler fısıldadı. Adam bunun üzerine aniden sıçrayarak kapıya doğru koştu.

"Yalan söylüyorsunuz!" diye bağırıyordu bir yandan. "Korkunç bir yalan bu!"

"Peki, bu konuyu herkesin önünde mi tartışmak istersiniz, yoksa odanıza geçelim mi?"

"İçeri geçmemiz daha uygun olur."

Holmes gülümsedi. "Seni sadece birkaç dakika bekletebilir miyim Watson," dedi. "Emrinizdeyim, Bay Brown."

Holmes ve eğitici, yaklaşık yirmi dakika sonra dışarı çıktılar. Hava da yavaş yavaş kararmaya başlamıştı. Bu kadar kısa bir süre içinde Silas Brown'un yüzündeki ifade değişimi inanılmazdı. Yüzü renkten renge girmiş, alnını ter basmıştı, elindeki kamçı ise rüzgâra karşı tutulan bir dal gibiydi. O katı, kendine aşırı güvenen adam gitmiş, yerine yaşlı köpek gibi dostumu takip eden bir ihtiyar gelmişti.

"Talimatlarınızı eksiksiz bir şekilde yerine getireceğiz," dedi.

"Lütfen eksiksiz olsun," dedi Holmes, etrafına bakınarak. Seyis, Holmes'un gözlerindeki tehditkâr bakışları görünce iyice ezildi.

"Hayır, efendim. Hiç hata olmayacak. Burada olacak. Öncesinde değiştireyim mi?"

Holmes, bir süre düşündükten sonra bir kahkaha patlattı.

"Hayır, hayır, değiştirmeyin," dedi. "Ben size mektupla bildiririm. Kandırmaca yok, anlaştık mı? Yoksa..."

"Bana güvenebilirsiniz efendim, güveninizi sarsacak hiçbir şey olmayacak inanın."

"Ben de öyle umut ediyorum. Yarın benden haber bekleyin," dedi Holmes. Sonra da topukları üstünde yüz seksen derece döndü ve kendisine uzatılan o titreyen eli görmemezlikten gelerek King's Pyland'e doğru yöneldi.

"Hem kabadayılık, hem korkaklık, hem de kurnazlığın bu kadar mükemmel bir karışım olduğu başka bir insan daha yok sanırım," diye söze girdi Holmes, dönüş yolunda.

"At, onda demek."

"Tabii ki tam da beklediğim gibi söze ilk girdiğimde kabadayılık taslamaya çalıştı ama o sabah yaptıklarını o kadar ayrıntılı bir şekilde anlattım ki onu takip ettiğimi zannetti. İzlerin arasındaki garip, köşeli ayakuçlarını sen de fark etmişsindir. Brown'un çizmelerinin ta kendisiydi. Sen de takdir edersin ki, bunu ondan başkası yapmaya cesaret edemezdi zaten. Her zaman ilk uyanan insan o olduğu için, çayırda dolaşan atı da ilk o gördü yüksek ihtimalle. Merak edip yanına gittiğinde, ata ismini veren alnındaki o lekeyi görünce çok şaşırmış olmalı. Servetini yatırdığı atını geçebilecek olan rakibini kendi arazisi içinde görmek onun için büyük bir şanstı. Bir an için yapması gereken hareketin atı King's Pyland'e geri götürmek olduğunu düşünmüşse de o an şeytana uyup yarış bitene kadar Mapleton'da saklamanın en akıllıca çözüm olduğuna karar vermişti. Ben her şeyi en ince detayına kadar anlatınca, daha fazla direnmedi ve işin içinden kurtulmak için bana istediklerimi birer birer anlattı."

"Ama onların ahırları bu süre zarfında aranmamış mıydı?

"Bunun gibi yaşlı kurtları hafife almamak lazım."

"Peki, ama atın hâlâ onda olması biraz riskli değil mi? Ona zarar vermek için çok sebebi var."

"Sevgili dostum, emin ol, ona hiçbir atına bakmadığı kadar iyi bakacak. Atın kılına bile zarar gelmeyecek çünkü tek şansı bu."

"Albay Ross'un bu durumda pek merhametli davranacağını zannetmiyorum."

"Albay Ross'un bu gelişmeden haberdar olmasını istemiyorum. Her şeyi kendi yöntemlerimle çözüp, Albay'a sadece bilmesi gereken kadarını söyleyeceğim. Bu da resmi olmanın getirdiği bir avantaj. Belki sen de fark etmişsindir, Albay bize karşı küçümseyici bir tavır içindeydi. Ama artık eğlenme sırası bende. Sakın ona attan bahsetme."

"Elbette, sen istemediğin sürece tek kelime etmem."

"Ve bütün bunlar, John Straker cinayetinin yanında bir hiç kalır tabii."

"Ve senin de asıl önemsediğin kısım bu, değil mi?"

"Aslında değil. Bu geceki ilk trenle Londra'ya dönmeyi planlıyorum."

Dostumun bu söyledikleri, bende yıldırım etkisi yarattı. Devonshire'a geleli henüz birkaç saat olmuştu ve böyle başarılı giden bir araştırmadan vazgeçmesi oldukça ilginçti.

Eğiticinin evine varana kadar ikimizin ağzından başka tek kelime çıkmadı. Albay ve Müfettiş, salonda bizi bekliyorlardı.

"Dostum ve ben gece ekspresiyle dönüyoruz," dedi Holmes. "Dartmoor'un temiz havası bize iyi geldi her şey için teşekkürler."

Müfettiş gözlerini kocaman açarken, Albay önemsemiyormuşçasına dudaklarını büktü.

"Demek zavallı Straker'ın katilini bulamayacağınızı düşünüyorsunuz," dedi Albay Ross.

Holmes omuzlarını silkerek, "Önümüzde ciddi engeller var," dedi. "Ama atınızın salıya kadar geri döneceğinden eminim. O yüzden jokeyinize hazırlanmasını söyleyin. Son bir şey daha: Bay John Straker'ın bir fotoğrafı varsa bana verir misiniz?"

Müfettiş, zarftan bir tane çıkararak Holmes'a uzattı.

"Sevgili Gregory, neye ihtiyacım olduğunu hep önceden tahmin edebiliyorsun. İzninle, gidip hizmetçi kıza bir soru sormak istiyorum."

Dostum odayı terk eder etmez "Londralı müfettişin beni hayal kırıklığına uğrattığını söylemeden geçemeyeceğim," dedi Albay Ross "Hâlâ yerimizde sayıyoruz."

"En azından, artık atınızın yarışa yetişeceğini biliyorsunuz," diye cevap verdim.

"Evet, bu konuda güvence verdi," dedi Albay Ross. "Ama... Bunun yerine atımı getirmiş olmasını tercih ederdim."

Tam dostumu savunmak amacıyla bir şeyler söyleyecektim ki, kendisi içeri girdi.

"Evet, beyler," dedi, "Tavistock'a dönmeye artık hazırım."

Arabaya bindiğimizde, çıraklardan birisi bizim için kapıyı açtı. O anda Holmes'un aklına bir şey gelmiş olmalı ki, çırağı omzundan tutarak kulaklarına eğildi ve: "Çayırda koyunlarınız var galiba," dedi. "Onlara kim bakıyor?"

"Ben bakıyorum efendim."

"Son zamanlarda gözüne garip bir şeyler çarptı mı?"

"Sanmıyorum, efendim. Ama üç koyun topallamaya başladı."

Holmes'un neşesi birden çok artmıştı. Gülerek mırıldanmaya, ellerini sıvazlamaya başladı.

"Hedefi on ikiden vurduk, Watson," dedi, kolumu sıkarak. "Gregory, koyunlarda bulaşıcı bir şey gibi görünen bu duruma dikkatini çekerim. Arabacı! Gidelim!"

Albay Ross, dostuma karşı güvenmediği için çatık kaşlarıyla neler saçmalıyorsunuz der gibi dik dik bize bakıyordu ama Müfettişin meraklı olduğu yüzünden belliydi.

"Bunun ne önemi var ki?" diye sordu.

"Çok önemi var."

"Bana açıklamak istediğiniz bir şey var mı?"

"Köpeğin o geceki garip davranışları."

"Köpek o gece bir şey yapmamıştı ki."

"Garip olan da bu ya," dedi Sherlock Holmes.

Dört gün sonra, Holmes'la ben Winchester'daki Wessex Kupası'nı izlemek için geri döndük. Albay Ross bizi istasyonda karşıladı ve arabasıyla şehrin dışında düzenlenen yarışlara götürdü. Endişeli olduğu yüzünden okunuyordu ve bize karşı çok soğuk bir tavır içindeydi.

"Atım hâlâ dönmedi," dedi.

"Peki, onu görseniz hemen tanır mısınız?" diye sordu Holmes.

Albay sinirlenmişti.

"Yirmi yıldır bu işin içindeyim ve daha önce kimse bana böyle bir soru sormadı," dedi. "Beyaz alnı ve benekli ön ayakları olan Gümüş Şimşek'i, bir çocuk bile tanır."

"Bahisler ne durumda?"

"İşin ilginç kısmı da bu ya; düne kadar bire on beş veriyordu ama o gün kadar düştü ki bahisler bire üç bile zor veriyor."

"Demek ki, birileri bir şeyler seziyor; bu kesin." Araba, hipodromun önünde durduğunda giriş kartına baktım.

WESSEX TABELASI

Dört ve beş yaş üstü. Yeni yarış (2700 metre).

Bay Heath'in "The Negro"su. (Kırmızı kep. Bordo ceket.)

Albay Wardlaw'un "Pugilisf"i. (Pembe kep. Mavi-siyah ceket.)

Lord Backvvater'in "Desborough"u. (Sarı kep ve ceket.)

Albay Ross'un "Gümüş Şimşek"i. (Siyah kep. Kırmızı ceket.)

Balmoral Dükü'nün "Iris"i. (Sarı, siyah çizgili kep ve ceket.)

Lord Singleford'un "Raspef"i. (Mor kep. Siyah ceket.)

"Sevgili dostumuzu dinleyip, bütün umutlarımızı sizin sözünüze bağlamıştık," dedi Albay.

"O da ne? Gümüş Şimşek favori mi?"

"Gümüş Şimşek'e beşe dört!" diye bir ses geldi. "Gümüş Şimşek'e beşe dört! Desborough'a karşı, beşe on beş! Beşe dört ganyan!"

"Bakın, yarış atlarını gösteriyorlar," dedim heyecanla. "Yanlış görüyorsam düzeltin lütfen ama altısı da orada sanki..."

"Altısı da mı? Yani benim atım da mı aralarında!" diye bağırdı Albay büyük bir heyecanla.

"Ama onu göremiyorum. Bizim renkler geçmedi."

"Beşi geçti. Şimdi sıra sizinkinde olmalı."

Ben sözlerimi tam bitirmiştim ki, atların tartıldığı yerden iri bir at çıkarak, önümüzden geçti. Sırtında Albay'ın kırmızı-siyah renkleri vardı.

"Bu benim atım değil!" diye bağırdı Albay. "Bu hayvanın vücudunda bir tek beyaz kıl yok. Ona ne yaptınız Bay Holmes?"

"Onu bırakın; bakalım ne yapacak," dedi dostum, hiç keyfini bozmadan. Sonra da dürbünüyle yarışı izlemeye koyuldu.

"Muhteşem! Mükemmel bir çıkış!" diye bağırdı aniden. "İşte geliyorlar! Köşeyi dönüyorlar."

Oturduğumuz yerden, atlar çok iyi görünüyordu. Altı at, bir süre başa baş gitti ama yarısına doğru Mapleton ahırlarının sarı rengi ileri fırladı. Yarışın sonuna doğru, Albayın atı, Desborough'un çıkışını bastırıp, altı boy da fark attı. Balmoral Dükünün Iris'i ise ancak üçüncü olabilmişti.

"Er ya da geç, bu yarış benim olacak," dedi Albay. Üzerindeki şoku atlatmış ve eski günlerdeki gibi yeniden hırslanmıştı.

"Olan biteni hâlâ anlayamadığımı itiraf etmeliyim. Bu sırrınızı paylaşmanızın vakti gelmedi mi Bay Holmes?"

"Elbette Sayın Albay, her şeyi öğrenmek en doğal hakkınız. Ama önce gidip ata bir bakalım. Bakın, işte şurada." At, o sırada tartının oraya doğru ilerliyordu.

"Yapmanız gereken tek şey, yüzünü ve bacaklarını biraz alkolle silmek. O zaman eski Gümüş Şimşek'inize kavuşacaksınız."

"Beni hayretler içinde bırakıyorsunuz!"

"Onu sadece bir sahtekârın elinden alıp, özgürlüğüne kavuşturdum."

"Sevgili beyefendi, her ne yaptıysanız bu bir mucize. At, çok iyi görünüyor. Daha önce hiç böyle koşmamıştı. Sizden şüphe ettiğim için binlerce kez özür dilerim. Atımı bana geri getirerek büyük bir hizmette bulundunuz. John Straker'ın katilini de bulabilirseniz, geriye hiçbir sorun kalmayacak."

"O dediğinizi yaptım zaten," dedi Holmes, sakin bir şekilde.

Albay ile ben hayretle Holmes'a bakakaldık. "Buldunuz mu? Nerede peki?"

"Burada."

"Burada mı? Nerede?"

"Hemen yanımda."

Albay öfkeden kıpkırmızı kesildi. "Size karşı borçlu olduğumu biliyorum Bay Holmes," dedi, "Ama ya bana koca bir iftira atılıyor ya da bu kötü bir şaka."

Sherlock Holmes güldü. "Sizi temin ederim, cinayetle bir ilginizin olduğunu söylemek istemedim Albay," dedi. "Gerçek katil tam arkanızda duruyor." Albay'ın yanından geçerek, atın boynuna elini attı.

"At mı?" diye bağırdık ikimiz de.

"Evet, ta kendisi. Kendini korumak için yaptığını söylersem, suçunu hafifletmiş olurum herhalde. John Straker'a güvenmekle hata etmişsiniz Albay. Ama şimdilik geçelim bunları. Zaten zil çalıyor. Gidip kazandıklarımı almak istiyorum. Ayrıntılı hikâyeyi daha uygun bir zamanda anlatırım."

O akşam Londra'ya dönüş yolu, Albay Ross ve bana çok kısa geldi. Pazartesi gecesi Dartmoor ahırlarında olanları dinlerken zaman nasıl geçti anlayamadık.

"İtiraf etmeliyim ki," diye söze başladı Holmes, "Gazetelerin yardımıyla kurmaya çalıştığım bütün teorilerim yanlış çıktı. Ama en başından beri, bir yerlerde gerçeği gizleyen önemli ayrıntılar olduğundan emindim. Devonshire'a giderken, Fitzroy Simpson'un suçlu olduğunu düşünmüştüm ama bir yandan da onun aleyhine toplanan kanıtların çok da güçlü olmadığının farkındaydım. O akşam getirilen baharatlı yemeğin aslında önemli bir nokta olduğunu ancak eğiticinin evine giderken anlayabildim. Yolda ne kadar sessiz ve dalgın olduğumu biliyorsunuz. Bu kadar belirgin bir ipucunu nasıl oldu da gözden kaçırdım, ona hayret ediyordum."

"Hiçbir şey anlayamayan sadece ben miyim?" diye sordu Albay.

"İzin verin devam edeyim."

"Buyurun lütfen..."

"Bu, aslında en önemli ipucuydu. Toz afyonun kendine özgü bir tadı vardır. Rahatsız etmez ama fark edilmesi de çok zor değildir. Herhangi bir yemeğe katıldığı kolayca anlaşılabilir. Siz de takdir edersiniz ki, bu tadı bastırmak için en iyi yöntem, baharat kullanmak olur. Fitzroy Simpson adlı şüphelimiz, çırağa verilen yemeğe baharat katılmasını sağlamış olamaz. Bu çok büyük bir tesadüf olurdu. Böylece, Simpson'u eliyoruz. Dikkatlerimiz Straker ve karısına, yani o akşamki yemeğin ne olması gerektiğine karar verebilecek olan iki kişiye yöneliyor böylece.

Ayrıca afyon, diğerlerine yemekleri verildikten sonra nöbet tutacak olan gencin yemeğine katılmıştı. Hizmetçi görmeden, o ilacı yemeğe kim katabilir?

"Bu soruya cevap vermeden önce bir de köpeğin o geceki tuhaf sessizliğini düşünün lütfen. Bu sessizlik sizce normal mi? Bence değil. Gerçekler peş peşe zihnimde canlandı. Bir halka diğerini takip ediyordu. Simpson olayından ahırda bir köpek bulunduğunu anlamıştım. Adamın birisi ahıra girerek atı almıştı ama köpek hiç havlamamıştı. Demek ki gece yarısı gelen ziyaretçi, köpeğin bildiği birisiydi."

"John Straker'ın gecenin bir vakti ahıra gidip Gümüş Şimşek'i aldığı konusunda hiç şüphem kalmamıştı böylece. Peki, ama neden? Pek de iyi niyetle böyle bir şey yapmadığı kesindi. Aksi takdirde nöbetçiyi neden uyutmaya çalışsın ki? İtiraf etmeliyim ki bunun sebebini ben de hâlâ bilmiyorum. Eğiticilerin, kendi atlarının dışındaki bir ata büyük paralar yatırıp, sonra da bazı yollarla kendi atlarını saf dışı bıraktıklarına daha önceden de şahit olmuştum. Bazen yarış sırasında, bazen de daha sinsi yollardan amaçlarına ulaşırlar. Peki, bu sefer ne olmuştu? Cesedin cebinden çıkanların bana bir fikir edinmemde yardımcı olacağını düşünmüştüm. Aslına bakarsanız, yardımcı oldu da. Cesedin elinde bulunan bıçağı hatırlarsınız. Birazcık akıllı bir insan, dışarı çıkarken yanına öyle bir bıçak almaz. Dr. Watson'ın da belirttiği gibi, cerrahi müdahalelerde, çok hassas işlemler için kullanılan bir bıçaktır o. Demek ki o gece de hassas bir iş için kullanılacaktı. Siz de bu konuda tecrübelisiniz Albay Ross, tendonlara atılan ufak bir bıçak darbesi hiçbir iz bırakmadan atın sakat kalmasına neden olur. Böyle bir durumda, at sanki hafif aksıyormuş gibi görünecek ve bu aksamanın aşırı çalışmadan ve romatizmadan kaynaklandığı düşünülecekti."

"Alçak! Hain!" diye bağırdı Albay.

"Ve bu işi ancak ahırdan uzak bir yerde yapabilirdi aksi takdirde bu kadar hassas bir hayvan bıçağın ucunu hissettiği anda, bütün ahırı ayağa kaldırabilirdi. John Straker bunu göze alamayacağı için atı çayırlıklara götürdü."

"Ne kadar da güvenmiştim ona!" diye atıldı Albay. "Demek bu yüzden mumu yakmıştı."

"Kesinlikle. Ama ona ait olan eşyaları incelediğimde, sadece suçun işleniş biçimini değil, nedenlerini de öğrenmiş oldum. Oldukça hayat tecrübesi olmuş birisi olarak siz de bilirsiniz Albay, insanların ceplerinde başkalarının faturasını taşıması pek de gündelik bir şey değil. Kendi işlerimizle uğraşmaktan başkalarına ayıracak zamanımız yoktur zaten. O anda Straker'ın farklı bir hayat sürdüğünü ve ikinci bir ikameti daha olduğunu anladım. Faturaya bakılırsa, işin içinde bir de kadın vardı; hem de pahalı zevkleri olan bir kadın. Çalışanlarınıza her ne kadar cömert davranmasanız da, kadınlara yirmi sterlinlik elbiseler almalarını beklemezsiniz herhalde. Bayan Straker'ın o şapkayı hiç görmediğinden emin olunca, şapkacının adresini not alıp Straker'ın fotoğrafıyla bir ziyarette bulunmanın işimi kolaylaştıracağını düşündüm. Bu esrarengiz Derbyshire'ın kim olduğunu ancak o zaman anlayabilirdim."

"Her neyse, o andan sonra her şey daha da görünür bir hal aldı. Straker, ışığın civardan görülmemesi için atı bir çukura götürmüştü. Simpson, kaçarken kravatını düşürmüş, Straker da onu yerden almıştı. Belki de atın bacağını onunla sarabileceğini düşünmüştü. Çukura indiği zaman atın arkasına geçerek kibritini yaktı ama aniden yanan ışıktan korkan at, hayvani içgüdülerinin de etkisiyle huysuzlanmaya başladı. Bunun üzerine çifte atarak, çelik nallarını Straker'ın kafasında patlattı. Straker, ıslanacağını bilmesine rağmen daha rahat çalışabilmek için paltosunu o yağmurun altında çıkarmıştı. Bu yüzden de kafasına aldığı darbeyle düştüğünde de bıçağı kendi bacağına saplandı. Buraya kadar her şey açık zannedersem."

"Mükemmel!" diye bağırdı Albay. "Mükemmel! Sanki biz de olayı dinlemiyor da içindeymişim gibi hissediyorum. O kadar iyi anlatıyorsunuz ki!"

"Ama itiraf etmeliyim ki, son oyunumun sonuçlarını elde etmek biraz uzun sürdü. Straker gibi kurnaz bir adamın, bu tendon kesme işini, önceden bir deneme yapmadan denemeye kalkışmayacağını hissetmiştim. Peki, neyin üzerinde deneme yapabilirdi? Otlaktaki topallayan koyunlar dikkatimi çekti ve çırağa sorduğum da sorunun cevabı, tahminimin doğru olduğunu bana gösterdi.

"Londra'ya döndüğümde şapkacıya uğradım. Adam Straker'ı hemen tanıdı ama onu, Derbyshire adında iyi bir müşterisi olarak tanıyordu. Ayrıca pahalı elbiselere düşkün, çok güzel bir karısının olduğunu da belirtmeden geçemedi. Straker'ın bu kadın yüzünden boğazına kadar borca battığından ve bu korkunç planı bu yüzden yaptığından eminim."

"Açıklamadığınız tek bir şey kaldı," dedi Albay. "At neredeydi?"

"O mu? Zavallı hayvan kaçıp bir komşunuza sığınmış. Bu noktada çok da üzerine düşülmemesi gereken şeyler olduğuna inanıyorum. Yanılmıyorsam, Clapham Makası'na yaklaştık. On dakika içinde Victoria'da oluruz. Eğer evime kadar gelip bir puro içerseniz Albay, ilginizi çekecek diğer ayrıntıları da orada konuşabiliriz."

Boya İmalatçısı

Holmes o sabah her zamanki enerjik ve zinde yapısının tam tersine durgun ve kendini biraz da olsa depresif hissettiği bir sabaha uyanmıştı.

"Onu gördün mü?" diye sordu.

"Şu demin kapıdan çıkan yaşlı adamı mı?"

"Evet, onu," diye yanıtladı Holmes sabırsız bir şekilde.

"Elbette gördüm, kapıda karşılaştık. Hasta ve zavallı birine benziyordu."

"Evet, öyle Watson, zavallı ve zararsız biri. Ama hayat böyle değil. Tam tersine acımasız ve anlamdan uzak! Ne kadar uğraşırsak uğraşalım başımıza geleceklere engel olamayız. Hayat kontrolümüz dışında akıp gider. Bazen yıldızlarla, burçlarla uğraşırız. Peki, sonunda ne geçer elimize? Koca bir boşluk hatta bazen boşluktan da beter: yokluk."

"Peki ama seninle ne işi var bu adamın, müşterin mi yoksa?"

"Sanırım öyle de denebilir. Scotland Yard onu bana göndermiş. Hani iyileşmeyecek hastayı doktorlar bazen şifacılara havale eder ya, o hesap işte. Hastanın durumu şu anki durumundan daha kötü olamayacağı için görünen o ki artık kendi ellerinden daha fazla bir şey gelmiyor."

"Mesele nedir?"

Holmes, masadan çok kirli bir kartvizit aldı. "Josiah Amberley, Brickfall ve Amberley fabrikalarının şubelerinden birinin başındaymış. Bildiğin üzere bu marka yağlıboya imal ediyor. Her neyse uzatmayalım, adam bu şirketten altmış bir yaşındayken ayrılıyor sonra kendisine Lewisham'da bir ev satın alarak yorucu iş hayatından tamamen çekilip emekliliğinin tadını çıkarmak istiyor. Böylece kendince geleceğini de garanti altına almış oluyor."

"Gayet mantıklı görünüyor."

Bunun üzerine Holmes, bir zarfın arkasına karaladığı notlara göz attı:

"Bu süreç adamcağızın 1896'da emekli olmasıyla başlıyor Watson. 1897 baharında kendinden yirmi yaş küçük bir kadınla evleniyor. Fotoğraflarına bakılırsa kadın gayet güzelmiş. Anlayacağın, yeterince parası, bir hayat arkadaşı ve bolca vakti var. Adam hayatını düzene koymuş. Ama senin de az önce gördüğün gibi, iki yılda öylesine çökmüş, öylesine perişan bir hale gelmiş ki..."

"İyi ama ne olmuş?"

"Hep aynı hikâye Watson. Hain bir arkadaş ve sadakatsiz bir eş. Amberley'in bir tek merakı vardır, o da satranç. Lewisham'dan çok da uzak olmayan bir mesafede oturan genç bir doktor var. O da satranç meraklısı. Dur bakayım ismini masamda bir yere not etmiştim: işte burada, Dr. Ray Ernest. Bu adamın Amberley'le satranç oynamak için sık sık onlara gelip gitmesi sonucunda tahmin edeceğin üzere kendisiyle Bayan

Amberley arasında oldukça yakın bir ilişki doğuyor. Kabul etmek gerekir ki, talihsiz müşterimiz insan olarak ne kadar hoş bir insan olursa olsun görünüş bakımından pek de öyle ahım şahım bir tip değil. Uzatmayalım, âşık çift geçen hafta ortadan kayboluyor, nereye gittiklerini bir Allah'ın kulu bile bilmiyor. Bizi ilgilendiren ise sadakatsiz hanımın, kocasının biriktirdiği paranın büyük bir kısmıyla, mücevherat kutusunu alıp götürmesi çünkü Bay Amberley bizden kadının peşine düşmemizi ve parayı kurtarmamızı istiyor. Her gün rastlanan şeyler bunlar ama bu iş, Josiah Amberley'in dediğine göre onun için hayati bir meseleymiş."

"Ne yapmayı planlıyorsun peki?"

"Önce aynı soruyu ben sorayım, sevgili dostum Watson: Senin planın nedir? Bana yardım edecek misin? Bildiğin gibi, uzun zamandır iki kilise papazının işleriyle meşgulüm ve artık bir an önce bitirmek zorundayım. İnanır mısın Lewisham'a bile gidecek vaktim yok, yoksa bildiğin gibi ben her zaman olayı yerinde incelemeyi daha doğru bulurum. İhtiyar delikanlımız ne olursa olsun benim gelmemi istiyordu ama ona durumu anlattım. Şimdi seni kabul etmeye hazır."

"Aslına bakarsan," diye cevap verdim, "İşe yarar mı bilmiyorum ama elimden geleni yaparım."

Bu cümleyi kurarken, bir yaz günü öğleden sonra, Lewisham'a doğru yola çıkarken bulaştığım şu hikâyenin bir hafta bile geçmeden tüm İngiltere'de büyük tartışmalara yol açacağını bilemezdim tabii ki...

İncelemelerim hakkında bir rapor vermek için tekrar Baker

Caddesi'ne döndüğümde çoktan akşam olmuş, Holmes ofisinde koltuğunun derinliklerine gömülmüş, bacaklarını uzatmış beni bekliyordu. Dudaklarının arasına sıkıştırdığı piposundan insanın genzini yakacak kadar keskin kokulu dumanlar çıkıyordu. Gözkapakları yarı açık uyumakla uyanıklık arasındaydı.

Hafifçe genzimi temizleyince geldiğimi fark etmesine rağmen herhangi bir tepki vermedi. Ancak olanları anlatırken durakladığım veya soru sorduğum yerlerde gözkapakları açılıveriyor, kurşuni renkteki gözleri meydana çıkıyordu. İçime işleyen bakışlarından, vahşi bir hayvanın uyanıklığı ve parlaklığı yansıyordu.

"Bay Josiah Amberley'in malikânesine 'Konak' adını vermişler," diye anlatmaya başladım. "Sana ilginç gelecek ama Holmes, adam hayattan elini eteğini çekmiş koca binada resmen manastır hayatı sürüyor. O semti bilirsin; koyu renk kiremitten sıra sıra evlerle, kasvetli sokaklar. Sokakların kesiştiği tam orta yerde ise eski zamanlardan kalma bir göbek düşün; işte Amberley'in evi burada. Evin etrafı, bir tarafı neredeyse tamamen yosunla kaplanmak üzere olan diğer cephesi de güneşten kurumuş büyük taşlardan yüksek bir çitle çevrili."

Holmes ciddi bir tavırla: "Edebiyat yapma Watson," dedi. "Evin etrafında taş duvar olduğunu anladım."

"Tamam. Demek istediğim, sokakta, ağzında sigarasıyla gezen bir aylağa sormamış olsam, hangi evin 'Konak' olduğunu bulamayacaktım. Kendi kendime yürürken birden bu adam dikkatimi çekti. İri yapılı, uzun boylu, pos bıyıklı biriydi; askerlere benziyordu. Sorularıma cevap vermekten çok, başını evet hayır şeklinde sallamakla yetindi; şimdi hatırlıyorum da, bana bir acayip bakıyordu."

"Bahçe kapısından girerken, Bay Amberley de tam evinden çıkmak üzereydi. Onu bu sabah burada görmeme rağmen o anda bana karşı tavırları tuhaf ve pek samimi değildi."

Bunun üzerine, "Bugün benim de onu incelemek için oldukça vaktim oldu. Rica etsem onun hakkındaki izlenimlerini ayrıntılarıyla anlatır mısın bana?" dedi Holmes.

"Karşımda üzüntüden ne yaptığını bilmeyen bir adam vardı. Ağır yük taşımaktan kamburu çıkmış gibi yürüyordu. Dev bir adamın güçlü göğsü ve omuzları bir çift ince bacağa yüklenmişti."

"Peki, sol taraftaki ayakkabısı daha eski görünürken sağ ayağınınkinin derisi yepyeni miydi?" diye söze karıştı Holmes.

"Bilmem, açıkçası buna dikkat etmedim."

"Ben de öyle tahmin etmiştim zaten. Adam protez taşıyor, Watson. Ben çok dikkat ettim. Devam et!"

"Eskimiş hasır şapkasının altından uzanan kıvırcık uzun saçlarıyla, derin çizgilerin oluşturduğu yüz hatları, ayrıca sabırsız ve öfkeli görünüşü ilgimi çekti."

"Harika Watson. Peki, neler anlattı?"

"Bütün ayrıntılarıyla, hazin hikâyesini. Birlikte eve girerken etrafıma dikkatle baktım. Hayatımda bu kadar bakımsız bir bahçe görmemiştim. Her tarafı yabani otlar sarmıştı, her köşe diğerinden daha bakımsızdı. Ağaçlar gelişigüzel dikilmiş ve kendiliğinden büyümüş gitmişti. Kesinlikle aklı başında bir hanımın eseri olamazdı bu bahçe. Evin bakımsızlığı zavallı adamı da artık rahatsız ediyor olmalı ki kendince orayı burayı düzeltmeye çalışıyordu. Kapı girişine koyduğu bir kova boya ve kocaman bir fırça ile doğramaları boyamaya başlamıştı bile."

"Her neyse, beni odasına davet etti; orası da en az bahçe kadar dökülüyordu. Buranın şaşkınlığını da üzerimden attıktan sonra Bay Amberley'le uzun bir muhabbete daldık. Senin gelememene üzüldü tabii. 'Sherlock Holmes gibi bir araştırmacının para kaybını göze alarak benim gibi fakir birinin işiyle ilgilenmesini zaten beklemiyordum,' dedi. Sohbetimiz boyunca paranın bu işte kesinlikle rol oynamadığına inandırdım kendisini. 'Anladık, şu anda kendini sanata adamış. Sanat, sanat içindir.' dedi. 'Fakat cinayeti de bir sanat saysa, buradan belki eli boş çıkmazdı. Gelelim insan tabiatına Dr. Watson. Bence en nankör yaratık insandır! Bu dünyada benim eşim kadar şımartılmış bir kadın daha yoktur. Bir dediğini iki etmedim! Ya o genç adam... Neredeyse oğlum yaşında. Ama bir araya gelip beni nasıl kandırdıklarını görüyorsunuz değil mi! Ah, Dr. Watson, iğrenç bir dünyada yaşıyoruz, hem de ne iğrenç!'

"Karısının ardından ettiği sitemler aşağı yukarı böyleydi, bir saat boyunca hiç yorum yapmadan onu dinledim. Başta şüphelendiği hiç kimse ve hiçbir şey yok. Çünkü evde onlardan başka kimse yaşamıyormuş, Sadece sabahları bir hizmetçi kadın geliyor ve akşamları saat altıda gidiyormuş. Bahsettiğim o akşam, Amberley karısına sürpriz olsun diye Haymarket tiyatrosundan iki kişilik bilet almış. Fakat son anda karısı, başının ağrıdığını bahane ederek tiyatroya gitmek istemediğini söylemiş. Adamcağız söylediklerini ispat etmek için bana karısının kullanılmamış biletini gösterdi."

"Çok ilginç gerçekten de." dedi Holmes. Hikâyeyi daha

dikkatli dinlemeye başlamıştı. "Lütfen devam et, Watson. Anlattıkların gittikçe ilginç olmaya başlıyor. Peki sen o bilete iyice baktın mı? Demek istediğim mesela koltuk numarası falan hiç dikkatini çekti mi?"

"Otuz birdi; aynı zamanda okul numaram olduğu için kolayca aklımda kaldı.

"Şahane Watson! O zaman Amberley ya otuz ya da otuz iki numaralı koltuğa oturdu."

"Öyle olmalı," diye cevap verdim, biraz şaşkınlıkla. "Bilet, (B) sırasından alınmış."

"Harika! Başka ne anlattı?"

"Beni, 'Çelik Kasa' dediği odasına götürdü. Burası gerçekten bankalardaki çelik kasaların olduğu depoları andırıyordu. Kapı ve pencereler demirdendi, hırsıza karşı önlem için olduğunu söyledi. Anlaşılan, karısında bu odanın yedek anahtarı vardı çünkü onca değerli evrakın yanı sıra yedi bin sterlin de ortadan kaybolmuş durumda."

"Değerli evrak mı? Neymiş bunlar?"

"Tam olarak bilmiyorum fakat zaten tam listeyi polise vererek onları garantiye almış. Her neyse, tiyatrodan gece yarısına doğru dönmüş, eve vardığında bu odanın soyulduğunu anlamış. Kapıyla pencereler acıkmış, şüpheliler ise arkalarında hiçbir iz bırakmamış. Ne bir mektup ne de bir haber. O günden beri de onlardan ses seda çıkmamış. Bunun üzerine de polise başvurmuş."

Holmes, birkaç dakika düşüncelere daldı.

"Oraya vardığında, Amberley'in boya işiyle uğraşmakta olduğunu söyledin. Ne boyadığını hatırlıyor musun?"

"Evet, koridoru boyuyordu. Sana bahsettiğim odanın kapısıyla pencereleri bitmişti çünkü."

"Böyle bir durumda boya yapması biraz tuhaf değil mi, ne dersin?"

"Üzüntüsünü unutmak için bir şeyler yapması gerekiyormuş. O böyle açıkladı. Aslında böyle bir uğraş bence de biraz tuhaf ama zaten adamın kendisi de acayip. Karısının bir resmini gözlerimin önünde yırtıp attı, kızgınlıktan köpürüyor hâlâ. 'O Allah'ın belasının suratını artık görmek bile istemiyorum!' diye bağırıyordu."

"Hepsi bu kadar mı Watson?"

"Yo, bir şey daha var, aslına bakarsan benim dikkatimi en fazla çeken şeyde oydu. Blackheath tren istasyonuna geldiğimde, aceleyle hareket etmek üzere olan bir trene atladım. Tam o esnada, yanımdaki kompartımana bir adamın sıçradığını gördüm. Bir kez gördüğüm bir suratı kolay kolay unutmam, beni tanırsın Holmes. Sokakta konuştuğum o iri yarı esmer adamdı bu.

Londra köprüsündeyken onu bir ara görmüş ama sonra kalabalıkta gözden kaybetmiştim. Fakat onun beni takip ettiğine eminim."

"Kesinlikle! Kesinlikle!" dedi Holmes. "Uzun boylu, esmer, posbıyıklı bir adam demiştin. Ha, bir de gri camlı bir gözlüğü vardı değil mi?"

"Holmes müneccim misin sen? Ben öyle söylemedim ama gerçekten güneş gözlüğü takıyordu."

"Ayrıca kravatında masonların taktığı bir kravat iğnesi vardı, değil mi?"

"Holmes!"

"Çok basit, dostum Watson. Şimdi tiyatroya dönelim. İtiraf etmeliyim ki, başlangıçta bu meseleyi çok basit bulmuş ve hiç dikkatimi vermemiştim ama bu iş gittikçe dikkatimi çekiyor. Her ne kadar birçok detayı gözden kaçırmış olsan da ilgini çeken bazı noktalar beni şüphelendirmeye yetti doğrusu."

"Neyi gözden kaçırmışım ki?"

"Hemen alınma, azizim. Bilirsin, sana serzenişte bulunmam ben. Kimse bu kadar zeki davranamazdı, benim diyen dedektifler senin eline su bile dökemez. Fakat burada, sahiden önemli olan bir noktayı es geçmişsin. Mesela, Amberley'in karısı hakkında komşuları ne düşünüyor? Bu çok önemli. Onlara göre Dr. Ernest nasıl bir adam? Göründüğü gibi gerçekten çapkın ve hovarda mı? Sen insanlarla diyalog kurmayı iyi bilirsin Watson. Hizmetçilerden bazı ince ayrıntıları kolaylıkla öğrenebilirdin. Postanedeki kıza, manavın karısına hiç mi bir şey sormadın? Mavi Çapa pansiyonu sahibesinin kulağına fısıldayacağın bir iki tatlı söz, sana çok önemli bilgiler sağlayabilirdi. Bütün bunları atlamışsın."

"Hemen geri dönebilirim istersen?"

"Artık çok geç. Scotland Yard'ın ve şu telefonun yardımıyla, şu odadan çıkmama bile gerek kalmadan istediğim bilgileri elde ettim ben. Amberley, kelimenin tam anlamıyla cimri bir adammış, dahası etraftan kaba ve kibirli bir koca izlenimi uyandırıyor. Meşhur çelik odada da bir yığın para sakladığı kesin. Dr. Ray

Ernest'e gelince, bekâr biri, Amberley'le satranç oynarken karısıyla işi pişiriyor. Bütün bunlar çok açık. Fakat bunların ardında bir sır yatıyor elbette."

"Takıldığın nokta ne?"

"Belki de benim hayal gücüm. Neyse, geçelim bunları Watson. Haydi, şu sıkıcı işgününden kaçıp, ruhumuzu müzikle dinlendirelim. Albert Hall'da bu akşam Carina sahne alacakmış. Hemen giyinelim önce dışarıda bir yemek yeriz, sonra da müziği içimize çekeriz."

Ertesi sabah, zamanında kalkmama rağmen kahvaltı masasında kızarmış ekmek ile iki yumurtanın soyulmuş kabuklarını görünce, dostumun benden önce davrandığını anladım. Masanın üzerine bir de not bırakmıştı:

"Dostum Watson, Bay Josiah Amberley olayında açıklanması gereken bir iki nokta var. Bunları çözebilirsem meseleyi halletmiş sayılırız, yoksa daha çok yerimizde sayarız. Senden bir ricam var, saat üçe doğru hazır ol, sana ihtiyacım olabilir.

S. H."

Bütün gün Holmes'tan haber alamadım ama söylediği saatte çıkageldi, düşüncelere dalmış ve suskundu. Böyle anlarda yapılacak en iyi şey, onu rahat bırakmaktır.

"Amberley buraya uğradı mı?"

"Hayır."

"Demek öyle. Onu bekleyelim o zaman."

Yanılmadı, çok geçmeden ihtiyar delikanlı çıkageldi. Suratı asık, bakışları endişeliydi.

"Bir telgraf aldım Bay Holmes. Ne yapacağımı bilemiyorum."

Uzattığı telgrafı Holmes yüksek sesle okudu:

"HEMEN GELİN. KAYBINIZ HAKKINDA BİLGİ VEREBİLİRİM! ELMAN. PATRİKHANE."

"Öğlen ikide, Little Purlington postanesinden gönderilmiş. Bildiğim kadarıyla, Little Purlington, Essex'te Frinton yakınlarında bir yer. Telgrafı çeken kişi, o kasabanın en güvenilir kişilerinden biri yani papazı. Şu adres defterine bir göz atayım... Hah, işte: J. C. Elman, M. A.: İkameti Little Purlington. Mosmor kasabası. Tren tarifesine bakar mısın, Watson?"

"Liverpool Caddesi'nden beş yirmi beş treni kalkıyor."

"Güzel. En iyisi birlikte gidin Watson. Bay Amberley'in senin önerilerine veya yardımına ihtiyacı olabilir. İşler karışıyor çünkü."

Ne var ki müşterimiz gitmek niyetinde değildi.

"Bu tam bir saçmalık, Bay Holmes," diye tepki verdi telgrafla ilgili olarak. "Olan bitenler hakkında bu adam ne bilebilir ki? Zaman ve para kaybetmekten başka bir işe yaramaz bu bence."

"Bildiği bir şey olmalı ki size telgraf çekti öyle değil mi?.. Siz de vakit kaybetmeden cevap verip geleceğinizi bildirin."

"Pek katılmıyorum."

Holmes ciddi bir tavır takındı.

"Bu kadar açık bir izin peşine düşmemekle hem benim hem de polisin gözünde çok kötü bir izlenim bırakırsınız Bay Amberley. Bu araştırma sizi ilgilendirmiyor sanırım!"

Holmes'un bu çıkışı müşterimizi etkilemiş gibiydi.

"Tamam, tamam gidelim. Eğer siz böyle düşünüyorsanız," dedi. "Doğrusu bir papazın bu şeyleri bilmesi bana biraz anlamsız geliyor ama mademki ısrar ediyorsunuz..."

"Israr ediyorum!" diye vurguladı Holmes.

Yola koyulmak üzereydik ki, Holmes beni yanıma çağırdı. "Ne yap et, onun oraya gitmesini sağla," dedi. "Yoldayken fikrini değiştirip dönmeye falan kalkarsa hemen en yakın postaneye koş ve bana telgraf çek: 'Kaçtı' yaz, ben anlarım. Ben burada birini bırakacağım, telgraf gelir gelmez bulunduğum yere haber ulaştıracaklar."

Little Purlinsgton'u bulmak kolay olmadı, trenle aktarma yapmamız gerekti. Şimdi düşünüyorum da yolculuğumuz hiç de rahat geçmemiş. Öncelikle, hava sıcak olduğu için trende piştik. Dahası, Amberley asık suratıyla hiç konuşmadı. Konuşsa bile yaptığımız işin saçma olduğunu tekrarlayıp durdu. Derken küçük bir istasyonda trenden indik. İki millik bir fayton yolculuğundan sonra patrikhaneye vardık. Çalışma odasında bizi ağırbaşlı, görkemli, şişman biri karşıladı.

"Buyurun beyler, sizin için ne yapabilirim?" dedi.

"Telgrafınızı alınca kalkıp geldik." dedim.

"Telgraf mı? Ben telgraf çekmedim ki!"

"Ne yani, siz Bay Josiah Amberley'e, parası ve karısı hakkında telgraf çekmediniz mi?"

"Dalga geçiyorsunuz herhalde, beyler!" dedi. Kızmış gibiydi. "Bahsettiğiniz kişinin ne adını duydum, ne de böyle bir kişiye telgraf çektim."

Müşterimizle bakıştık, şaşıp kalmıştık.

"Galiba bir yanlışlık oldu." dedim. "Burada iki tane Patrikhane olmalı. Bakın şu telgrafa, Elman imzasıyla verilmiş, Patrikhane diye de yazıyor."

"Burada sadece bir tane Patrikhane var bayım ve de tek papaz. Bu telgrafa gelince, anlaşılan biri skandal çıkarmak istiyor. Siz en iyisi polise gidin ve bu saçmalıklarla beni daha fazla meşgul etmeyin."

Çok geçmeden, Bay Amberley'le ben, kendimizi sokakta buluverdik. Burası İngiltere'nin en ilkel köylerindendi. Aklımıza postaneye gitmek geldi fakat orası da kapalıydı. Neyse ki istasyon lokantasında bir telefon kulübesi bulduk da Holmes'u arayabildim. Olanları duyunca o da şaşırdı.

"Çok tuhaf!" diyordu, uzaktan gelen sesi. "Çok ilginç. Korkarım dostum, akşam treni olmadığı için geri dönemeyeceksiniz. İstemeyerek sizin, köydeki otelde berbat bir gece geçirmenize neden oluyorum. Ama oraların doğası güzeldir; eh, yanında da Josiah Amberley var... Umarım iyi eğlenirsin."

Telefonu kapatırken kıs kıs güldüğünü duydum. Amberley'in ne pinti biri olduğu çok geçmeden ortaya çıktı. Boşuna yapmış olduğu yolculuk masraflarından sürekli yakınıyordu, dönüş biletini bile üçüncü sınıf aldı, otel masrafının çok yüksek olduğunu tekrarlayıp durdu. Neyse ki ertesi gün öğlen olmadan Londra'ya vardık, hangimizin canı daha sıkkındı kolay kolay anlayamazdınız.

"İsterseniz Baker Caddesi'ne uğrayalım. Belki Bay Holmes bir şeyler bulmuştur."

"Buldukları, dünkü gibiyse hiçbir işe yaramaz,"dedi Amberley, kötü kötü bakarak. Yine de benimle geldi. Daha önce Holmes'a telgraf çekerek geliş saatimizi bildirmiştim ancak o bir not bırakmış ve evden çıkmıştı: Lewisham'daymış ve bizi orada bekliyormuş.

Bu haber ikimiz için de sürpriz oldu ama daha büyük sürpriz, müşterimizin oturma odasında Holmes'un yalnız olmayışıydı, yanında daha önce hiç görmediğim bir adam vardı. Posbıyıklı, güneş gözlüklü ve kravatında masonlara özgü iğne taşıyan biriydi bu.

"Size arkadaşım Bay Barker'ı tanıştırayım," dedi Holmes. "O da sizin meselenizle ilgileniyor Bay Amberley bu dosyada yöntemlerle çalışıyoruz. İkimizin de size bir sorumuz var."

Josiah Amberley kendini, düşercesine koltuğuna bırakıverdi. Tehlikeyi sezmişti; bunu, oraya buraya yönelen bakışlarından, suratındaki sinirli kasılmalardan anlamıştım.

"Ne soracaksınız Bay Holmes?"

"Cesetleri ne yaptınız?"

Adam sessiz bir çığlık çıkararak ayağa fırladı, başını ellerinin arasına aldı, sanki nutku tutulmuştu, hareketleri korkunç ve yırtıcı bir hayvanı andırıyordu. O anda gerçek Amberley'i görmüştüm. Ruhu bedenine yansımış bir şeytandı bu! Birkaç saniye sonra kendini koltuğa bıraktığında elleriyle kükremesini engellemek istercesine ağzını kapadı. Tam o sırada Holmes, bir kaplan gibi adamın gırtlağına sarıldı ve suratını öne doğru bastırdı. Amberley'in hırıldayan ağzından yere beyaz bir tablet düştü.

"Bu kadar basit ölemezsiniz, Bay Amberley. Önce halledilecek bazı işlerimiz var. Ne dersiniz, Bay Barker?"

"Araba kapıda bekliyor."

"Karakol birkaç yüz metre ileride. Sen burada kal, Watson. Ben yarım saate kadar dönerim."

İhtiyar fabrikatörün iri bedeninde bir aslan gücü yatıyor olsa da bu, tecrübeli iki adamın hakkından gelmeye yeterli olmadı. Debelene debelene dışarıda bekleyen arabaya götürüldü, bense bu acayip evde tek başıma nöbette kalmıştım.. Neyse ki Holmes sözünde durdu ve erken döndü, yanında genç bir müfettiş vardı.

"Barker'ı karakolda bıraktım, formaliteleri bitirsin diye," dedi Holmes. "Sen Barker'ı tanımazsın, Watson. Kendisi çoğu zaman Surrey kıyılarında çalışır, bana rakip bir meslektaş sayılır. Sen bana esmer, iri yarı bir adamdan bahsettiğin zaman, o olduğunu anlamıştım. Bazı dosyaları tereyağından kıl çeker gibi çözmüşlüğü vardır, öyle değil mi Müfettiş Bey?"

Genç müfettiş cevap verdi: "Birkaç kez gerçekten başarılı oldu."

"Kullandığı yöntemler sıra dışı, tıpkı benimkiler gibi. Ancak siz de hak verirsiniz ki bunlar genellikle faydalı olabiliyor, Örneğin, siz yasal uyarınızı yapsaydınız, yani 'Bundan sonra söyleyecekleriniz aleyhinize delil olarak kullanılabilir' falan demiş olsaydınız, herifi hiçbir zaman suçunu itirafa zorlayamazdınız."

"Olabilir, hem zaten hedefimiz aynı, Bay Holmes. İnanın, biz de kendimize göre bu meseleyi çözer, adamı da tutuklardık. Bizim kullanamadığımız yöntemlerinizle işimize burnunuzu sokarak adımızı kötüye çıkarmanızdan ötürü size kızıyorsak, kusura bakmayın."

"Böyle bir şey aklımdan geçmez, MacKinnon. Size söz veriyorum, ben arka planda kalacağım. Barker'a gelince, ben ne söylesem onu yapar."

Müfettiş rahatlamış görünüyordu.

"Çok naziksiniz, Bay Holmes. Başarı veya başarısızlık sizce önemli olmayabilir ama bizim böyle bir lüksümüz yok maalesef. İlk önce de böyle bir durumda gazeteciler peşimizi bırakmaz."

"Haklısınız. Ama size nasılsa soru soracaklar, cevapları şimdiden hazırlamak daha iyi olmaz mı? Söz gelimi, şu süper zeki muhabirlerden biri, bu meselede sizi şüphelendiren noktaların neler olduğunu ve bunlara dayanarak gerçek sonuca nasıl vardığınızı sorsa, ne diyeceksiniz?"

Müfettiş koltuktaki pozisyonunu değiştirdi.

"Doğrusu şu ana kadar elimde kesin bir delil yok, Bay Holmes. Tutuklunun, üç şahit önünde intihar etmeye kalkışması nedeniyle karısını ve onun âşığını öldürdüğünü itiraf ettiğini iddia eden sizsiniz. Bu sonuca nasıl ve nereden vardınız merak etmiyor değilim?"

"Siz, ev arama emri çıkartmış mıydınız?"

"Üç polis memuru yolda."

"O zaman aradığınız ipucunu bulacaksınız. Cesetler fazla uzakta olmamalı. Şüpheli yerleri kazmak çok zaman almaz. Ev oldukça eski. Herhangi bir yerde, kesinlikle kör bir kuyu vardır. Şansınızı öncelikle orada deneyin."

"Peki, ama cinayeti nasıl anladınız?"

"Önce neler olduğunu anlatayım, sonra size ve dostuma -ki

bu vakada bana yaptığı yardımı ödeyemem- cinayetin detaylarını açıklayayım. Öncelikle katilin zihniyetine dikkatinizi çekmek isterim; adam, öyle tuhaf bir kişi ki, bazen düşünüyorum da, kendisini darağacına göndermek yerine tımarhaneye tıkmak daha doğru olabilir. Herifin karakteri modern Anglosakson'unkinden ziyade ortaçağdan kalma bir İtalyan'ınkine benziyor. Cimrinin teki, karısını öyle usandırmış ki zavallı kadın, maceraperest biri için tam bir av. Ve o maceraperest sonunda kadının karşısına çıkıyor; satranca meraklı bir doktor kişiliğinde. Amberley satrançta ustaydı; işte Watson, her şeyi önceden hazırlayan bir beyin. Ayrıca bütün cimriler gibi de kıskanç. Üstelik bu kıskançlığı hastalık derecesinde. Haklı mıydı, haksız mıydı bilmiyorum ama karısının bir gönül ilişkisi olduğuna inanmıştı. Bunun üzerine öç almaya karar verdi ve şeytana pabucunu ters giydirircesine cinayet planı hazırladı. Benimle gelin!"

Holmes bizi peşine taktı, sanki oldum olası bu evde doğmuş büyümüş gibi kendinden emin adımlarla odaları geçiyordu, 'Çelik Kasa'nın açık kapısı önüne gelince durdu.

"Amma pis bir boya kokusu!" diye yakındı müfettiş.

"İlk ipucumuz bu işte!" dedi Holmes. "Bunu Dr. Watson'ın gözlemlerine borçluyuz, her ne kadar kendisi bundan bir sonuç çıkarmamış olsa da onun anlattıklarından aklıma neden adam evini böyle bir dönemde kokuya boğmak isteyeceği takıldı? Tabii ki şüphe çekecek başka bir kokuyu bastırmak için. Hesapta bir de pencereleri ve kapıları demirden olan şu oda var. İçeriden dışarıya kuş uçmaz bir oda. Şu iki ipucu sizi nereye götürüyor? Bunu anlayabilmek için evin içine girmem gerekiyordu. Bu işin içinde bir bityeniği vardı, bundan emindim. Çünkü daha önce

Haymarket tiyatrosuna gidip satılan biletleri kontrol etmiştim. O gece (B) sırasında otuz ve otuz iki numaralı yerler satılmamıştı. Demek ki o akşam Amberley, tiyatroda değildi, böylece cinayetin işlendiği saatte evden başka bir yerde bulunma ihtimali zayıflıyordu. Sırf cimriliği yüzünden bir hata yaptı ve sözde sadece karısı için satın aldığı tek tiyatro biletini görmek isteyen Dr. Watson'a o bileti gösterdi. Keskin zekâlı dostum, neyse ki koltuk numarasını unutmadı. Geriye tek bir şey kalıyordu. Kimse tarafından rahatsız edilmeden evin içini nasıl araştırabilirdim? Bir adam tuttum ve müşterimi, günübirlik dönemeyeceği bir yere telgrafla çağırttım. Ne olur ne olmaz diye de Dr. Watson'ı yanında gönderdim. Papaz rolünü oynamak için de tabii benim eski dostum Crockford'a başvurdum. Nasıl, iyi mi?"

Müfettiş, Holmes'a duyduğu hayranlığı gizleyemedi: "Harika!" dedi.

"Planımı uygulayabilmek için eve bir hırsız gibi girmeye karar verdim. Kapıdan, bacadan evlere girmek benim ustalık alanlarımdan biridir, azmetseydim bu meslekte kesinlikle yükselebilir ve en iyisi olurdum. Neler bulduğuma bakın şimdi. Odanın süpürgelikleri boyunca seyreden şu gaz borusunu görüyor musunuz? Bir köşede yukarıya doğru çıkıyor, orada da bir musluk var. Bu boru aynı zamanda 'Çelik Oda'ya geçiyor, odanın tavanının orta yerinde asılı duran abajurda son buluyor. Sonlanan boru kısmının da ağzı açık. Dışarıdaki musluğu çevirdiniz mi, odanın içi bir anda gazla doluverir. Kapıyla pencereler kapalıysa, musluk da açıksa, böylesine ufacık bir oda içinde bulunan kişinin, iki dakika içinde bilincini yitireceğine şüphe yok. Amberley, karısıyla âşığını bu odaya getirtti, ondan sonrası artık çocuk oyuncağıydı."

Müfettiş, boruyu dikkatle inceledi. "Müfettişlerimden biri gaz kokusundan bahsetmişti," dedi. "Fakat o anda kapı ve pencereler açıktı, etraf boyandığı için boya kokusu da karışıyordu. Amberley'in söylediğine göre, boya işine cinayetten bir gün önce başlamış. Daha başka neler var Bay Holmes?"

"Derken, hiç beklemediğim bir şey daha oldu. Tam yemek odasının penceresinden içeriye giriyordum ki, birden yakama bir el yapıştı ve biri: 'Ne arıyorsun burada, serseri?' diye bağırdı. Başımı çevirdim ve karşımda dostum aynı zamanda da rakibim Bay Barker'ı gördüm. Onu gözlüğünden tanımıştım. Bu, sahiden komik bir rastlantıydı. Kendisi, Dr. Ernest'in ailesi tarafından tutulmuştu; o da bu işin içinde bir bityeniği olduğu kanısıyla, araştırmalarını bu evde sürdürmeye karar vermişti. Evi birkaç gündür gözaltında tutuyordu. Dr. Watson'ı da şüpheliler arasına katmış ama elinde bir delil olmadığı için tutuklayamamış. O akşam mutfak penceresinden birinin içeriye girdiğini görünce de artık dayanamamış. Tabii kendisine olan biteni anlattım, sonra da beraber evden çıkıp gittik."

"Ona her şeyi anlattınız da bize niye bir şey söylemediniz?"

"Amberley'e blöf yapmaya karar vermiştim, nitekim blöfüm tuttu. Siz buna izin vermezdiniz."

Müfettiş güldü.

"Haklısınız. Sizi iyi anlıyorum, Bay Holmes. Öyleyse siz şimdi perde arkasına çekiliyorsunuz ve tüm verileri bize bırakıyorsunuz?"

"Aslında ben hep öyle yaparım."

"O zaman polis adına size teşekkür ediyorum. Mesele de çözüldü sayılır, cesetlerin bulunması da zor olmaz."

"Ben size küçük bir ipucu daha vereyim," dedi Holmes. "Eminim ki Amberley'in bile bundan haberi yoktur. Müfettiş Bey, sonuca varmak için kendinizi suçlunun yerine koyarsınız değil mi, 'Ben olsaydım ne yapardım?' diye düşünürsünüz. Biraz da hayal gücünüzü kullandınız mı bu iş biter. Diyelim ki siz, o küçük odada hapis kaldınız, düşmanınızla hesaplaşabilmeniz için sadece iki dakikanız var. Ayrıca düşmanınızın kapının öbür yanında olduğunu biliyorsunuz. Bu durumda ne yapardınız?"

"Ölmeden önce arkamda bir not bırakırdım."

"Gayet mantıklı. Nasıl öldürüldüğünüzü yazardınız. Fakat bunu bir kâğıda yazmanın anlamı yok çünkü katiliniz böyle bir yazıyı hemen bulabilir. Ama bu notu duvara yazarsanız, başka birilerinin görme ihtimali olabilir, değil mi? Şimdi şuraya bakın bakalım! Kapının yanındaki süpürgeliğin üzerine kırmızı mürekkeple ne yazılmış? 'Bizi...' Hepsi bu kadar."

"Bundan ne anlam çıkarıyorsunuz?"

"Yazının yazıldığı yer, döşemeden sadece otuz santim yükseklikte. Demek ki Dr. Ray Ernest ölmeden önce yere yığılmıştı. Cümlesini tamamlayamadan da bilincini kaybetmiş."

"'Bizi öldüren...' diye mi devam edecekti?"

"Herhalde. Cesedini inceleyin, bakalım kırmızı mürekkep lekesi görecek misiniz?"

"Merak etmeyin mutlaka inceleyeceğim. Yalnız, değerli evrak ne olacak? Ortada bir cinayet olduğuna göre hırsızlık suçlaması ortadan kalkmış oluyor. Halbuki biz araştırdığımızda adamın gerçekten de değerli evrakı vardı."

"Bana kalırsa, onları emin bir yere kendisi sakladı. Zamanı geldiğinde evrakı tesadüfen bulmuş gibi yapacak ve karısıyla âşığının bunları postalamış olabileceklerini ya da kaçarken düşürmüş olduklarını iddia edecekti."

"Anlaşılan sizin cevap veremeyeceğiniz bir soru yok," dedi müfettiş. "Adamın polise başvurması doğaldı ama neden sizi arayıp yardım istedi?"

"Kibrinden!" diye cevap verdi Holmes. "Kendinden o kadar emindi ki, kimsenin onu suçlu bulabileceğini aklının ucundan bile geçirmedi. Kendisinden şüphelenebilecek komşularına karşı en azından 'Gördünüz mü, sadece polise gitmekle kalmadım, Sherlock Holmes'tan bile yardım istedim," diyebilecekti.

Müfettiş güldü.

"Sırf bu yüzden bile olsa bizi bağışlayın, Bay Holmes. Ama bu şimdiye kadar gördüğüm en iyi çalışmaydı."

Birkaç gün sonra dostum, on beş günde bir çıkan North Surry Gözlem dergisine bakarken, kocaman puntolarla başlık atılmış "Esrarengiz Ev" isimli haberi gösterdi bana; haberin sonu "Ve işe polis müdahale etti!" diye bitiyordu. Tüm hadise ayrıntılarıyla birlikte anlatılmıştı. Özellikle son cümle ilginçti: Müfettiş MacKinnon'un keskin zekâsı, yağlıboya kokusunun gaz kokusu gibi bir başka keskin kokuyu bastırabileceği fikrini ortaya attı. Soğukkanlılıkla yürüttüğü incelemeleriyle demir kapılı odanın ölüm hücresi olarak kullanıldığını kanıtladı. Hele aranan cesetlerin, üzerine bir köpek kulübesi konarak gizlenmiş bir kuyuda bulunması, polis teşkilatımızın zekâsının en parlak örneği olarak hatırlanacaktır.

"Anlaşıldı, anlaşıldı; MacKinnon ne esaslı bir müfettişmiş meğer," diyerek gülümsedi Holmes. "Bizim dosyaya koy şunu Watson. Belki bir gün gerçeği sen yazarsın!"